郎文庫 25

# やぽん・まるち——初期文章

新学社

装丁　水木　奏
カバー書　保田與重郎
文庫マーク　河井寛次郎

目次

# やぽん・まるち——初期文章

使用テキスト　保田與重郎全集第一巻（講談社刊）

# やぽん・まるち

ダンテ、ふろれんす人なりき。(同書)

一

珍異な旅行記といふよりもむしろ最近の「捜神記」といひたい。「えるはーるんぐ・です・うゐるとうむぜーぐらす」「邊境捜綺錄」は日本に起つた維新の插話《エピソード》を三つ載せてゐる。わたしはこの睎觀の物語本をふらんす人のカトリックの牧師ビルニロアーヌ先生にもらつた。一九二八年の秋だつたから、あれからずつと三年程の間開いて見る機會さへ怠つてゐたらしい。この本の記事は、南阿、支那、印度、地中海諸國、それから西班牙などの見聞や、船のりらしい經驗を錄して二十一篇からなつてゐる。大體の分類を示したいとしても、私は本當のところいまだ全部を讀み終つたわけでなし、一層おぼつかぬことなど省略して、こんな場合、印度的傳奇の奇妖なじめじめさを脫がれるによい朝の間の散心をしばしなつかしむ。それよりも、わたしにとつてはあの僧侶の方が甚しく愉快な追想を與へてくれるのである。どうしてかう日本の子供たちは、と先生はしばしば私らに云つたが、その後の紅毛語を私は多様な斷片的形態で覺えてゐるだけに過ぎない。私はビルニロアーヌ先生に姉と一緒にフランス語を教つた。聖保羅教會のD長老の紹介で先生を訪ねてゆくと、その老いた坊さまはお祈のさい中であつたので、それを長々と濟ませると初めて私らにあつてくれた。その間私らは、「……だから長老さんは今頃行つては駄目だと云はれたでありませんか。」「かまふもんか。」といふ樣な會話をひそかにとりかはせた。ところがビルニロアーヌ先生の長い默禱は、定めし私らがすぐ近くに立つてゐるのを知らぬのであらう、その間天國でお金の願望をしてゐる樣なことをわたしは考へてゐると、通常にあゝ天國は近くなりましたといふのは、私のことであるのか、或ひは先生のことであるか、どつちにしても私らは天國に近くきてゐるのに違ひないと思つた。それがお禱りだつたら、定めし私も神さまもみじめな氣分幻想の中に浮動してゐるばつかりである。しかし私はこんなことを、ふと思ひだすと、「お、こども、し……」と先生は私らを呼んだ。私らはこんな典雅なアクセントで子供と呼ばれるやうなことといへば、二十近くになつてからと後は、家の母親か里方の祖母きりなので、わたしは明らかにうれしくなつた。

わたしの會話がたうとう進歩せず、物にならなかつたのは、このカトリツク僧ののすたるぢーの影響であると、私はいつも友だちたちに辯解したことであるが、たしかにそれも多いであらうか、大體は私が人のことばを眞似ることを嫌つたからに違ひない。東京へきてからも私は「きみとこのほら、このごろどうしてんの、ね」「あのみい、あれえらうふえたなあ」なんかといつて友達を困らせたものだ。外國の本を有難がらなかつたり、叮度同じことを紅毛語でかくことに價値を偶像視できなかつたせゐや、又はこんな模倣嫌惡性は確に私の語學をとりつきばなくさせたらしい。ある時ビルニロアーヌ先生はふらんす語で「あなたのお母さんを何と呼びますか」と私にきくので、私は子供の様に元氣よく「かあちやん」と答へた。姉は大笑をしたが、ビルニロアーヌ先生は叱りもせずにきよろつとして老眼をぱちぱちと動せた。私はたつた今のさきいつたことを瞬間に考へて、いつか昔のことを、その少年の日を聯想すると、わけなく悲しくなつて、泪が出る様に思つたが、さう思ふと泪は出ない。一體どうしたのだらうと、もうさうした考へさへ悟らずに、強ひて泪を出さうとすると教師の顔が極めてものがなしくなつてゆくのがわかり、たうとう微笑ましい情景を感じ始めた。

二

「邊境捜綺錄」を見ながら、わたしはこんなことを考へ出した。この後二三年のうちに、わたしはいつか佛蘭西語をならふなどいふ様なことを、どこまでもその國のことば自體が消費的だと考へ、そんなのどかな氣持さへ喪失して、ましてビルニロアーヌ氏のことなど、いつど思ひ出す様なことがあつても、極めて焦しい忘却を冀ふばかりだつた。「邊境捜綺錄」は久しくいつも私の鄉里の家の戸棚の隈へ虐待を續けられてゐたらしいが、幸ひ東京へ送られて私に見られることとなつたのであらう。この本をわたしは、自分が教へた日本の學生へといつて先生に贈られた。さうした場合にだけ永年この國に住みついた僧侶は舌まはりせぬ日本語を使つた。そしてそれをきく時、私らの外國語などなほのこと舌足らずに斷片のきれはしじみてゐるであらうと思ふから、いつも悲哀を感じたり、ときには全く馬鹿馬鹿しさを味つたりした。この本を手にしながら、私はありありと、それを先生の戸棚から偶然抜き出した時のことを思ひだした。本は見てゐるとほしくなる、さだめし大きい古風な装幀が私の心をひいたのであらう、そして埃だらけの本を先生は何心なく私にくれたものであらうか。それより私はどうして先生がこんな本をもつてゐたのか、又どうして私の様な怠惰な學生にくれたのか。私はものごとをしひてこぢらせて、その本を掌の上で横にしたり縦にしたりして眺めた。鄕里の私の家の留守居をしてゐる老婆に、彼女は常づね私の父の子守をしたことを矜りとしてゐる様な性質の女だつたが、いつも私の荷物を送る様に依頼すると、荷物の他に手當り次第、思ひつきのまゝに二三冊の書物をひき出しては送つてきた。近頃ではそれは大體彼女のいふ異人語の本で、それを私は又樂しみにさへしてゐる様な始末であり、そんな理由でこの「邊境捜綺錄」も老婆の手によつて初めて私の眼にふれる運命を荷つたわけだが、さういふ事實については私は「運命」といふより他のことばを繰ることは出來ない。しかし「運命」といふ場合私の考へてゐることはこの本の未詳の作者の心づもりの中に問題が入つたり、又ははかりしらぬビルニロアーヌ先生の企みさへも考へられさうで、このことがらはわけても考へねばならない。正しくいふならこれは「世界遍歴者の見聞記」とでもいふべきであらうか、それは獨逸生れの作者が語るものだといふことは表題からでも想像されよう。その中には攘夷論といふ運動は幕府の開港政策と共に物價が騰貴した爲に起つたものであり、此が當時の京都方の革命家志士にとりあげられたんだといふ様なことが見えたりして、この世界遊行者《ぶえるとうむぜいぐらあ》のいさゝかならぬ鋭い歴史觀と深い學識に敬服するのを止め得なかつた。しかし私の語りたいのはさうした經濟史的事實でなく、この本の第十四話、卽ち「やぽん・まるち」の作者の異聞についてである。そのことわりは後に述べるのであるが、私は今年偶然この「やぽん・まるち」といふ曲をある古典的な會合で聞いたのであつた。だから實をいふとこの本の中からこの記事を見出した時には、はつと戰慄に似た一種のときめきを感じて、その一章をむさぼるやうに耽讀してしまつた。その結果、私はこの本の初めて竝ならぬ眞價が如何に藝術的であるかと、さへも了解したわけだ。この物語家のドイツ人は「やぽん・まるち」を佛蘭西人の助言づきの作曲だと記してゐるが、私にはそれを例へ記録にたよつてもはつきり根據づける様な方法はない。しかしそれではあるが、「やぽん・まるち」演奏會時の様子などから、或ひは幕府に佛蘭西人の往來した事實などを考慮して、この記事は一概に排斥されぬ誘惑を與へる様だ。そして私があれをきいた時、それはあとで考へたことだが、あの神祕な靈的な幽鬱の中にいくらか、むしろ俗なマルセーユの歌を想はせる革命的旋律さへも交つてゐるのを知つたからでもあつた。

## 三

今年の春、私は新進ソプラノ歌手として知られ出してきたU孃の從兄弟に當る友人Tの紹介で、珍らしい古曲の演奏會に招待せられた。Tの家柄から聯想される様に、その會の出入者は殆んど舊幕の頃の譜代の大名の子孫といつた人々で、實に私は異常に回顧的なむしろ神祕的な感興をその集りのさ中で禁じ得なかつた。しかも會は初めから終り迄、華やかな中のしめつぽさや、新しい調度の中の古風さは、私をしてその氣分を變換せしめなかつた。ましてそのデザートに入る音樂こそ、そして私の主なる出席の目的もその時代的な誘惑であつたが、殆んど今日の私らの周圍できくことの不可能なものであらう。その大多數が舊幕の時代の作品だといふ中で私は「やぽん・まるち」といふのを最も深く感興を以て聞いたのだつた。あれを文字に寫し得ない。甚しい私の不敏さにもよるであらう、同時にかうして「やぽん・まるち」といふ文字を書いてゐるのさへ、壓迫しかゝつてくる。私の心持の中にこの曲が呼び起したある種の神祕的な鬼氣に似た、心的象徵が非常に頻りとそれを邪魔だてるのにちがひない。それを私はやはり明瞭にいへないだけで、たゞ私は途方もない長い憂愁の築垣道を歩いてゐた。誰もかれも心持ち暗い色に變り、おそひかゝる様な神祕の跳伏に心沈んでゆくのであつた。私はいつか豪奢な廣間のシヤンデリアを嘆きをはく様に眺めまはしたりした。大體が行進曲であらうと思はれるのに、その曲節はある時は心持の深みへおち込み、あるひは直走りに氣想の端尾を押壓して、むしろ呼吸をこらさせる様に、反省を求める様に、しかしそれは誰の葬禮の曲よりも慰安を與へることなく、悲しみを與へることなく、恐ろしい精神の苦闘をまざまざと見せつけて進んだ。たゞ私は深み込んでゆく死の影といつた様なものを惡心してゐるのをはつきりと知つた。その佇立する死は自體がパスカル風な終末感をへた宗敎的氣分の中へとけ込んだりした。皆、この作品に今日の好事的な興味を集めてきたのだが、いつかその一人一人が恐怖の慄ひをもつて蒼白にならぬものはなく、それは一人が陥ると瞬間的に次から次とへ傳染し始めて、おしまひにはがたがたと慄へだし初めるものもあつたりしたが、その場の恐怖といふのは、心理的な恐怖をより抽象化し、象徴化されたもの丶様に、いつか一同は肅然となつて凄酸な氣分を深めるやうである。この小さい曲の氣持のなかの長々しい連續は、演奏が濟むと共に明らかにほつとした色をこの古風な參會者一同を一樣になびかせた。肝心のこの作品の提出者さへも、その來歴を仔細に語ることはしなかつた。でそれはより多くのさまざまの話題を、この曲について私らに與へた。そして彼はたゞ、曲は幕末のもので珍らしく西洋風の樂譜で作られてゐるといふことだけを話した。私らは、U孃とTと私とは、夜更けの廣い庭園を散歩しつゝ、さういふ來歴の語る不可知の神祕性を一層はつきり認めねばならなかつた。そして人々は互にこの作品を激しい藝術上の天才の創作になる傑作であるとか、なんかと冗舌をくりかへした。さういふより他にこの作品の與へた異樣の雰圍氣は說明されやうない。わたしらはこんな曲が果して音樂上の神品であらうか、音樂のねらひ所が人の氣分の跳躍を殺すところにあるんだらうか、もつとうつとりとした恍惚世界を與へるのが音樂の道でなからうか、などと互に語りつゝ、しかもどうしてもかうした神祕的な價値をやはり默殺し得なかつた。從つて一人が思ひ出した樣に、モーツアルトが十四歲の子供で九音部からなるミゼレーンアレグリスを、記憶によつて記錄し、法皇廳の樂人や法王をあつといはせたことも信じなければならない、と感心すると、又他の人はヴチカン直屬の教會樂團の形式的な凡庸化を述べて、モーツアルトの盜聽の如き天才の一例として信用せぬ者の多いことからこそ天才の存在を認めるべきであると、誰も對手になりもせぬのに熱心に語つたりした。ただ悟りきつた樣に私は思考を蔑しめつゝ、こんな場合多辭は反つて信念から感動や瀉泄を語つてゐるものでない、從つてその頃考へてゐたジンメルの藝術に對するお冗舌をにがにがしく思つたり、かと思ふとジンメルなど考へだしたことに自分の不安を感じたりしだした。がそんなことを考へつゝ反つて私もいつかとシユーバートの「一八一二年の序曲」に似たところを感じたとか、むしろマルセーユの歌の俗な紅血が聯想されると語りだして、如何にも淺薄な自分の知識を恥しいとさへ思はなかつた。

四

その頃わたしは美學上で云ふ「天才」について考へるところがあつた。それで私はくる日もくる日も圖書館へ行つては廣く近代の哲學者の説をひらひ讀んでゐた。モーズリ、ボンネ、ビユフオン等の古典から、シルレル、ゲエテ、レーノールヅ卿の美しい作品を、さらにレツシングやカント、ジンメル等のアウトラインを覺え込みつゝ、結局學問といふものが如何に非天才的な方法論で「天才」を論じてゆくものかと、あきらめ得ただけだつた。しかも人はなほさら天才の存在を考へねばならない。ありやうは藝術觀の喰ひ違ひから「天才」の問題をこの上なく窮屈に曲げただけの話のやうだと考へつゝ、なほもわからぬ思索に沈んでゐたのであつた。それで私はツエルネル（1834―1882）が第四次元の援助によつて奇術師ステーデの世界を理解しようとした努力の根本の間違ひを了解しようとしてゐた。そしてつひに、「やぽん・まるち」の作者は私をあれ以來ずつと理解できない闇黑世界へとひきずり込み、いつも彼自體が私の不安となり、强迫となつて、「やぽん・まるち」の旋律と盤動の交錯が、私の心機を應變させてゆくのだつた。まことに長い日だつた。

## 五

こんな理由から「やぽん・まるち」の記事を發見したときの喜ばしさは全く何にたとへやうもない位だつた。しかし初めは不氣味に、一種の幻想にでも左右されてゐるのではないからうかと、その古風な體裝の本を僆い樣な怕れでくりかへしてみたり、何度も閉ぢては同じ記事のところを開けたりしたものだが、安心を得るとともに、いつか憑きものの退散した樣にほつとした安堵さへ味つてゐるのであつた。だが、こんなわけだつたのに私はこの發見のことをつひにTには未だに語らうとはしない。さうすることが理由なく惜しい樣だし、餘りにも輕々しく語ることでないと思つた。たゞ姉にだけは先日訪ねて行つたときに、音樂會のことなどは何も知らぬしするから、「ビルニロアーヌ先生にもらつた本を讀んだ」と云つたが、彼女はもうとつさにそれがどんな本だつたかさへ忘れたのであらう。「さう、この頃アミエルの日記が面白くて……」といふ樣な話をしたりした。それで歸りに假とぢの本を見せつゝ、その中から黑い絹のしをりをぬいて私にくれた。それは手製のもので、こんな詩が白く書いてあつた。

Comme un sage mourant, puissons nous dire en paix :

J'ai trop longtemps erré, chercré ; je me trormpais :

Tout est bien, mon Dieu m'en loppe

「アミエルの中にあるのよ」といふので、私は笑ひ出して、「駄目だな、姉さんは駄目だよ。もう赤ちやんでも生む準備をおし、——ね、おかしい位、全くビルニロアーヌの坊さんそつくりさ」とからかひながらも、もう姉さへあの書物のことを忘れたんだとあきれてしまつたり、それで安心したりした。

六

「やぽん・まるち」の作者は日本の幕府の武士であつたらしい。當時の一般の下層武士のみじめな生活ぶりは今さら云ふ迄もないが、彼もやはり例にもれず何らかの内職をせねばならなかつた。そして彼は表は算數習墨を教授するといふ風に稱しつゝ、内では好む遊藝の稽古をつけてゐたさうである。さうしたことは幾分武士といふ身分的因習の名殘りを強固に反動的にまで支へようとした當時に於ては、恥づべき營みであつたのであらう。しかしそれがどういふ風評をうけたかは知らない。たゞこのどいつ人の旅行記々者は彼のうつ皷は土間の湯を沸えらせてゐる鐵瓶の響に反響した、と書いてゐる點から見ても、私らの傳統的な形容詞の使ひ方を囘顧して、確かに名人藝の領地に入つてゐたのであらう。丁度當時幕府に參上した外國使節の中に隨行として一人の佛蘭西人があつた。彼の姓名についてはこの旅行家も知り得なかつたらしい。たとへ專門の音樂師でないとしても、深い趣味の持主であつたであらう。まして未知の未開國の夢を海路の遙かに擁いて、東洋の孤島を訪ふ情熱は彼の胸を去らずに、わきたゝせてゐたのに違ひない。どういふ理由からか詳細にはわからない。いつかこの幕吏はこの佛蘭西人を友に得たのであつた。當然二人の對話は一つの關心にひきつけられた。好意ある通辭を介して語る夜は共に互の異國の樂器を奏しあつたりした。深更の異人館に、碧眼紅毛の男と對坐する日本の武士は、そこできく西洋の異大な構成音樂に刺戟されて、いつか自國の藝術に新しい分野を開かう、たとへ捨石になるとしても、と烈しい情熱で誓ふのだつた。それはまづ異人語を學ばねばならない。さらに音譜を學ばねばならない。既に激しい精根のいる仕事だつた。しかもこの狂氣じみた幕吏は深更でも疑問が浮ぶと必らず品川の異人館まで、下谷から二里の道を歩いていつた、といふ樣な插話さへかたられてゐる。當時といへば最も巷は騷亂の極に達した時であつた。浪士は江戶に參集し、幕威は衰へて斬殺は白晝公然と行はれた。攘夷の論は下火となつたと云へ、未だ餘燼收らず、公然と異人館へなど出入の出來る時勢ではあり得ない。その樣な有樣の中に疑問をもつては、恐怖も忘れていく度か彼は深夜の巷を步いた。いつかの夜など異人館に到着すると、もうあかつきの白々と明けようとすることさへあつた。幕府では西洋風の訓練がやうやく組織されてゐた。二人は軍樂のやうなことを語つたりしてゐても、思ひ出せばいつか二日の間一睡もせぬ樣なことさへあつた。幕吏はまづ着手として行進曲、それも訓練に使ふ曲の作曲を思ひ立つた。彼はさまざまな西洋の軍樂をきゝ、奏した。「まるち」を作らう、それは同時に新しいこの國の音樂建設への、無名の弱々しい力の名のりの樣に彼自身にさへ思はれた。それであつて又大きい矜りでさへあつた。いつか彼はさまざまの助言のもとに一曲の「まるち」を作りあげた。融然と統一された曲の中にわたしはあのフランス人の海を渡つてきた情熱をつひに發見し得なかつた。それより私は本當に皷でそんなものが巧に奏されるかどうか知らない。しかしこの本にさう書いてゐる。皷の樣なもので音譜に書いた「まるち」を作らうとは、何といふ途方もない天才の熱情であらう。彼は完成といふことを知らなかつた。彼は作り上げた日から、まつたく宿命の樣に、どうしてもその作品の生命の動きを固定させることが出來ない。フランスの隨行員にはそれがじれつたく、しかたなかつた、といふよりこの小さい人種の身うちに藏された執拗さが空怖ろしかつたのであらうか、……久しくなづみて進むことなく、一月たち二月過ぎ、なほも既になりし作に向ふ。そのさまを見るに、身は山野の枯木の如くやせ、白眼は盡く血ばしり、一向に狂氣せる如く、默々として聲だになし。發せば皷の響自作を奏すばかりなる。ふらんす人のいふに、斯く考ふること詮なきこと也、即ち君の血、陰《くら》く、人の氣を滅入らして華やかさ無し。君初めて洋樂を作るその作品の不安なることを憂ふるなし、と。と擬古的に譯して見るとこんな風にこの記事に示されてゐる。彼にとつては新しい曲の續作よりも一曲の完成に精根は最後の一滴まで注がれてゆかねばならない。彼はたゞ作の形成よりも氣分の移入に紅血を空費するだけであつた。眼を開いてから、寢につく迄、彼は何べん自作をくり返し、何べん自作を奏へつゞけるかわからない。どうしても満足しきれぬものがきつと殘つた。氣分を移入しようとするとき、新しい氣分はいつか自分のさきの氣分に倍加された濃度の氣分となつて後に殘つてゐた。惡魔を追ふ樣にそれを追ふ藝術家は、傍人にとつて怕しい對象魔の相をみせて、はかりしれぬ深淵に藝術を陷れ込まねばおかない。誰でも藝術家のそんな狀態を狂氣といふためらひはすまい。樂譜は何度もかき換へられつゝ、その何度目かさへも殆んど讀むことも不可能に、加筆され、訂正され、抹殺された。そして憑かれた者の姿で彼は自作にすがりついてゐた。もしそれが藝術意欲といふなら、個人的な最もつきつめた精力の尖端に藝術は彼と共にあつたといはれよう。その頃ではもう幕府の衰亡は月日をまつだけとなり、政府はまづ萩に破れ、次いで鳥羽に敗走した。調練された軍隊はあつけなく弱い軍隊であつた。しかし彼はいつかそれらに無關心であつた、彼が誰の爲めに作曲したかをさへ忘却してゐた。あれから長い年だつたか。彼は皷に向つてゐるきりである。京都の軍勢は三道から殺倒してきた。佛國人はこの幕吏に自分の故國へ連行しようといくたびか誘ひ、つひにはさとしたりした。南歐の明朗な風土と豐穰な藝術の世界を、南歐人の語る世界は驚異的に廣く、未知の土地は誘惑に滿ちてゐた。が彼は默然と聞いてゐた。そしてふと彼は將軍慶喜が佛國の援助をはつきりと拒絕したことを思ひだした。そんな俗世のことを作曲を初めて、あれ位に專心しだした後の自己の意識のどこに殘つてゐたのかと不思議と感ずる有樣であつた。そしてつひに日は來た、とこの「邊境捜綺錄」の作者は惜別の日を適切に敍述してゐる。彼は未完成の自作を奏しながらも、この遠來の教師との離別を惜しまねばならないのか、どうかをはつきりしらなかつた。やはり感謝せねばならぬ、感謝せねばならぬ。しかしごまかしきれない氣持の中で彼はこの紅毛の享樂家《ディレッタント》と、自分の藝術の間に大きいへだたりを感じることを認めねばならない。彼は紅毛人の干渉や介口を押しのけて自己の信念を紙に現はしたことも、何どあつたかしれなかつた。そんなことからいつかゆき、さへ稀になつたり、それでも思ひ出しては彼は律氣な傳統の觀念から助力者を訪ねたりした。——さうだつた、彼はじつと沈默してゐた。玻璃の窓を透して月光がさし込んだ。幕吏は西洋の樂人の意志の藝術をふらんす人を通じてきいた逸話を思ひだした。三度傳記々者の筆を譯すると、……ふらんす人問うて曰く、君の心、日本武士の氣持たるか、と。日本の武士笑ひて答ふるに、われは藝術を破り、心を破らん。つひに肉體まづ敗るべきものなるか、と。——私はそれをフランス人が理解したか否か知らない、といふのはこの話はこゝで切れて「やぽん・まるち」の作者のその後にのみ筆は運ばれてゐる。江戸の戰ひは敗兵を上野に集めてゐた。江戸の繁華な町には野良猫に變つた猫のみが、食を飽富にあさる姿を見せてゐる。勝敗の明らかな戰ひは慘鼻の極みを極めた。その陣中のどこからか日夜をわけずに小皷の響わたるのがきこえた。まがひもなくかの幕吏であつた。私は彼の參加の心持を理解するだらう。作曲の加筆修正は陣中でも何の屈託もなくくりかへされてゐた。一きは瘦身し、顏貌は一層骨だち、眼は落ちくぼんで、さながら生ける餓鬼相を現はしてゐた。豫想されて、遲かれ早かれくる集團的な生命の終焉をまへに見ながら、それから全く懸絶してゐる樣に自道に専心を通り越して、夜も殆んど眠らない。山中籠城は數日を耐へ得なかつた。さまざまな悲しい插話の中ででも、寛永寺の宮の奥羽落ちが一番に悲劇的な情景を展げた。人々は聲をしのんで泣いた、するとその時どこからか喨々と小鼓の響が哀愁をいやましにかりあがらせて響いた。宮が「風流な者がゐます」と語られたのを、隊長天野は空虚に「ハッ」と答へるだけだつた。こんな幕軍の集團の氣持は短い期間といへど、「やぽん・まるち」の作者の藝術意欲をますます增進させた。いつか作中には山中の雰圍氣が、こゝ何年來の鬱積した社會感情をより濃化して入り込んでしまつてゐた。偶然に彼は自分の藝術を滿足せしめる爲に、自分はこゝ泣きたのだらうかとひそかに考へることもあつた。それは藝術と自分の肉體を同時に一方に完成を感じ、さうして一方を殺すことではないのか。氣分の押進をそれより他の方法でおしとゞめるすべがあらうか？　上野のあつけない陷落は晝頃だつた。あひ變らずに喪心して皷をうちつゞけてゐた、「まるち」の作者は、自分の周圍を殺倒してゆく無數の人馬の聲と足音を夢心地の中で感じた。しかし彼は夢中でなほも「やぽん・まるち」の曲を陰々と惻々と、街も山内も、すべてを覆ふ人馬の響や、鐵砲の音よりも強い音階で奏しつゞけてゐた——彼にとつて、それは薩摩側の勝ち矜つた鬨の聲よりも高くたうたうと上野の山を流れてゆく樣に思はれてゐた。

つひに「やぽん・まるち」の作曲者名は判明しない。

（一九三一・一二・一）

# いんてれくちゆえれ・かたすとろおふあ

かうしてまでじつとしてゐることはなんと耐へられない。うそと眞實で虛こうしてゐながら、いまとなつても、まだも文字はなつかしい。あゝそれはいつたいなにからきた。なんのいん縁だつた。わたしはなんでもよい、書いてみてゐたい、わたしはねつしんに自ぶんにしやべつてみた、それに――何もかもわからぬ。しかし筆をもつてみると、いつたいなにからかいてゆくのか、一たいなにから書いてゆくのか。――こんな悠暢な氣分をいまだにもつことが、まつたくまつくらで、思へばかぎりない不可解さだ。こんな氣持は、わたしのおしせまつたみにくい焦燥を、しひてこじりつかせるのでない、と、わたしが斷言できない。考へれば考へるほど、わたしはわたしがかつての日にしやべつたり、行動したり、してきたことが、いつぱうはづかしいとおもふのに、すぐに一向とりとめなくみじめに、まして今度の決心へまでの懊惱がより一しほばかばかしく、なんのめあてかとさへおもはれる。馬鹿らしいとおもうてみると、しかしこれはつまらぬことだ。いまにして馬鹿なとかんしんしてみても、いまの精神の狀態をぜんぜん豫想できないとき、また事實さうだつたから、わたしは考へ、惱み、つひに疲れきつたのであつた。いまでさへ、あゝ、わたしはさいげんもないわたしの氣分が一秒のあとには一秒のまへとは全然別の私にゐるのをどうともできない。しかしそれをわたしはどうしよう。わたしはいまだ人間世界に執着してゐるのだらうか。それをわたしは怖ろしいまでうちこんで否定した。しかしあひだもなくじめ〳〵した不安がきた。が、いやいや、さうなるのだ。こんな考へをわたしは怖るべき自殺者の心理のやうに空想してゐたことだつた。たかい崖から深淵へとびこむ瞬間、彼が死の一瞬にふたゝび生への情愛を感じはしないだらうか、わたしはかんがへてゐた。なんといふ子供じみた空想だつた。たゞわたしはこのなん時間ののちに死ぬ。あゝ、それを矜らしくさけびたい。わたしは自殺しようとしてゐる、わたしの肉體はいまも徐々に死へとたどつてゐる、それに、これはまたなんとやすらかなことなのだ。そしてわたしはいまわたし自身にかたつてゐるやうに、死ぬまへの感想——こんな生やさしいことばしかわたしがまなんでゐなかつたことは、くやしいともいへぬ懶惰なことだつただらう、がこんな考へもいまではわたしにとつて子供の漫畫のおとし話にもゆかないではないか。悲しいとか、嬉しいとか、そんなものにわたしはあいてしまつて、一切の人間情熱を否定した——そしてその感想をしるさうとする。考へてもしかたない。書くことはまして詮ないことばかりだ。それだのに、わたしはこの貴重な瞬間になにかを書かうとおもつたのだ。もうわたしはじつとしてをれない、あゝ、それがわたしの不安をはらふ方法なのか。ちがふ、わたしはちがふ。この紙片をみたひとはわたしの貴重といふ意味を解しかねるだらう。しかしこの神祕的な氣分だけは、わたしのいまの時間にさへもやはり人間本能の意識だといふよりしかたがない。こんな氣分をわたしは一心になつて抹殺しようとこゝろみた、その結果、わたしはより跳梁した氣分のなかにわたし自身の姿をみだしてゐた、なんといふつまらぬ努力だつた。わたしはたれにむかつて、なににむかつて、こんなものをかゝねばならないのだらう。と、笑つてくれ、わたしのつきつめた氣持にたとへ一分の疑惑でももつてくれ。あゝ、わたしは、わたしのつきつめた意志の氣持は、これをかゝうとする虛妄の氣分因習と、いくたびはげしい闘爭をくりかへしたことだらうか。あきらかに、いまもわたしの心は激しい二つが相ひた、かひ相ひもつれあつてゐる。わたしは三度あまりかきかけた紙を破りさいてしまうた。そのあとですぐにわたしは、一心にかき出した努力にほとんど正常な氣持ではたへられぬくらゐの絶大な失望と焦燥をあぢはつてゐた。それはいつかわたしに可憐な理性の力をまざまざ見るやうに、はかないなぐさめさへあたへてくれた。この數時間を、それはなんとながい時間だつたことだらう。二十六年の全生涯が瞬間に凝固した、がそれは數時間だつた。紙片を破つたあとでわたしはたちまちはげしい不安におちいりだした。それはわたしのこく〳〵にへつてゆく生命の時間への不安であつた。わたしは瞬間人をよばうと思つた。そんな氣持をふと心のなかでいだくと、美子もすぐにわたしの氣持を傳染するやうに反應してゐた。もうたれかれでもよい、わたしはたまらなくひとを呼ぶ衝動にかられだした。あゝ、しかしわたしはじつとして、それはわけもなくいつそう怕しいことだ。二人はひとを呼びたい衝動にうごきのとれなくなるとき、そのたびに抱擁しあつたのだ。

わたしには現世はいとはしい。今のわたしに、この世界のことを書くのは、もはや絕對的に嫌はしい。あゝ、さういへばこの瞬間ほど絕對的といふことばのもつ氣分をしつくりと感じたことはかつて夢にもなかつた。わたしはもうこのうへに、理窟をいふこと、論理をもてあそぶこと、そんなさまざまの生に卽したことには一途に興味をうしなつた。わたしはこのさき數時間に、この地上にあつてこそ稀有とはいへない生を、永遠の死に移換する。思へば他のなによりも、一に一を加へて二になるといふ、あの地上の嚴然とした眞理よりも、わたしこそ絕對的なのだ。わたしは死にむかつていままできた。たとへ自明の眞理にしても、いまのわたしにとつて、無用なことでないか。そこで眞理の支配力も無意味とされる。しかしそこは距つた遠さでない。理性にしろ、秩序にしろ、そのすべてが人の生にもとづきこそせよ、いま直面する死から演繹される、どんな論理があつたか。死こそわたしにはやすらかな、そして、おゝ不意と侵されるありとあらゆる殘酷な論理の停止者であるからは。わたしの死ぬといふことがらから、わたしはいろいろの人間言葉のいひがかりをのがれはしない。沒落者だ、敗北者だ、そしてインテリゲンチヤの必然的運命の一つだ、と。——あゝ、おもへばにんげんの、そのさまざまのことばの概念自體のなつかしさ。それはもうはるかむかうの、別の世の、または生れぬ世のやうだ。わたしはなんといはれようとも、このいまの心のうちで笑つてきいてやる。にんげんといふものが、なぜこんな氣持に生のなかでなれぬのだ。ふと、わたしはプラトオのことばを思つた。エロスといふことが死ぬ日のほかのいつの日、誰かゞ諦觀しえられるか。わたしはこれをかきたくなつたのだ、がそれもよさう。所詮わたしは、あのさまざまにひとが、たかい價値さへみいだした、ことばとともにことばをつれて、いまから死滅する。いつたいたとへわたしが哲理をかたつてもそれをどうする。わたしはしかもこれからさきはまつたくかんがへない。わたしはわたしの年少の熱情をとらへた、あの變革の理論の正確さと強量を、つひに生涯わすれなかつた。たとへ理論と實踐とのあひだに、わたしのなかにとびこしえぬへだてを感じた日にも。それをわたしはじつにわたしの意志の弱さにみつめた。わたしはその理論の、その實踐の正しさを生涯うたがつてゐない。わたしはわたしの自分をせめ、試み、力づけた。わたしは因習を計り肉親を憎まうとした。そしてつひにわたしはわたしをもはや處理できなかつた。わたしは死よりなにを考へられよう。いやわたしは感じたではないか。おまへは死を知つた瞬間においても、おまへは神かけて地上の變革の科學を疑つたのでない。……わたしは神かけて、といふ、いまだからわたしは神かけた。さう、神よりほかにわたしはいつたいなにを賭けられる。わたしの精神も、意志も、またロゴスも、イデーも、なかなか自明の眞理さへも、空虛なものだ。わたしはその理論を信ずることふか〻つた。わたしはそのうへ純情をもつてゐた。それにわたしは熱情をもつてゐた。それは悲劇の誕生があるだけである。あゝ、わたしはみづからに知つた。熱情は熱情を越えた。わたしは熱情で越えようとした。純情がみづから破綻することに、わたしはきづかなかつた。わたしは熱情を論理づけるものがなにであるか、純情を論理づけるものがなにであるか、知らなかつたわけでない。それに純情はみづから越えんとした純情の上につまづいて了つてゐた。まことに地上の原罪に、わたしは暴らされてゐた。わたしは苦しみ、悩み、おゝ、さうしてどうすればよかつたといふのか。どうすれば……そんなことをきゝたくない。わたしは餘裕をもつてなかつたんだ。わたしのため論理を弄ぶなどよすがよい。彼こそ理性は滿足する、だがいまのわたしにそれがなにをくはへる、わたしはそんなひとを見おろした、これこそ無駄といふものだ。そのまへにわたしは破綻してゐた。整然たる論理の合理化、そんなものもきゝたくない。それにわたしが無知であつたのでない。この二年三年のながいあひだ、わたしの意識して最大の年は、じつに、わたしのうちなるわたしの闘争だつた、相剋の激しい連鎖であつた。このうへわたしはつかれ、よろぼふすべをしらない。やすらかさをわたしは希求した。わたしは久しいわかさで小説をかゝうとした。しかしわたしは、どうして沙羅の花にふれたまゝを文字に化しえよう。わたしは友人らの賞讃を獲た、名聲ににたものをあぢはつた、がそれはともなつてくる不安のことぶれであつた。わたしは不安にきづくと、いつか不安はわたしの全き生を、職業の底をじめじめと蠶食しだしてゐたのだつた。こんなこと、わたしの一人きりのおしやべりをたのしませる、ことだらう。しかもいつぱうわたしは、あたらしい階級の理論に、むしろそのさきすでに現實自體の傾きのなかに身を放棄されてゐた。わたしがこの二つの不安をもたなかつたら、わたしは幸福なのか、いや、わたしにわかるものか。ともかく生命を保つて馬車うまのやうな生命を、をしんだだらう。わたしは藝術する意識をしつこくたづねた、それだけであつたらよかつた、しかもわたしは存在の傾斜を意識した。わたしのあの意識と意識とのあひだの血なまぐさい自己闘爭、わたしは倫理觀の純粹さを一歩もゆづり得なかつた、——それからさきはわれながらうつろにわからない。わたしは、あゝさうだ、一方にヘゲモニーをあたへる寛大さをさげすんだ、さうだつたか。むしろ藝術する不安と遲滯がわたしをあたらしい世界潮のなかへおしこまなかつたか。——あゝ、いまのわたしにとつて、すべてがなんの價値でもない、なんの光りでもない。知つてゐる、死ぬくらいなら、——と知見を矜りたいといふのか、がおまへはこのいまのわたしの精神の高次の存在をしつたといふのか。わたしは殘された一きれだつた、歴史のなかにのこされた斷片だつた、だがわたしは斷片のほろびゆく姿に詩をみた、わたしはほろびゆくものを知り、あゝ、その美しさを笑殺しえない、そこに文學しようとした。わたしはそれからつひに精神を越したのだ。知見のひとはいかにして精神を越したといふか、わたしはこの決意と實行に、むしろ慰めをおもひ矜を感じる。思へばわたしは實踐する彼らに、そのてんかの星をめざすかれらの眼眸に、彼らの氣魄をしるうへにおいてたれにもおとらぬとかんがへる、士可殺不可辱、わたしはわけても大きい鋼鐵の力をみた。——そしてそれこそわたしの純情のつひには潔ぺきな破綻を助長した。

わたしはその正しさをしり、可能をうたがはぬ。がむしろわたしは人間情熱にひとしれぬ情緒的なあこがれをおもはなかつただらうか。あゝ、たしかにそれはわたしの紅血をわきたゝせた、吉利支丹の遺血をわたしはかすかにむねにのこしてゐたのだ。わたしは反省した、わたしの論理をきくためだつた。——わたしはいまになつて人間の思惟そのもの、力がわからなくなつた。わたしはいまの瞬間にわたしらの思考のちからのをさなさをしみじみかへりみた。それはほんのすこしさき、もうそのときこそわたしは死の次元に彷徨をはじめかけてゐた。だからわたしの考へは加速度的にわたしを壓倒してしまつた。こんなことが現實にありうるのか、おゝ、それがある、わたしは信じ、偉大なる聖者を、宗教家を、はじめて理解した。わたしは彼らを歴史のおもひつきのいたづらとしてひとしくすて、ゆかれるだらうか。宗教の批判にしても……どうしてかういらぬことをわたしは書いた。それがおまへのためにもひとのためにもなんになる。そしていまわたしはむしろ、かつて塵芥よりも意識しなかつた神にのこされたあらゆる力で、すがりつき、たよりかゝらうとしてゐる。たゞわたしはいまの氣持を、決して死を決意した瞬間にも、ましてこの氣持から死を決行したのでも、ない。おそろしいことだ、神を求めるこゝろをもてばわたしは死を選ばなかつた。あゝ、わたしはこの二つの論理をさばくことを知らない。わたしは假定を、假設を考へられない。わたしはかつて整然たる理論を信じてゐた。その巨大な倫理性にひきずられた。わたしはありとある純粋さをもつてゐた。おもへばその不幸はいまのわたしの幸福だつた。たゞわたしはなにごとも知識するよりすべがなかつた。わたしの純潔の論理はしたがつてわたしを破滅におくりこんだのだ。いまもわたしはそれを正論とかんがへ、それは意識のあひまあひまにあらはれながらそれなのにともすれば、そのさまざまの現實的關心は、わたしのこゝろをはなれ、わたしの意識を遊離する。そのときこそわたしはいつしんに神にすがり、神をかんがへてゐた。いや、わたしは神とゐた。それでわたしはしつてゐる。かつての日こゝろをそゝいだ、あの學と、あの究心のため、わたしは神とゐる榮光をもつのだ、——と、わたしは崖をくだりおりるやうなあんどさへほのかにかんじ、はやさきの溫室薔薇のひみつの情緒さへあぢはつてゐられた。がそのつぎの瞬間には、わたしは大きい集團として、かうした死線におひやられた階級のことをかんがへずにはゐられない。死線にさまよふとひとのいふ、おゝ、彼らはそこで現實をはばらかしてゐた。わたしの越したところと、それと、わたしは歷史にたまらなく恐怖してゐた。どうしてかうもちがふのか、しかしわたしにはかんがへる氣力などとつくにない。いつたいなにを書いてゐるわたしだ、おまへはなにを書いた、理路もなく前後もなく——そしてわたしは彼らとわたしを校照してみた。がそんなちからさへ、うつうつと正否の判斷もなく、いさゝかの價値づけもなく、傍觀的にとりあつかへるだけだつた。と、またも神が、どうした都合でか、あま戸のすき間をとほる光線のやうに腦裡にさしこんでくるのだ。わたしは死なう、つもりだつた。死なねばならぬと信じた。わたしは無なものにおさへつけられるやうにして信じさせられた。——そしてわたしは神をいまだ信じてゐなかつた。

わたしはざんげする、ざんげせねばならぬ、たれに――やつぱり神にでない。わたしにであらうか、わたしにであらうか。わたしは眞實死なねばならなかつたから。たゞわたしは死ぬ機緣をいつしんにさがしもとめた。わたしは眞實死なねばならなかつたから。たゞわたしはるまひだつた。あゝおもひだせば稀態なあの日ごろのわたしのふるまひだつた。そのまへのことだつた、わたしは不信の文士のかいた遺文をよみ、それに泪ぐましいまでの美さを、どうとも處理しきれなくされて了つた。これもざんげする。が、あの文士の欣求蠻性の心理は、藝術する不安の欣求失念だつた、わたしはおもふ。あゝわたしはしんじつ不實のさまざまを犯してきた。なにもかも、おぼえてゐることもわすれてゐることも、わすれたことも、いつさいをざんげする。――ところがそのころ、美子、おまへがあらはれた、二年まへから知つてゐたおまへがはじめてわたしのなかにあらはれた。わたしはおまへをいつはつた。いまもおまへはこゝに横つてゐる、なにをわたしが書いてゐるか知らうともしない。だが、このいきさつだけはせめて呼吸してゐるうちに彼女に語らねばならない。美子ははじめもそれを嬉んだ。わたしがころしたのだ、まつたく殺したのだ。いまも喜んでゐるだらう。もちろん、神も、神もそれにいつくしみをかけよ、怒りはせぬ、怒りはせぬ。こんな道德は日常のキリスト教にも佛教にもない、たゞいくたりの聖者はさだめしそれを諦つただらう。あきらかにそれは普遍的なもの、たゞ生きてゐるあひだに感じるか感じないかだけなのだ。美子の氣持もやはりわたしとおなじもの、はずだ。わたしのこゝろ弱いいひわけでない。わたしは安心してゐる、どこまでも安心してゐる。だが、またさう思ひこむといふことは、おもひこまねばならぬやうにされてゐるかのやうに、ときどきたまらぬ不安にわたしをつきおとした。わたしは詩篇の六——だつたらうか、——「われよな〳〵床をたゞよはせ涙もてわが衾《ふすま》をひたせり」、といふ句をふと思ひだした、それからまた自殺した友人石のことを。そのをりの新聞の記事さへもざつぜんとわたしのあたまのなかに浮んでくる。どれほど一心ふらんにわたしはいまその記憶と思考をはらひのけてゐるか、あゝそんなことをだれが知つてくれよう。わたしは自分によつて神をうたはうとした、おゝ、わたしは神によつて自分のうたをうたつてしまつた。やうやく神はわたしにかへつた。神はわたしにはいつた。いやわたしは神にはいつた。わたしはやすらかに窓に觸れる樫の木梢のゆきゝさへかぞへたいほこらかさ、にゐる。が、なべてがひとの享けた生の本能であらうか。わたしはあまりにもいたらぬわたしをいまさらむちうたうともおもはない。——わたしは死なうとし、美子、おまへを一しよにつれてゆかうとしたのだ。その誘惑にどれほどわたしは苦しく抵抗しようとしたか、しかしだめだつた。そんなわたしがわたしを死なせたのか、わたしはおまへを、おきぼりにしてはゆけなかつた、それをいまでも矛盾に感じぬわたしだといへば、いつたいわたしの氣持はどこからどこまでいまのわたしの氣持であらうか。わたしはおまへが、死なうといへば諾《あい》といふことを、とくに知つてゐた。おまへはいまだ少女期を脱したばかりだ、そのこともわたしはみつもりにいれた、しかしおまへは餘りにも稚なかつた。そんなおまへの氣持にわたしは確信と不安をはんぶんづゝにもつてゐるよりほかなかつた。第一わたしはおまへを強要することは、わたし自身の氣持がゆるさなかつた。だが、こんなことなどをおいても、わたしはおまへの母に……あゝ、じつにわたしはそれを口にしたくない、そつとだまつてゐたい、だから濟まないなど逃げるのでせい〳〵だ。こんなことを書いてゐると、なぜだらう、わたしはおまへの、もうわたしのといつてもよい、母の贅澤な私室を、あの土耳古織の壁かけをふとおもひだした。それがこのことに關係でもあるのだらうか。だがおまへはそんななかで育つてきたよい悲劇的な性質だけをもつてゐた。わたしはあの部屋へまいにちのやうにいつたころ、おまへは十七だつた。わたしはおまへよりも、おまへの母に愛情をもたれたやうにおもふ。それが幸ひだか、不幸だか、そんなことをたれとて知るまいだらうが、事實さうだつた。わたしがこんなことをする、それとなんかの關係が見えるのだ。おまへの母は全く若かつたし、ロマンチツクだつた。それは貞節といふことがらとおなじことばだ。わたしらはそののちに婚約した。おまへの母が一ばんねつしんにそれを助長した。その間のことをわたしは小説にかいた。それを母にみせないやうにわたしはおまへにくどくいつたものだ。わたしは年のおほきい自分よりも、もつと濃度の悲劇的氣分ををさないおまへのなかにみだしておどろいたことだつた。それがおまへのやうな階級の性格だつたのか。あゝ、わたしはかへつて年わかいおまへにひきまはされたのかもしれない。わたしは氣分の大きい力をもとからみとめてゐた。わたしは婚約のことをわたしの父にかたらなかつた。おまへの家と、わたしの家のことであるし、語つたらすぐにも父はよろこんでゆるしたにちがひない。わたしはおまへにだけ、おまへの母にもいふなといつて、父が許さぬのだと語つた。そんなことのありえないことも、またもしほんたうだとしても、わたしらのとる手だてのいくらもあることは、おまへにわからぬはずでない、ましてわたしの考へぬことでない。わたしはおまへもやはりそれが僞だとおもつたとおもふ。だがわたしは現實に直面してゐた。わたしの意志は純直だつた。生活指向にわたしのこゝろは壓迫され、斷片となり、その片々は純情の破片を求めてあへいだ。眞實をうちあける氣持などわたしはてんでもたなかつた。それはまたわたしの恥だとさへおもつた。たゞわたしは愛するものが、愛する對象を、眞實に愛するはずだと、自己の論理意識をそのまゝおまへにおしつけてゐた。あゝわたしはそのてん自分の明をほこり、むしろおまへに感謝する。わたしらはおたがひに感傷的なもの浪曼的なものをまつたくもたなかつたとはいはない。それさへわたしは計量してゐたのだつた。——いまさらいまのわたしの、この莊嚴された氣分を知つて、あまつさへこんな氣やすめごとをいふ必要はないんだが。わたしは良いとか惡いとか、いふより以上のそれらを超越したことのなかへおまへをつれこんだ。たゞこの場合、わたしは自分の素直でなかつたことだけは恥ぢつゝ、この紙片をつゞけることをこばむ氣持がとき〴〵動きだしたのを意識した。がみえがなんであらう。みえをはるわけがどこにある。純情といひ、熱情といつても、生のうちにおいてこそある時代それは自明の價値であつただらう。いまではわたしにとつて、現實といふ意味が、いかにも不潔に汚濁し、恥辱に暴《さ》らされた、その概念のもつ實體のかげにすぎないのを知りつくしてしまつてゐる。そのうへ、この紙片をおまへがよむ機會はもうないではないか。あゝわたしはおまへに讀ませるつもりでなかつたのか、いや讀まぬはうがいい。いやいや、讀んでもいい。あゝ讀む方がいいのだ。おまへは非常に感動するだらう。不滿をもたぬだらう。わたしの情熱は純情を越ええなかつた……あゝいまわたしはわたしの動機のなかに疑惑をみだしたのだ。あゝおそろしいことだ。しかしわたしは決行の動機がすでに事前にあつたことをしつてゐる。信じたい。なんとでもいふがよい、ではない、わたしはいひたい、いはしてくれ。だがわたしはさいごのいとなみをいたいたしく思つた。が、わたしは、みづからの純情を蹂躙していとはなかつた。わたしはひとにいひたい、親鸞の因緣を氣分のなかで擴大して愛してゐたと。たゞわたしはおまへの氣分にせめてしたがはうとはかるのみだつた。

たうとう肉體に變化を感じはじめた。毒物がわたしの肉體の組織のなかへいりこむやうに、くわうこつとした意識の中斷がひつきりなしにくる。わたしはそのをりをりに、いきものや、器官や、にんげん風習や、あゝそれからさいげんもないさまざまの個物の流れをみた。しかしそんなものは絕對的に意識でない。そんなものはおもはうとすれば作られる、意識はいつもわたしでさばかれぬ部分をわたしにおしつけてくる。あゝ、廊下に人聲がする。しかし、ばかな、こんなことをわたしはかんがへる。わたしのはりつめてゐる證據でないか。いまわたしはこの部屋にうちがはから鍵をかけた、それからしたの樹木のみつしゆうしたなかに其をすてた。あゝ、そのうちわたしはもしも火事のやうな、天災のやうな、そんなやうなものがくればと、ぞつと寒慄した。わたしははりつめてゐないとがめをうけた。

いや、やはりはりつめてゐるゆゑかもしらぬ、ほしいまゝになつてしまへ。あれから三時間。わたしは思ひつくたびに、ひとこともものいはぬおまへに接吻した。おまへはそれほどにもことばがいとしくないのか、あゝ、わたしはいまさへこのいたいたしい十九のにくたいを壓倒した悲劇的な少女の生を風習の觀念に、むしろわたしのもたなかつたものにひとのか、なかつたものに、まざまざうたれる。おまへはわたしに擁きまとつて、あゝ、おまへはわたしがいつしんにひとりしやべつてゐることを、はるかに實踐してゐるやうだ。わたしは書くきもちを恥ぢ、いやしみ、それでだまつてゐられない。おまへの瞳はうつくしい、うるみ、澄んで、ときどきわたしをみつめた。それには滿足があつた、わたしと死ぬやうなそんな小さな滿足でない、おまへは永遠の生命の滿足をしめしたではないか。わたしの心理は瀉泄した、わたしはつゞけさまに接吻をし、またした。だがそれもうこれからなんどできるだらうか。――マグデブルグのメヒトヒルド、あんな中世の尼僧のことをかうまでしみじみわたしはわすれない。"Lux divinatatis"（神の流るる光）、「神の友」でわたしらはなかつたが。「そは甘き嘆き、愛の故に死するものは神に於て葬らる」、おまへはそれをきいてなんの本だつたかの扉にしるした。それはいつはりでなかつた、それゆゑそのほかに神によりて葬らる限界のあるのもいつはりでない。わたしは信じてゐる、わたしは自分に信じさせようとしてゐる。いつたいこの手記をわたしは、美子、おまへに、死んでゆくおまへにかゝうとしてゐるのだらうか。あゝわたしは美子をめざしてかいてゐる。さういふ氣持をいつかわたしは豫想しはじめた。詫びるやうに……それこそよわい、よわい、なんと弱いことだ。そんな氣持の誘惑はすぐにも、わたしの生への誘……惑となる。わたしはそれを反省し、いまもおそれてゐたのだ。だが怖れるといふことは、このことをなすために、またとえがたい意識だつた。それから、それはときどき神の意識とさへ交流した。あゝ、神、いまわたしはやすらかに神とゐる。神と、あの、みにくいものどもめ、――。美子、わたしは、あゝなんといふことだ。たうとうそれがきたのだ。またも、わたしがはじめからおしかくし、おさへつけてゐた、あの情愛に怕がらせられる。わたしはそのことばのきれはしさへもかくしてきた、聯想のかけらさへいつしんにうちやぶらうとした。わたしは、まつたくわたしのこゝろをあざむき、筆をまげてわたしはそのことばをかくしとほさうとした。なんとすさましい肉親の執拗なきづななのだ。わたしはなによりそれをおもふことを怖れた。あゝ、かう書いてしまふと、いつかわたしはほゝゑみだしてゐるではないか。これがどんな氣持でもよい、もう不安などたづねるまい、わたしはほゝゑんでゐる、ほゝゑんでゐたい、ほゝゑんでゐさせてくれ。なぜわたしはこれをはじめにきづかなかつた、こんなににんげんの氣分といふのはめまぐるしいものだらうか。わたしはもうよさう、もうしやべることもよさう。もうなにも書くまい、ちやうど書けなくなるときにまなしなるだらう。わたしはなにかをおひかけてゐた。

もうしやべりはせぬ、しやべりだすから、おそれたり、不安になつたり、わたしは自分のつくつた幻像におひかけまはされる。思へばめまぐるしい、ゆたかな時間だつた。あれほどのことをわたしはもう忘却しかけてきた。このながい紙にいつたいなにをこんなにかいたのだらう。「これらのことにつきて證《あかし》なし」。あかしをもとめようと長い日をさまよふのも、生きてゐる日にすぎない。いつたいなにからかきだしたのだつたか、生活のことも、のも、生活のことも、社会のことも、美子のことも、さまざまに書いたにちがひない。「誘惑者たる魔の放つ花箭を破り、かくして死王を見ることのない地にゆきたい」、佛陀は生の中で死を退けてゐた、それに凡惰なわたしらは生の終り、もうそこに死の門のかど展らくところに、はじめて死の不安をみつけるばかり、それさへときどき栗の葉の露のやうにかそけくたえようとした。夢のやうなことばかりだつたが、いまは怖れてはならない。もうかくことなどやめよう、あゝ、かうなのやうに、……わたしはおそれてはならない。わたしは暴流にながされぬ島んべんおもつたことだつたか。ほんとにいまさら書きつゞけてもさいげんないことだ。一そ息をひく断末魔までペンをもつてゐようか、さうともわたしはかんがへて、神に謝さねばならなかつた。わたしはつみとがのゆるしを、そのかんがへに乞うたのだ。もう書かぬなら、か丶ぬほどいいのに、わたしは生に執してゐる。いくら書いてもさいげんのないことだ。ましてすべもしらぬたはむれだ。そのうへ、かいておきたい、――あゝそれはひとにみせたいといふいやしさでないか、――書きのこしたい、すべてが凡俗の人間世界の虚榮僞瞞の飾りでないか、みにくい風習と、不徹底な知識自負のほかのなにである、とわたしのなかのわたしがいつてゐるのに。大なる歴史人は働き、倒れ、なにをかいたといふ。その無名戰士のちひさい墓標をわたしはいまこゝろでたづねる。書いてはいけない、どうしてみにくい風習に努力せねばならぬ價値がある、ことばとなれば價値は大かたころされる。おこなひとことばのえがての一致のなかにこそ價値は體系をもつのでないか。わたしはそれにもうとくに、現世的な營爲をわらはうとした。どうしてかくまでわれとわれがわからず、制御できないのだ。わたしはせめてわたしの論理のしめぎのために、この毒物ともう一時たゝかひたい。……あゝ、さうでない、わたしはもうしやべるのを止したはずだつた。だがめそめそとわたしはなほも思考の弄びをつゞけたい。おほよそ狂ひかけたわたしの腦官をことさらいぢわるくいぢりまはしてみたい。もうそれでよい。わたしはもうだまつてゐよう。いやまあ一ど……。わたしはもう手をやめて美子を抱擁してやらう。いまからの、のこされた生命の何十分を。何時間を。もうわたしの喉はやけつくやうにいたむ、それで恍惚となる。あゝかうしてこの何時間を、せめて人間風景の殘滓のなかでおくらうとおもふのだ。

# 問答師の憂鬱

## 一

白毫寺の古瓦を採掘するために、僕は一夏の休暇を奈良の叔母の家で過した。それは高等學校の最後の夏休みであつたが、さうしたことを考へてゐたせゐであつたのか、何だか感傷的にしめつぽい氣持を味ひながら、奈良の町の日なかの暑さと夜半の涼しさを受容的に樂しんだりしてゐた。

奈良といふ土地は、日中は途方もなく激しい暑さに耐へ難い位であるが、それも夜中の一時二時頃を過ぎると全くからりとおちて、反つて冷々してくる位で、僕はよく高畑のあたりの古風な土塀のある道や、今では外から來る人には大方忘れられてゐるが、昔の書物などで、古來から春日野といはれてゐる邊りの茅原《ちはら》を、夜更け迄も歩き廻つたものであつた。

まだ中學校の生徒だつた頃から、大したわけもなく、いつか僕は古い美術を嬉んで、しまひにはそれらを享受するといふよりも耽溺する樣にうち込んでゐた。そんなわけで京都や奈良の附近なら大ていの山間僻地の寺院でも訪ね廻つてゐた。いつだつたか山城の海住山寺や神童寺甘無南寺を徒歩で歴訪した折など、一日に十里以上もある道のりを歩いて、それでも古い物語や記録などに出てくる様な峠や山路を、妙に感興深げに越したりした。

「おたつしやになつてい丶ですね。」

叔母にからかはれたりすると、自分でにをかしくなりながら、

「お寺參りをするからですよ。」

などと返事をしてゐた。

高等學校も大阪だつたので、奈良へ行くにも、京都へ行くにも便宜だつたし、二三年の間には同じところへ何度も行つたりしてゐたが、もうゆくところも殆どなくなり、そのあげくに古瓦採りの様なことを始めだしたのだつた。勿論、わざ〳〵奈良くんだりへきて瓦を掘るなど、若い身空でする仕事でもなささうだ。だから友人や家の者からさへ笑はれつ丶、そのはてには、何の眼あてもなしに、かうして土を掘ることが、何が面白くてしてゐるのか、われながらわからなくさへなつてしまつた。それでも一日中一心に土をいぢりながらたまに一つきれの端でも見つけだすと、それが何ら學術的の價値もない、紋様の断片さへ殘つてゐないがらくたであつても、精根をつくして創りだした自身の作品の様に思はれて、うれしくてうれしくて、われを忘れて、それをもちあげてみたり、丹念に日に乾して水で洗つたりした。

又その滞在の間に、無理に叔母をさそつては、古い寺院を訪ねたことも度々あつた。せつかくこんな土地に住みながら、かうしたことに極めて興味の薄い叔母がいつも僕には歯

がゆいまでに思はれた。しかしなんとかした便宜のために、何度もいつた所であつても、どつかのお寺の古い校倉の隅などで、奈良では殆んど注目されない、平安や鎌倉頃のものとおぼしいよい作品の斷片などをみつけだしたりして、そんなことが嬉しくもあつたが、好事家の叔父と行くよりも、一層多く、叔母を誘ひ出してゐたのだつた。

叔母とは云ひながら、僕の父の一番歳下の弟にあたる人の妻であるから、年齢の點も僕と十歳もちがはない。子供も只一人きり生んだだけだし、それも產まれると間なしになくなつてしまつて、全く若い氣輕さで僕等と一番よく話があふやうに彼女自身でも思つてゐた。

寺へ訪れてゆく道々、話すこともつきてしまふと、僕らはよく山間のお寺へ行つた時の話などした。

さき頃から走り出した參宮急行といふのがまだない頃、室生寺へ行つたことがあつた。夏休の中頃の暑い日で、遠方から來た學校の友人を誘つて出かけたのだつた。

「初瀬まで輕便鐵道で行つて、そこから全部の道を歩いたのです。歸りには赤埴《あかばね》といふ所の佛隆寺へ廻らうといふので、大方道のりにしたら八里か、十里近く歩いたでせう。全く疲れて、榛原《はいばら》町までくるのに、友達も僕も歩けない位になつてしまつて、道端のバラスの上へすわつたり、小學校で一時間程も休んだり、やつと乘合自動車のある萩原まできたのですが、あの時ばかりは、全く弱つてしまつたですよ。」

本當に歩けぬ位に二人とも疲れてしまつた。道端に鳳仙花がさかりに咲いてゐたので、今でもなほあのまつかな花を見ると、困憊しきつた疲勞を思ひ出すのだつた。

「――ところがね、何しろ夏の日中でせう。それで考へてみると、……あとでその友達とふき出してしまつたのですが、二人ともむちやくちやに腹をすかせてゐたからだと云ふんです。」

こんな話に笑つてゐると、さう云ひながら今の自分さへ疲れてしまつてゐる樣な氣がしてくるのであつた。

「……その上その日はたうとう晝食をとりそこねてゐましたし、――」

自分の氣持を漠然と見さだめることしか出來ないで、そんな反面ながらその氣持の誇張を意識しつゝ、大してしやべりたくないのにこんなことを喋べつてゐるが、その間始終叔母は微笑してきいてゐるのだつた。さうした叔母の態度が、いつか僕には全く姉などからうける態度と異らぬ樣に考へられ、何かしら腹だたしく不滿にさへなつてしまふ。いつか僕はほのかな叔母への好感が、自身の中に成長してゆくのをみつめだしてゐた。

朝、開館する頃の早さに度々僕は博物館へ行つた。わざと料金を拂つて展覽會のガラス戸を開いてもらつたり、或ひは澤山竝んでゐる作品のまへを素通りに眺めながら涼しい廊下を歩いてゐることは、そのこと自體が無上に樂しいのだつた。朝のうち、それも殊に夏の季節は稀にしか入場者はない。

いつか叔母を誘つて連れだつて行つた時のことである。

「これですの麥僊さんが感心して賞めてゐられたといふのは。……ずゐ分奇麗いね。」

正面にある法輪寺（大和三井）の虚空藏菩薩に叔母は大層感心してしまつた。

「光背の朱色もい丶でせう。」

僕は幾らか昂奮しながら、斷片的なことを云つたま丶、その美しい朱色を散漫と眺めてゐた。

「だつて、ずゐ分不均衡ぢやありませんか。手は長いし、脚は短か過ぎるし。けどけだかい感じがしますわね。」

「木の色がよいからかも知れませんよ。不均衡なところが良いんですよ。」

自然の年月の破壞力のせゐだ、僕はそんなこと云ひながら、それは大へん不都合な推理の樣だ、とそんな風にも反省してゐた。

「この前三井の法輪寺へ行つたのですよ、あすこの木像のお釋迦さんとよく似てゐるでせう。」それを、叔母はつけ加へて云つた。「王朝風の、ほのぼのと、といつた感じがするのです。ねえ、ほんとによ。」

だがこんなことばの間から、僕はどうとも出來ない嫌味なものを嗅ぎ出してしまつた。僕は何の顯著な動機もなく、急に叔母の心理を量りかけながら、反つて自分の不均整な情緒を量らうとするのだつた。それは充實と不滿を一種にした慰めの樣に感じられてしまつた。

「……でも、この虚空藏のよさがわかる様になれば、古美術は卒業だといふ人もあるんです。」

さう僕は自分に語つてゐる様なことを云つてゐた。

二

奈良は美しい町である。

奈良に失望したと語る人は、大てい奈良の本有の良いところを見なかつた故であらう。田原みちの穴佛や、地嶽谷の石佛のあるあたり、自然林が立枯れてゐて、それが遠くからもすくすくと白く光つて見えた。谷間には妙にたくさんの熊笹が群生をしてをり、時に風が吹くとゆるやかな階調をなしてさわめく。あの著名の地嶽谷の石佛も、もうずつと以前から指定史蹟にされて、人の近よれぬ様に塀を廻らされてゐるが、その柵を越して僕は中へ近よつたりした。數年まへにはそんなことさへ出來たのだつた。外から眺めてゐるとうす褪げて、ところどころはつきり濃厚さの殘つてゐる蠱惑的な彩色が、眼近に近よつて見ると、無氣味にさへ思はれる。奥山には人一人ゐない。優に千年以上も經てきた岩窟の半ば未完成に殘されてゐる浮彫の前に立つてゐると、はては指さきでその岩壁を觸れてみたりしながら、いつか殆んど正常な精神でゐられなくなつてしまふのだつた。かうした雰圍氣の中に自分がゐるのだと思ふと、そのしめつた土の洞の中にむかしの佛師の魂がひそみ佇でゐる様で、いつしらず泪さへ流れ出してくる。そんなとき山の木立の中を、山道越しに山猿が啼きながら飛んでいつたりした。

外部的には餘り著聞されないが古から云ふところの春日野や、又は裏山のいろんな風物の中で、就中僕にとつてなつかしいのは、南郊の新薬師寺のわたりの半ば朽ちて、蔦のからみついてゐる土塀のある風景だつた。傍は直接に田畑に續き、一段と高くなつてゐる道を歩きながら、その細い道の古風な風情を何より愛惜したものであつた。そこから白毫寺の廢寺へ續く向ひあひの道を、いつも好んで僕はゆきゝした。さうしたせゐであらうか、新藥師寺の有名な十二神將の近代的苦惱感が、今日に迄千年をありのまゝに交錯させた。そんな日、僕は天平びとさへ此と寸分ちがひない道を歩いたのであらうと一人ぎめに考へつゝ、そんな獨斷を決して不可能なこととは思はれなかつた。

或時この寺の附近で通り雨にあつたことがあつた。ぎーつと門を押しあけ、古びた特別保護建造物の廻廂の下に立つて、雨のゆき過ぎるのを待ちつゝ、ふと眼につくまゝに松の葉をしたゝりおちる雨滴をみつめながら、いつかしら超越的な境地の空想にふけつてみたりしてゐた。案内を乞ふと雨の日には開けぬ規律になつてゐるのですが、といひながら、それでも本堂の四扉を開いてくれた。年稚い僧が鍵でころころをかちんかちんと云はせるのは全く好ましい音響である。

毎日々々僕は奈良の禮讃をつゞけてゐた。しかもそんな場合いつもきつと叔母にからかはれたり、又は云ひ争つたりしてしまふのだつた。

「あなたは大抵土地を回顧に結びつけるの。だめだわ。」

しまひにこんなことをいひ出すこともあつた。若いくせに、むきつけてそんな風に云はれてゐる様に思ひながら、それだのに叔母に向つてまともに反對する氣にもなれなかつた。けれどもあのすべての土地も丘も木立も小川も、古い歷史的な懷古など離れてしまつて、なほ僕には好ましい對象なのだ。——しかしさう考へる自身を自身で恥ぢてゐた。

「だつて古い作品なんていふものの面白さは、大てい回想するからですよ。」

或日、知り合の僧侶の案内で、叔母と一緒に戒壇院を見せてもらつた時の歸りだつた。今のさきの作品の感興を、僕は突然新鮮に回想した。

「古典的《クラシック》といふのは？」

「さうでなく、多分奈良へ入ると浪曼的《ロマンチック》になるんでせう。」

「あなただけよ。でもね、奈良から出てゆく藝術家なんて、彫刻家でも、畫家でも大てい有名にならないのですつてね。大へん素質があつてもいつの間にか、佛像や佛畫をいぢりまはすやうになるからだつて、本當でせうか。でもずゐ分立派な作品を見てゐると、きつと今の人がやつてゐることなど馬鹿々々しくなるんでせう。」

「まあ大體として本當のやうな氣がしますよ。それに面白い考へですよ。賀畑さんでも、この頃では佛像の寫眞ばかり集め、それを贅澤な本にして、頒布するていつてるとかいふ話ですから。」

だがこんな態度もしかたない、と僕は心の中で肯定して了つてゐた。

僕はいつも思ひ出をなつかしんでゐるようだつた。それはいつか、叔母と一緒にくらす様になつてから、ありありと意識しだした、僕の感情の空虚の擴大を助長してゆくのであつた。眠りからさめると、僕は一つの屋根の下に寝てゐる人を思ひ初めてゐた。僕はよく大きい柿の木のことを度々思ひ出した。それは僕の少年の日の、あの誰でもさうであつた様に、はかない空想をわきたゝせた。妙に泪ぐましい童話の世界の可憐さがその場合いつも想起された。そしてそれが甚しく氣になるのだつた。

「その木に夕陽が當つてゐるところがとても印象的なんです。叔母さんの古瀬《こせ》の家にあつたでせう?」

こんなことを云ひ出すのも奈良へきたからであらう。さう僕は決論してしまふ。それと一緒に僕の感情も奈良へ來たために空粗を感じだしたのであらう。――だがその對象は確めねばならないと僕はいつも決心してゐた。

「さう、わたし知らないですが。そんなものあつたかしら。」

二年まへ留守居がゐるだけの叔母の生家を、夏中も涼しいだらうといふのでかりてゐたことがあつた。しかしそれはどうでもよい。たゞ僕の記憶はたしかに不正確なものの様にも思はれた。一層そんな記憶に似たものもないのか知れないやうだつた。

「御所柿の木ぢやありませんでしたか。ひよつとすると僕の家だつたか、誰の家だつたのかしら、……」

いつか僕は感情を弄そんでゐるのだつた。さうも思はれた。

「ほんと、をかしいわ、そんなものありませんよ。」

「あ丶、……が、何といつても、やつぱり叔母さんとこだ。」

「をかしいわ。どつかのお嬢さんでも思ひ出したのぢやありませんの?」

叔母が笑ひながらいふが、それが今の僕の無意識の中に存在してゐる眞實を指さされてゐる様にも思はれて、何故だか赤面する程に恥しくなつてしまつた。

「をばさんは口が惡い。」

と僕が云ひつ丶、しかしそんな互の氣持を分拆することなど、馬鹿らしいと思ふ位倦怠を感じてゐた。

「まあ、ね。ですけど高等學校の方は無邪氣だわ。京都の醫科へいつていらつしやる年夫さんなんか、ほんとに大人しくするんでせう。よくいらつしやるのですが、お話をしてゐて二人とも氣まづくて、わたし弱つてしまうんですよ。」

こんな退屈な雑談をも嫌はず、無聊の連續を樂しみさへしてゐる自分が不思議だつた。どうしたんだらう、全く僕はそんなことを理由らしく考へようとしてみたりした。「アルルカンといふことば知つてゐますか」僕は自分を嗤ふやうに、そんなことを云ひながら、そんな自分を極めて輕蔑したり憎惡したりした。

ある日栗原から長い手紙がきた。闔が結婚した知らせだつた。「僕に云はないとしても、

（それはそれで當然としてよいが）局外者の君さへたうとうかくし通されてゐたんだ」と、仔細な事情を記したあとへ、わざわざこんなことを書いてゐた。だが僕はどうしても、最後まで嘘を云つてゐた關の氣持を不快に感じる様にはなれなかつた。そして僕は、僕だつてやはりこんな身邊のことなど人にしや〳〵と語りたくないし、また話したとしても、自分ながら虚構してゐる様に思ふだらう、その上云はれることだつて僞りがかつて喋べられるに違ひない、とそんなことを勝手ぎめに考へてゐた。從つて栗原には、「あんなことをもう僕は大して關心してゐないよ」といつてやりながら、僕は書き終つて初めて栗原の焦慮してゐる氣持をはつきり感じさせられた。

僕らはその相手の少女を互に知つてゐた。

まだ中學生だつた頃、それはもう四年になる。だが、關も栗原も二年上だ。――が、こんなことを思ふと、こんなことを考へる自分が大そうみじめな様に思はれた。全く自分の人なみの弱點を自覺して一人一心にその跡をさがしてゐる様だつた。やはり僕にしても、ことばのすぐ後から味氣なさに似た心象を深めねばならなかつた。何だか失望の様なものを感じたりした。だが、實際、瓦を掘り出したときの氣持の方がたまらなくうれしい、と僕はそんなことを、無意味に想ひ起してみようとするのだつた。

「長いお手紙？……何ですの――」叔母が尋ねた。ふと、僕はこれを見せたら、一體どんな表情を現すだらう。そんなことを考へて見せてみたい様な衝動にかられてしまつた。けれどもそのまゝ、そぐはない調子で「えゝ」と笑ひながらやはり默つてゐた。

瓦を掘りに行かう、僕は最近自分の氣持を虐待せねばならないと思ひ込んでゐた。それは最近からの氣持の樣でもあるし、今の瞬間からの氣持の樣にも思はれた。そして今の瞬間からと思ふことを大へんの恥辱の樣に思つてゐた。「もつと有意義な學問上の仕事がある」とまじめに思ひ込むが、こんなにして思ひ込むことは、なほさら思ひ込まうとする心底を問はれる樣で、さうするといつか不安と焦慮の交錯した氣持に深くめいり込むのだつた。

何を考へてゐるのだらう、(柿の木の事では叔母にからかはれたが)そんなとき僕の叔母への關心に、他のことの關心を自ら意識したりした。結局栗原の手紙が僕の炙所に當る樣であつた。(栗原と僕とではたゞ對象が、ちがふといふだけのちがひでないか。)けれどそれもむしろ叔母への關心の逃げ口上であるのかも知れない。いつか根氣よくさうした氣持をうち消してゐる自分を發見してゐることもあつた。

こんなわけで、他人ごとを他人ごととして語ることに矛盾を感じたのだらう。「話してみよう」「云つてやつたら」そんな欲求に絶えず壓迫感と未知の興味とをもちつゝ、その一歩の手前でいつもためらつてゐた。

叔母にすれば關をまんざら知らぬのでもないし、相手の少女にしても、可愛らしい子だ、といつも噂してゐる位だから、きつと知つたら聞きたいのに違ひない。そんなことを考へながら、それだのに僕は自分に關係するかの樣に叔母への關心をわざとこじらせて、なるべく默つてゐようとするのだから、僕は關の氣持を辯護した僕の論理を、自分を辯護する論理の様に思つて、自責の氣持さへ感じて了つた。

その午後、高圓山《たかまどやま》の方の空が曇り出して、夕立のしさうなけはひだつたが、僕は南郊の帯解《おびとけ》の方へ歩いていつた。まへまへから地圖の上で見てゐた弘仁寺といふ名が憧れのやうにさへなつてきたのであつた。そこは地圖の上でも二里位の距離があつた。雨もよひの道を白い埃煙をたてゝ、西瓜を滿載した貨物自動車が何臺もあとからあとから通り過ぎた。汗が流れ出てくるのだつた。

いつか弘仁寺といふ字が幻視の様に感じられた。僕のゆく手には弘、仁、寺、といふゴヂツク風の文字がはるばるした遠さにゆきゝして見えるのであつた。

## 三

ある朝こちらへきて初めて髮を刈りにいつた。

初めは何の變りもなくいつもの通りのことをされてゐたのだつたが、全部終つて髮を洗つてもらつてゐるとき急に不快な感じがして、生ぬくいものが胸を押し上げる様に、喉の方へこみ上つてくるのを感じた。

あつ、と僕は過去の經驗から、とつさにそれが何であるかを充分意識した。そしてやはり、しまつた、とか、またか、とかいつた氣持を極めて不安に感じてゐた。それだが、かなり落ついてゐたのだらう、無意識ながら全部をそのまゝ嚥み下してしまつた。顏を洗つてから唊をはくと、それははつきりまつ赤に染つてゐた。やはり今眼のまへにまざまざ見るとその新鮮な赤色に狼狽を禁じ得ないのだつた。少しでも動くと、するといくらでも新しいのが出て來る樣なことを妄想した。あわてゝ啖を吐くことを止めてしまふのだつたが、それは大へん氣がかりだつた。僕は啖の血を全く歯ぐきからでも出た樣に見せつくらふと思つた。不しんさうに理髪屋の子供がそれを見てゐるのだつた。僕は下卑な音をさせて歯の間を鳴らせてみせた。

到當もとのものがもとに返つてきた樣に思はれた。一番さきに僕は醫療のことを思ひ出した。しかし僕は醫者を信用しないことにしてゐた。僕はむしろ醫者を怖れてゐた。僕はあの絶對安靜を思ひ出して、牢獄に等しい監禁に戰慄した。どんなことになつても醫師なんかに云はないでおかう、そんな考をきめてしまふと、自信しながらも何となくじりじりととりつかみやうなく不安だつた。

そんなことを歸る途中でもくよくよ考へ續けた。もうこれからすぐ寢て了つてやらうか、それとも無理押しに起きてゐてをらうか、そんなに根氣をかけて思案しつゞけた。

歸宅すると僕は井戸水を汲んでうがひをした。しみいる樣に冷いと思つたが、もういくら啖をはいても何の變化もなかつた。それから僕は喀血でなかつたんかしらとさへ思つてゐた。しかしそんな筈はなかつた。

それだけが自分の城塞である樣に感ぜられて僕は机のまへに坐つた。起きてゐなくつちやならない、僕はさう自分に命令した。それでもそのあとへすぐに何回にも胸の中から血液が噴出してくる様なことをつぎからつぎへ考へつゞけた。

たつた一冊だけもつてきたバイブルをひらいてみた。

舊譯がよいといふので、人に頼んでわざわざさがしてもらつたものだつたが、今はそんなことを考へようとしても、いつの間にさうしたことへ思考はむかなくなつた。どうかして讀まうと思ふが、全く氣のりせず、二三行よむと又も他のことを考へ初めてゐた。

それは寢込んでしまふといふ想像だつた。喀かれた血が机の上一杯にひろまつてしまふ、それだのに叔母ははじめからにこにこと笑ひながら面白さうに見てゐる……。こんなことを考へることは體にも大へん惡いのだ。さう自分をさとすやうにして、考へずにおかうとするが、さう決心して又しばらくすると、こんどはそれに反抗する様に同じやうなことを考へ初めて大へん焦立しくなつてゐた。

安靜と不安がいり代り襲ひかゝつてきた。冷靜とさはやかさを生々と感じると、いつかその瞬間に、穴ぐらの様な不安が迫々とのしかゝつてきた。

結局それは莫大な不安自體の姿に他ならなかつた。一見どれ位の分量であらうか、全く見當がつかなかつた。

夜になるまで非常に時間は長かつた。

それで夜になると、あれですつかり惡血を喀出したのだ、といつた想像を味つてゐた。まへより一そう輕々となつて、いま丶で感じてゐた肉體的のわだかまりさへ解脱する様におちるのだつた。

しかしやはり早く寢床についてしまつてゐた。

こんな僕の態度や氣持から、これからさきの僕をどう扱つてよいのかわからなかつた。こんな圖太いことでいいだらうか。そんなことをつぎつぎに考へてゐるといつまでも寢つかれない。たどりつく様に僕は死の一歩手前まで考へつ丶、結局その具體性には論理が進まなかつた。

すると又、こんなにしつこく自分の心持をほりさげてゆけるのは、よくなる、ともかく重くならない、そんな豫感をもつてゐるからの様にも思つたりした。回復せぬ重病人といふものは、診療室の調度など全く眼にとめない、といふ話を思ひ出して、そのま丶の理窟を身勝手にこぢつけたりしてゐた。

いつか大層なことを先きの先きまで考へてゐる自分を嗤笑して了つてゐるのだつた。

そのうち僕はふとパンセの神を賭けざるを得ざること、といふ章を考へてゐた。パスカルの回心と、そんなときにも僕は反つて生きることの論理を扱ひかねてゐる自分をはつきりみてゐた、病めるモンテニユー、ふとそのことばが浮んできて、それがたまらなくなつかしくさへ響いてきた。

その日から、その翌日も、又翌日も何の異常もなかつた。もうさうなると僕は不吉な異常をまつてゐる自分をさへみだしたりした。

なすこともない所在なさに、僕は郊外のお寺でも訪ねようと、しばしば家を出かけた。しかしもの、二三町も歩くと、やはりそのまゝ思ひ止つて家へ歸つてゆくのだつた。思案してさうするわけでもないが、無意識な行動のうちに何者かに制約されてゐるのだつた。こんなことに氣づくと、よく僕は自分の氣持にことさらさからつてやらうと計つてゐた。わざと立止つて小川で沙魚をとつてゐる子供らの動作を長い間見てゐたりした。そんなうちに自分の氣持を虐待し得るようになれるかもしれないと、かすかな慰安をそつと味つてゐるのだつた。

いつも僕の心の中では、元氣のよい僕は意地の弱い僕に降服してゐた。やはり僕はいつも心配をつゞけてゐるのだらう。僕は叔父の文庫から手當りにお經の本などさがし出してきたりした。

こんなことが一週間も續いた。

そのうちに變調もないまゝに不安は次第に忘れられはがれていつた。その時分になつて僕は初めて叔母にこのことを話した。

「何ぜだか、僕にも僕の氣持がわからなくなつてゐたのですが……。」

冗談の樣に、僕はいままで默つてゐた氣持を語るのだが、今になると、本當にそんなふうに不可解な様にも思つた。

「わたしがゐるから安心ですよ。」

叔母が笑つてひとごとのやうな返事をするので、反つて僕が焦燥を感じてしまつたりした。

「……わたしがゐるから安心でせう、ね。」

くりかへしてこんなことを云ひながら、それでもこんどは叔母はわざと眼に見える位大きい感動を押しかくす様にした。

「叔父さんは話しにくい……。」僕は別のことかさうでないことか、わからぬ様なことを考へながら、こんな場合、こうした感情的に複雑なことをいぢくるのは疾患にもわるいと思ふが、そんなに思うた時分は、いつか叔母のこと、栗原のこと、鬪のことなどを、つぎからつぎへと際限もなく制止も出來ずに考へ續けてしまつてゐる時だつた。

四

その頃僕は、中學校の時同じクラスだつた梶山が、こちらへ病氣の療養に來てゐるのをしつた。

「こんな場合ですから、人の病氣見舞などよす方がいゝですよ。」行つてくるといふと、叔母は止める様にとすゝめた。さう云はれると何となく僕は同じ性質の病氣にかゝつてゐる友の顔が見たくてしかたなかつた。梶山の母は僕の母らと同じ學校の出身だつた。そんな關係で僕らは小さい間から互に親しんでゐた。がこんなに訪ねたくなつたのはさうした理由からだけではなかつた。

外は明るかつた。僕は初めて優越感と云つてもよい様な氣持さへ、見舞に行くといふことに持つてしまつた。

梶山はもう半年近く休學してゐるといふ話だつた。僕にはこんどが全く初耳だつた。第一、僕の母さへ梶山のことは何もきいてゐなかつた位だ。そんなわけで梶山の母親は大へん嬉んでゐたが、僕は今まで東京にゐることとのみ思つてゐた。彼の入學した當座はよく手紙がきたが、この頃では全く音信もなくなつたと思ふとこんな始末だつた。そんなふうな僕の見方が妙に心細く自分にも感じられた。

病人の部屋といふものは陰氣なものだ、それをしかも今の僕は切實に味はねばならなかつた。それは間もなく僕の環境の一部となるだらう、そんな切實感だつた。梶山は全く元氣なくやせてゐた。

「君に見舞つてもらふなど全く反對なことだつたが――。」

彼は苦笑した。つり込まれて僕自身も笑つてしまつたが、思ひかへすと極めて不安定なことだつた。僕だつていつかうして、と、そんな考へを熱心に僕は克服しようと努めてゐた。梶山は學校時代からずつと庭球の選手だつた。それに較べるとその頃から僕は健康の關係で體操や教練さへ殆ど出來なかつた。高等學校へ入つた頃から漸くいくらかましになつた様に思つてゐたのだつた。

「この頃はたつしやか。」ときくので、

「健康なんか精神の問題だ。好きなことをしてさへ居れば、病氣なんか征服できるものだよ。——全く、勉强をしてたら病氣などもちかへされるね。」

さう笑ひながら云ふのだが、今では人の口で喋つてゐる様な氣がしてゐた。それでも僕にはそんな信條があつたのでないが、——と、僕は自分に向つて辯疏する様に獨語したりした。

大して時間もたゝないのに大へん倦怠を感じだした。何でもいゝから一口云つておいて、それをしほに家を出ようと思つた。「もう學校へ歸るからね。こんどの休まで大ていに會はないだらう。こゝは奈良からもかなり不便だから、……ともかくよくなつてゐてくれ。……今度あふ時にしても二人とも無事でゐるかどうかわからぬし……。」

はつと思ふ間に、縁起でもないことを病氣の男をとらへて、云つてしまつた。つまらぬこと喋つてしまつたものだと氣づくのだが、それも本心の様な氣がして了ふ。かうなると對手よりも自分の氣持の方が不安になつてきた。すると梶山は、

「信ちやんの死んだ話きいたかい。こちらへ僕の來た頃二三度見舞に來てくれたのだが、五月頃から全く音信もなくなつたのだ。どうしてゐるのだ、とこの月の初めに尋ねてやつたんだよ。すると、その葉書と丁度ゆきちがひ位に、死亡通知の手紙がきたのだ。全く人の生命なんてわからぬものだね。この頃では僕など、半年以上も床についてゐてだんだん

惡くなつて行くのが自分にもわかつてゐるが、やつぱり生きてゐられることに感謝してゐるのだ。君など笑ふかも知らぬが、本當に感謝してゐるのだ。運とか、――そんなことをまじめに考へてるんだからね。」改めて思ひ出した様に云ひながら「老人むさくなつただらう、な。」とこはばつた表情をして笑つてゐるのだつた。


梶山の家を出て僕は法蓮を通つて、三條の方へ歩いていつた。かなり遠道だつたので大へんつかれてゐた。清水町のところを入つて、叔父の宅へ歸らうと思つた。すると偶然そこで、丁度興福寺の三重塔の前の坂を下りてくる中學校の時の先生を見つけた。「先生！」。ずゐ分久しぶりだし、豫期せぬことだつたので僕は驅けつけて呼びかけた。東向の停留所へゆくといふので、僕は今通つてきただけの道をひきかへして、又歩き出した。博物館へ行つてきたといふ話だつた。「この秋にでも淨瑠璃寺へ行かうと思つてるんだが、君は行つたことあるか。」とそんな話を早口に初め出した。

「はあ、僕三度行きました。――彼處はよい所です」と他の事を考へつ、空虚な返事をしてゐると、その道のことなど執拗に尋ねられた。

「和辻さんの本に車にのつて行つたとあつたね。」

「今なら近くまで自動車で行けるかも知れませんよ。だが僕あれを讀んでいやな氣になつたんです。毛唐なんか支那の港で人力車にのると、洋傘の曲つた柄を車夫の支那人の首へひつかけて行く方向を教へる、といふ話を聯想したからですが。」

「山の中のお寺といふものは歩いて行くからいゝのだがね。」

「それからあそこへ行くなら、少し廻ると岩船寺が近くにありますよ。え、？　寺はガンセンジですが、村はイハブネて云ふんですつて。鳳凰堂の阿彌陀さんより美しいかも知れませんよ。」

しまひには僕の語學が有名だといふやうな話さへしだした。「この間誰だつたかゞきてそんな話をしてゐたつけ。」と云ふので「僕は人のことばを口からきくと噓だと思ふんで……。」と笑ひながら云つてゐた。

「なに、君の古文と同じだつて、いつてやつたんだ。」

「古文にも困らされたが……」

といふと、昔の先生も笑ひ出してしまつた。

「しかしたつしやになつたね。」かういつてたしかめる様に僕の顔をのぞき込むので、

「えゝ。」といふより他なかつた。

「何しろ奈良へきて白毫寺の瓦を掘らうといふのです。」と又も大笑ひをしてしまふのだつた。

急行の發車まで十四五分あるので、僕らは停留所の傍の柵へよりかゝつた。

「先生は梶山の病氣のことを知つてゐるのですか？」

初めてそれを思ひ出した様な氣がした。

「梶山が？　あの梶山かい。」

「さうですよ、今日見舞にいつたのです。奈良中學の近所にゐるのです。」

「それで君がその御見舞か。全くあべこべだなあ。そして梶山の病氣はいつからだ。ずゐ分長いのか？」

「もう半年にもなるとかいふ話ですよ。今日も反對現象だとをかしがつてゐたんですが、梶山の奴まつたく悟りきつてやがるのです。」

「けれど氣の毒だなあ。」

　こんな話をしてゐるうちに、急に
「興福寺の阿修羅王を見てきたよ。あれはいゝね。」

と云ふので、僕も、

「あの北むきの像でせう。かしこそうな顔をしてゐるのでずつと以前に初めて見たときには、美少年の秀才を聯想したのですが、この頃見るともつと沈痛なものがあるやうに思つてゐるのです。」といふと、

「憂鬱の表情をしてゐるのだよ。遙々と西域を離れて、萬里の海を渡り、幾重の山を越してきた問答師の憂鬱、といつた感じが如實に出てゐる。……夢を求めてきた問答師が初めて夢がどこにあるか知つた、といへばメーテルリンクのやうになつてしまふがね。」

と、先生は感興を一人で味ふ様な表情をして、自分自身さへその犍駄羅びとのノスタルヂアの中に入り込む風情を表すのだが、見てゐて僕はこの中老に近い教師に、反つて苦味の多い悲哀に似たものを感じてしまつた。それは生活市場の喧騒にひしがれた長い間の壓迫

の表出をまざまざとした形であらはしてゐた。

「メーテルリンクぢやないでせう。メーテルリンクなら幸福に安住できたでせうが、やはり問答師は東洋のひとだつたといふ氣がしますが――。」

自分の考へを不完全にさへ云へてないと、自分で悟りながらそんなことを云つた。

「カール・ブッセなら女學生むきの甘さだけだしね。けれど今ではわしなど安住の氣持になるよ。それも東洋の風景畫の作者のとつた風な安住ぢやなく、フランス・ロマンチークの風景畫といふ方の奴のそれだ。こんなことをいつてしまつたらやはり東洋風になるがね。これでもむかしは問答師の憂鬱の氣持を沈痛としてゐた。深いものに考へてゐたんだが……。」

舊師は沈みきつた語調になつてゐた。傳説によると問答師は夢をかなへた筈だつた。しかしそれは傳説の常套的形式だつた。僕は極めて常識的に解釋しようとした。けだし彼は淨より濁を想起したのでなからうか。

(しかし……)

僕は電車に乘らうとする舊師の後姿にさへ、生活の巨大な運動の投げかける、久しく年月の暗影をあり〳〵と見てゐた。

## 五

夕方家に歸ると叔母は古風な母屋の中から小ばしりに迎へ出て來た。

「ずゐ分暇どつてたのね。氣分はいかゞ？　大丈夫ですか。」上ずつた調子で早口に云ふ、こんな動作の一つ一つが殊に最近の僕の眼に著しく感じられた。

「途中で中學校の先生にあつたんで……。」

僕はそんなふうにことわりをいひながら、輕く疲れを誇張してみせた。

「寢床《とこ》をとつてあげませうか。……寢かせてあげませうか。」

叔母は子供らのいふことを何ごとでも唯々とうけいれる、母性の態度で微笑してみせた。

僕の理髪店での話を嘘だと思つてゐるのだらうか？　とつさにそんなことが推測されて、僕は少しばかり悲觀していつた。嘘だと思つてゐるのだらう、——きつと嘘だとしてゐるのだらう、——さう思ふと僕は、僕があんな言葉を嬉んでしやべつてゐるのだと、そんなふうにとられてゐるのでなからうか、複雜な氣持の中で自分が見えきつて憎惡しがちになるのだつた。いつか處理しきれない感情の交錯の中でじだらくになつてゆくのがわかりきつてゐるやうな氣がしてゐた。

「梶山さんは？」叔母は尋ねるが、何だかそれを語ることを好まなかつた。

「寢てから半年程になるんだとか。大へん弱つてゐましたよ。」

そんな形式的なことだけをいつてゐた。

「叔父さんはもう歸つたのですか。」

話を換へるつもりで何の必要もないことを尋ねてみた。

「まだなの。今日はおそくなるんですつて。」さう云ひながら、「いそがしくしてすみません、ね。」と叔母も理解できぬことを云つたりした。

僕はなるべく叔母に口をきかせようと努めてゐた。それが最近になつて妙に具體的な僕の弱點を嘗めさせられてゐる樣な氣がして、もう餘り口をきくまいと時々考へ出したりした。

今もそんなことを執拗に意識してしまつた。

叔父が歸らぬといふので、僕は叔母と一緒の夕食の卓についた。

やはり僕は口をつぐんでゐよう、そんなつもりだつたが、かうして向ひあつて坐ると強ひて默つてゐることが、何かの業にでも入つてゐる樣で、全く耐へられないことだつた。僕はたゞ氣分の息ぐるしい密度をくづす樣しやべつてをればよかつた。

「叔母さん、今日ね、極樂院を通つて來たら、境内に美しい花があつたのです。……何でもいつど叔母さんに名前をきいたと思つたんだが。それがどうしても思ひ出せなかつたんです。蕊の周圍だけ薄紫色で、とき色の五辨の花です。蔓草の樣でさるすべりによく似た木にまとひついて咲いてゐたのですが……。」

こんな花を事實見てきたのに違ひなかつたのに、又は昔の記憶から空想してゐるだけの樣にも思はれた。けれど確に咲いてゐる有樣を本當に見てきたのだ。それだのにそんな氣がしてしまふのだつた。

「のうぜんかづらでないのですか、あれは秋の初めにさく花ですが。」

こんな調子で氣乘りもせずに話してゐながら、ふと氣づくと空になつた茶瓶をいつまでも持つてゐるのだつた。僕は傍にゐる女中の方へ、

「法蓮の住家は面白いが……。」

と、とつてつけた樣なことを喋つて、變に沈んだ氣分の雰圍氣の中へ又も自分でに陷つてしまつてゐた。女中もわけもわからず、あつけにとられたやうに、「法蓮と……」、何かいつたが、それを關心してゐるのでもなく、自分の感情の綾に沈みこんでゐた。すると叔母がよこからわざとした冷淡さで語りだした。

「叔父さんが大そうあなたのあのことを心配してゐるのですよ。姉さまには聞かせられぬのですつて。又山川さんのところへつれていく、有無を云はさずつれていつてやるんだ、と大へんな意氣込ですよ。」

「山川さんなんて駄目ですよ。もう醫者なんか誰でもこり〳〵した。え、、石崎の漢法藥なら飮んでやると叔父さんにいつてやりますよ……。」

僕は笑つてそんなことをいふが、本當に心配してゐる樣な叔母の口ぶりだつたので、又二三日わすれてゐた不安を改めて思ひ出した。

「あのねえ、長尾の伯母さんのことを御存知？」

「どんなことですか。何もきいてゐないが……。」

「知らないの、ずゐ分をかしいのよ。この春でせう。長尾の伯母さんがね、足の背に小さ

い硬化が出來てるんだといつてゐられたのですよ。何だらうとまへ〳〵から案じてゐられたのを、うちのがきいてきたの。ほつておいちや大へんだ、と又山川さんに診てもらひなさいよといふの。おせつかいなど、と云つてゐたのですが、伯母さんも診てもらふといひ出したりして、おしまひに二人で病院へ行かれたのです。ところが山川さんは内科の科長さんとかでせう。外科の方へ紹介したのですつて。こんなものこのまゝすてゝおいたつてかまはない、と云つてたさうです。けれど伯母さんが切つた方がさつぱりするだらうといはれるので、切つてもらはれたのですが、その人が間違つて拇指の腱を切つてしまつたんですつて。餘り大したものでないと油斷していたものだから失敗したのださうですが、大へんなことになつたんで、山川さんも叱りまはされるし、大さわぎだつたのです。もう二月程になるのに、足袋もはけないで、毎日長尾から大阪へわざ〳〵濕布をかへに、通つていらつしやるといつてゐますわ。」

「さうですか。そんなこと知らなかつた。だが僕みたいに、叱られてゐても、手をつけさせぬ方がいゝでせう。そんな無茶なことをされちやたまらない。」

「まあ、ね、――あなたは亂暴で、わがまゝすぎるつてお母さんがいつもよけいな心配されて、困つていらつしやるわ。いまでも子供が病氣になつたと同じ様に云はねばならないのですつて……。それでもね、長尾のなど、餘りたくさんお金をもつてゐられるから、いらぬ心配をして、お金をつかつてゐられるんだと、男の方たちは皆でそんなことをいつて、笑つてゐられるのですが、わたしなど全くお氣の毒で、もうこんなおせつかいなどするものでないと、困つてしまつてゐるのです。」

そんな話をしてゐるうちにまた僕は話の對手に困り出してしまつた。

「叔母さん、こんどはあの花の名前を教へておいて下さいよ。え、？　口でなんか花の形が云へるものではありませんよ。」

「まるでだゞつ子の様だわ。」

しまひに叔母は聲を出してわらつてしまつた。

食事を濟ませると二階へ上つたり、前の茅原《ちはら》へ椅子を出して涼むのが例だつた。もう季節の夜は大へん涼しくなつてゐた。それから寢るまへに井戸で冷した西瓜を食つたりした。その時分になると銀河の流れが東西に變つてくる位に夜の更けきつてゐることも度々あつた。

大へん寢ぐるしい夜だつた。さまざまな幻想がつぎ〳〵うかんできた。よく北陸の方からこの地方へ、間のびのしたアクセントでわかめや乾魚を賣りにくる女なんかゞ眼のまへに現はれてきた。それに向つて僕は一心に「僕もこれからわかめ賣りにゆくのですよ」と、承認させようとしたりしてゐた。

六

翌朝眼をさましたのはずゐぶん早い時刻だつた。稀にこんなことがあると何時も何時間位ねただらうかと、寝床の中ながら計算したものだつた。三時をうつてゐるのを知つてゐたが、すると三時間位だらうか。さう思ふと近くの寺院でつく五時の嚴業の鐘をきいてゐた様なことも思ひ浮んでくる。

晩夏のひいやりとした靄が高圓山《たかまどやま》の方から淺路《あさぢ》ケ原の方を一帶につゝんでゐた。古風な奈良ホテルの甍の濕りきつてゐるのが沈靜さを深めてゐる。朝の間の暑さがくる迄の、次第に薄れてゆく靄のまだ殘つてゐる間は、もう秋の氣配の濃厚に見られる季節になつてゐた。

僕はまへの年の冬、叔母を訪ねて奈良へきたときのことを思ひ出した。

僕らは炭火にあたりつゝ話し合つてゐるが、奈良の冬は底冷がしてつめたかつた。

叔母は炭の中に交り込んだ樫の雜木の枯葉を撰り出しては火の中へくすべてゐた。枯葉といつても、色は綠をしてゐて、硬さだけが枯葉に似てゐるだけなのでどんなにしても、燃えるやうなことは困難だつた。泪がとめどなく出る様に燻つてゐた。

「こんな葉を燻ゆらせてゐると、わたし、山の中のことを思ひ出すのですよ。よく山で枯葉を燃やしたりして遊んだの……。山の中で育つた子供ですもの。こつぽりといふ下駄がほんたうにうれしくてしかたなかつたんです。生々《せいせい》とした新鮮ないゝ匂ひでせう。」

叔母は少女の様に瞳をみはりながら、そんなことをしみじみ回想する様に話した。

叔母の生れた家は今では一番上の兄が名古屋市で醫者をしてゐるが、生れた土地は萬葉集などにも出てくる巨勢山《こせやま》の山なみの麓で、留守居を置いて殘してある生家の前には能登瀨川へ流れてゐる支流の樋が水をたぎらせてゐた。

一年の間に僕は自分でに大きくなつた樣に思つた。それだのに感情の中ではいつまでも子供の樣に、母にあまえる子供の樣に行動せねばならない。巨勢山のつらつら椿つらつらに見つゝ思ふな巨勢の春野を、——そんな萬葉集の歌を聯想してゐたその頃の僕からいまの僕へ、そんなものを僕は成長といつてよいかどうかは知らなかつた。

丁度冬の休みだつたので、叔父たちが奈良へ移つて來たのを珍しがつて數人の從兄弟や從姉妹らに、その上に學校の友達たちさへまじへて、休の間奈良見物がてらだと、泊り込んで毎日にぎやかにはしやいでゐた。叔父らもそれを大へん嬉んでゐたのだつた。

叔母のこんな趣味が皆の反對にあふのは全く當然のことだつた。「淚が出る」とか、「風邪をひくわ」とか、皆から、「止めなさい」「止して下さいよ」と忽ち非難されて、いつも僕だけがそんなことに好感をもつてゐたのだらう。

「都會で育つた方は駄目ですね。」

叔母もそんなことをいつて、わざと僕にだけ自分の生れた家の環境など話しながら、しまひに殘念さうに枯葉をすつかり消してしまふのだつた。一年まへに、それはほゝゑましくされる僕の感傷だつた。

こんなことがあつた。そんな追想をいつか僕は朝飯の時にまでもちつゞけてゐた。

「もうあんなに霧が霜の様に降りるのですね。」
「奈良は秋づくのが早いのですつて。」
「僕ね――。けさ、叔母さんが枯葉を燃やすのが好きなのを思ひ出した。」
「早く起きるとい丶ですよ。全く朝など秋がかつてきましたわ。――まあ、去年のことでせう。よく憶えてゐらつしやるの、ね。」

叔母は感傷する様子をみせた。それは成熟しきつた女の感傷の姿態だつた。そして僕はさうしたことがらにさへ、幻滅の悲哀に似たものを直觀するのだつた。

朝飯を濟ませてから、僕は博物館へ行かうと思つた。昨日の舊師の話を思ひ出して、昨夜から何べんも考へつゞけてゐたのだつた。

開いたばかりの館內には殆んど何人も入つてゐなかつた。僕は入口を右に廻つた。伎樂や能の面を一枚づつ丹念に見て步いた。どれもこれもま新しい感銘を深くさせられてしまつた。

繪畫の室には著名な西大寺の水天と地天が出てゐた。十二天のうちではこれらがいつも出されるらしかつた。陳列はさきの日にきた通りだつたが、見てゐるとくる度に新たな良さが一つ一つづ丶位に見つけられた。繪の面は箔落してゐるので、背伸びをして見ても、茫然とした形容しか見られなかつた。隨分大きい不恰好な眉だと思つてみると、それはたゞ布幅の傷であつて、美しい眉がその橫に浮んでゐたりした。水天の掛圖の下に描かれた二人の童兒の合掌の相が、たまらなく美しく可憐に思はれて、しばらく佇立してゐた。鎌倉期の彫刻や王朝の作品を見て最後に中央ホールへくるのが、久しい間にいつか僕の親しみきつた習慣の様になつてゐた。こゝに一番よい、一番好きな作品があつたからそれを終にするのだつた。天平とその以前、推古白鳳などの作品が陳列してあるのだ。

一わたりみて中央のホールへくると、もうかなり疲れてしまつてゐるのを意識した。そのまゝ備へつけのベンチにしばらく休息しようと思つた。

阿修羅王、さう思つて今日はいつもより特に熱心に、心持ちうすぐらいホールで、南側から北面してゐる、あの三面六臂の清楚な作品を瞻まもつてゐた。いつか僕は「問答師の憂鬱」といつた舊師の表情に、濡れた堂宇に似た同情を、切實に感じなければならなかつた。

だから、僕は佛典にいふ阿修羅王を、かういふきやしやに美しい形容に表現した天平びとを考へるまへに、僕にとつてはむしろ十大弟子の方が、一きはあの西域びとの望郷の心象を感銘するのに、ふさはしいと考へて了つた。傳問答師作といふのは、天龍八部衆と十大弟子と法華寺觀音の他に餘り傳へられない。法華寺の十一面觀音はしばらく別にしておくとしても、八部衆と十大弟子とは全く類型的な感情をもつてゐる。

あの肉身の觀音の傳説にしても、それを產んだ素地には、反つて外來人への憧憬が多量に發見《みいだ》されるであらう。それこそ僕らにとつてなつかしい天平の匂をもつてゐた。それは瞭らかに當時の汎世界的な浪曼性とさへ考へられるのだつた。

だがこの表現の憂鬱は何から理由するものであらうか。僕は同じ時代に當るらしい天平末期製作と云ふ、新薬師寺十二神将の近代的な苦悩の表情さへ、その苦悩の姿に於て思ひ起すのだつた。それにしても僕は昨日の舊師の姿を思ひ出さずにはゐられなかつた。もともと僕の古代藝術への、さらに進んでは古代の文化への入門には、あの中學校の先生の啓蒙が多かつた。思へば僕の拓いた道は舊師につけられた道だつた。そんなわけでもあらう。

それでも僕は一體問答師の憂鬱であらうか。あるひはあの當時の社會的に沈滯しきつた、天平人自身の憂鬱であつたのでなからうか、と今ではそんなことを考へねばならなくされてゐた。

問答師の望郷の心象を僕は自分の論理の可能の限り演繹してゐた。いつか論理のたどれなくなるのは僕の疲勞のせゐばかりでない。

僕はいつか作品のまへに立つては、自分と作品との二つの間の距離を跨いで、一途に體驗の中へ入らうとしながらそのまへに情緒の中へ沈み込み、情緒を論理づけようとさへ試みてゐた。

歸り途では、今日こそ何でもよいから勉强しよう、歩きながら考へてゐた。それが全く僕の眞實をごまかせる手段だとわかつてゐようともかまふことはない、とも考へてゐた。

「大へん疲れてしまつた。」

あゝ全くけふは疲れて了つた。――家へ入るや否や、わざ〳〵こんなことを云ひながら、そのことばのすぐ後で、みちみちの決心をにがにがしくなりながら、ひとりでに思ひ出してゐた。

自分の意志で制御できない方へばかり、不思議に氣持は奔流していつた。出來るだけ思はせぶりなことに自己憎惡を感じつゝ、どうしても柔弱な氣分が僕を占領してしまふ。

「博物館へ行つてきただけです。」

いつか僕は感情を誇張しつゝ、(全く疲れて了つた)その誇張をまざ〳〵憎惡しながら反省してゐるのであつた。

「問答師はい、。」

同じことをまあ一遍口に出して云つた。

問答師の憂鬱? ――又も僕は作品を享けいれるより、自分の氣分の中で作品を素材として別の新しい作品を創り出さう、作品を通じて他の作品を再び生産しようとしてゐるのだつた。

「あんな憂鬱の生々《せいせい》と美化された作品は他にありませんよ。……たしかに一つ皮はいだところにあの作品の憂鬱はあるのだ。あれは犍陀羅びとのものだ。あの傳説はあの作品を素材にした氣分の藝術だ……。」終りをひとりごとの樣に、半ば口の中でしやべつてゐた。

けれどこんな昂奮のうちに、僕は又も憂鬱の歸納にまよつてしまふのだつた。そして僕は次第に焦悴してゆく思惟の中で、どうとも出來ない自分らのおかれてゐる社會の制約や因習を専ら考へ始めた。けれどもそれらの巨大な壓力は拂ひのけようとすればするほど、後から後からと僕の上へおしかぶさつてくるのだつた。いつかそれに反撥する意志も失つて、そのまゝ僕は問答師の憂鬱を叔母に聯關させて自身の憂鬱に浄化しようと企てゝゐた。

（附記の一）「興福寺濫觴記」（續々群書類從宗教部に採錄さる。）西金堂の記事の條に、

本尊、釋迦如來。坐像御長六尺、上古本尊者印度之佛師問答師造。今之本尊者建久時代春日大佛師運慶奉レ造レ之。
脇士、梵天王帝釋天王。十大弟子。八部衆。佛師問答師。

とあり、同書に犍陀羅人《びと》、問答師の傳説が見えてゐる。それによると、

抑印土佛師來朝者、北天竺乾陀羅國帝見生王、欲レ奉レ拜二生身觀世音一、發願入定三七日、告曰、欲レ拜二生身觀世音一、從レ是東海州大日本國聖武王之正后可レ拜二光明女之形一云々、大王夢寤思惟、萬里蒼波難レ叶二渡海一、重一七日入定祈請、亦現曰、遣二巧匠一、摸二彼女形像一、可レ奉二拜見一也、王歡喜、而渡二工巧師一、難波津着、而經レ官奏、皇后曰、妾大臣之少女皇帝之后宮也、爭輒可レ見二異國大王之賢使一耶、但宜叶二吾願一者可レ見云々、佛師應二后命一、上件釋迦像幷三體造立也、爾後皇后見二佛師、一時非二后身女體之肉身一、顯二現於十一面觀音像一也、則任レ仰、觀音三軀造立、之一

體者、使者佛師隨レ身歸レ國、一體者安ニ置於內裡一、今法花滅罪寺觀音也、一體者安ニ置施眼寺一也。

流記曰、天平六年正月十一日、啒ニ四百口僧侶一、成ニ供養一、口別施ニ衲袈裟一帖一、是從ニ乾陀羅國一被ニ送遣一、遂ニ供養一畢。

とある。健陀羅國王見生王といふが如きにも、微笑しい傳說的な句が作爲として認められよう。

（附記の二）阿修羅王の像について。傳問答師作と寺傳に云はれてゐる阿修羅王の形式は決して天平創始のものでない。この起原傳承はかなり面白い變遷をもつが、大體私のいま記しておきたいことは、天平の八部衆の阿修羅王の樣式には確かに先驅があつたといふ一事である。法隆寺五重塔內の塑像釋尊涅槃の像（北面）の「羅漢哀泣の相」の中に、興福寺阿修羅王と同樣式のものが見られる。これは和銅四年作と傳へるもので、勿論詳論すれば表現の意味などに異るところは指摘し得るであらうが、ともかく先蹤といひ得るであらう。興福寺の八部衆、十大弟子については、光明皇后の下命されたといふ作品は藤原末期燒失し、今のは額安寺移置のものといふ記錄もある。記錄によるにこれらの像は貞觀の頃修理されたと。ともかくこれらの作品は共通して面白く意味深い表現をもつてゐる。

阿修羅といふのは「無端正」と譯し、容貌醜惡なるを以てその名ありといふ傳説がある。この興福寺、竝びに法隆寺の作品は全くそれを裏切るものである。(法隆寺五重塔内涅槃像中の哀泣羅漢中の向つて右隈にある三面六臂の像を阿修羅王像形式の先驅でないかといふのは、單に私の判定による私案に過ぎない。たゞ私の見聞するところでは阿修羅王像についての研究を未だ知らない。)

# 花と形而上學と

プラトーの國家に咲いてゐた花を見た人はないのでせうか。わたしは勿論野性の花を云ふのではありません。あれから何年たつことかわたしは知らない。わたしは一人のひとに一ひらの花を見たのです。それは見過した花だ。忘れようと努めないのに忘れてしまつた花でした。その頃あなたもやはり同種の花に憧れてゐました。だがプラトーの國に花が咲いてゐたと云へるやうに、太陽の都にも花が咲いてゐねばならぬとは考へないのです。しかしそのやうな花を見る人の眼は、いつも泪に濡れてゐるものです。泪に濡れてゐるから、あんな花を見ようとするのかもしれません。

やはりその時分、わたしは佛陀の法句を讀み耽つてゐました。花について、Pupphavaggaといふ章です。……ちやうど、色のうららかな、こゝろを動かすやうな花がそのかほりを失つてゐるやうに、いかに巧みに語られた言葉でも、これを行ふことがなければ、それは果實がない、とお釋迦さまは申しました。この言葉を何故か憶えてゐるのです。わたしはあの頃の悲痛な氣持にしたりながら、全く了解しました。がその果實を結ばない花を、荒くれた手で捗りとり得ないのでした。それは一つにわたしらの運命です。あなたもそれを理解するでせう。

物語の時代はふるい故に慕しい。そこにどんな偉大な理由もない筈です。早い春の日、わたしは奈良の田舎を歩きながら、赤埴の丘と早咲きの梅をほのかになつかしんでゐました。佐紀の村の用水のめだかの群は物の影に怖れて列をみだして逃げます。あの小さい魚が並んで泳いでゐる上へ、手を伸して陰を作るのです。わたしはうれしくなつては何度も手をさし出してみました。水が暖かさうに見えて、わたしはもう春になつたのかと感動したり、あたり一杯に流れてゐる野原の匂に歡しくなつてしまふのでした。

わたしは方程式で現すやうに、世の中のこと、それでなくとも自分の氣持さへ記したり、理解したり出來ない。まして人の氣分など、推斷できるものではありません。それ故にことさらわたしは理屈をいふまいと陰翳の多い多元のことばをかたるのです。けれどわたしはあなたの氣持は語られる、あなたの氣持を語るために、それと共に、わたしの氣持を述るために、わたしの中、あなたの内へ入らうと努めるのです。

あんなに緻密な理想國家のプランを建てた古の哲人に、ほのかに甘美な花をすでに久しい頃から絶間なく憧がれてゐたのです。いつたいどんな花がそこに咲いてゐたといふのか。それは申すまでもなく、百年昔のノバリスの青い色をしてゐたと云はれてゐる、あの花とは違ふのです、青い色は愉しい空想に寵まれた色でした、わたしの花は常時じめじめした濕地の沼の端にある様に思はれる花です。わたしはその花を知つてゐた、その花を求めるこゝろもその花の姿も或ひはその匂ひさへ知つてゐたと云へるのです、不幸なわたしらの氣分の斷面です。

つまりわたしは灰色の道を求める心をなつかしんでゐたばかりです。それもわたしらの時代だつた故、思慕されるのでないだらうか。わたしは國家を考へてゐたプラトーのこゝろを、むしろ到り難い大きさに思はざるを得ませぬ。わたしなど、自分を圍纏してゐる一切のものに、無關心であり得ない。むしろわたしは無關心にならうと計つたのですが。時には一瞬にそんな自分を、一切の自分の周圍と、もに棄てらるやうに思つたのです。しかし、わたしはそれを棄て去るあとに惱みを一そう強く豫想してゐた、それはあなたでも同じでした。

わたしは食後に熟した林檎を食べねばならぬとは要求しません。そんな贅澤を思ふ氣分の餘裕はありませんから。しかしわたしは圖書館で夥しい書物に退屈することは出來る。活動寫眞を日なかゝら見てゐることも出來るし、古い歌舞伎を愛好してゐることもさまたげられない。大ていのことはしようとすれば出來る、たゞわたしの氣持が拒むだけです。それもやがてくる日に當然出來る事だ、といつてそんなゆとりを肯定できぬのです。わたしが文字通り人々が餓死線を上下してゐる現實を卒直に考へるのが惡かつたのでせう？わたしは喫茶店で武裝の文學を話してみたりベビーゴルフをしながら、賑かに頡屈な理窟を喋つたりすることは出來ないんです。今でも、こんなことをあなたに云つてゐると、さうした二つの態度に嫌惡すべき不和を感じて、氣分からその雰圍氣さへも非衞生的だと排斥したくなるのです。本當に濕つた氣分の中にゐるのです。

だがそんな氣分の中に住むことは、わたしのもの丶考へ方を常に純潔の一みちに押し進めました。いつも平常の言葉はわたしの氣持から乖離しました。あの様に出來るとよいのだ。あの様なことが利巧な世渡りの方法らしい、とも思つてゐたのです。わたしらの今の氣持はまじめになればなるほど辱しめられます。たゞわたしはあの少數の大きい情熱に對しては反省を自ら強ひられる壓迫を感じねばならなかつたのです。こんなわけですが、もうそれさへ恥ぢる様にはならない、わたしは感動を味ふのみです。然もその感動を表現することは同時にわたしの終末になるのです。

人に同情して欲しいなどわたしは思つてゐるのではない、だがあなたはこんな氣分の世界に同感するし、支持と安堵さへこもごもあなた自身に對して感じるでせう。勿論此は笑つて了へることかもしれません。だがさう云へば世の中の大きい問題など、どれもこれも笑つてしまへることばかりです。けれど大問題はたゞ當事者に大問題であつたらよいではありませんか。放棄しておいても濟んで了ふ。丁度神様が裁かれるやうに解決してしまふ。そんな形式のことよりも、こんな一人のなかの大きい問題の方がわたしの心にかゝるのです。

こんな事情のなかで、わたしはいつもわたしの方程式をもてあぐくんでゐたのです。だから文字の匂を愛し出してあの沈痛の世界をこひねがひ始めてゐました。さきざきがどうなるだらう、そんな不安でない。そんな不安なら、いつも人は談笑しながら樂天的でをられる。未來のことでなく、直面の氣持がわたしの不安でした。多くの人にさうだつた様に、魂の二つの道をわたしも持つてゐたのです。どんな道でも棘のない路はありませぬ。わたしは自分の生活環境を背負つた上で、この二つの道をいつか眺めてゐたのです。一つの道ではその遠くに、何だか私らの求める花とは異つて野生の花の様に匂つてゐる、そんな花もあるやうで、その未來の花がかすんだ眼にさへ見ることが出來たのです。それだのにいま一つの道には、あゝ、そこはいつもしめりきつた微かな哀しみさへ帯びた靄のとざす道でした。それはそれだのに慕かしい、その悒愁の道は生れてからの久しい間わたしらの歩きながら考へてきた道でしたから、それは今のくらしや營みを思案するわたしの氣持にあふやうに思はれるのでした。そこでわたしはわたしの心象の花を培つてゐたのです。こんな長々しい前おきも、わたしの花を、それからあなたの花を理解するために必要なのです。

だがわたしはそこに立どまつて自己の矛盾と分裂にあひました。情緒とか、良心とかは、いつも論理の正しさとか倫理の正しさの前で分裂します。それは論理が實踐のまへで躓くところの性格的な悲劇でないでせうか。わたしの論理はわたしの内に向つて遲待したのでした。倫理は論理の人間的な純粋さに他ありません。倫理は何より身を以て行ふ筈のものです。わたしは自身の分裂と矛盾を意識してゐた。その分裂と矛盾の中にむしろ安けさに止ることを冀ふのでした。わたしの友だちでした、マルクスはきつと富裕だつたのだらう、さうわたしに語るのでした。わたしらの氣持が解るでせう。論理から、わたしは一つの道を選ばねばなりませんでした。倫理からも、同じ道を行かねばなりませんでした。わたしはこんなことばを嫌ふのです、しかし使はねばならぬのだからしかたありませぬ。しかしわたしは既に自分の生活を宿命的にさへ見せられてゐました。この道を歩いた人々の旅の心を見ようとしたのです。わたしはそれに氣持にそぐはぬものを見てしまふのです。時には全く非良心的なことさへあるのです。しかしそれはわたしに勇氣と果斷の缺如してゐた故かもしれませぬ。安全な塹壕の中から機關銃をうつことは、古武士の態度でなくとも今の時代の秀れた戰術なのでせう。惡に對してピストルを向けることは出來ても、そんな自己滿足と自己慰安の影に、わたしはそこで自分の氣持のかなしさを想起せずにゐられませんでした。それもわたしが、世の營ひを知らなかつたためのかなしい苦みだつたのでせうか。

まことに身を風雨の中に曝してゐる人は偉大です。無條件に偉大です。あんな實踐人の情熱の無限の深さを思ふたびに、わたしは文學や理論のアナルキーさへ考へざるを得なかつたのです。どんな尖鋭な理論もその點で一個の爆彈より空粗です。理論の尖鋭であり得るのは、背後に爆彈があるときだけです。さうでなければ一人の無智の農民の鎌よりも無力です。だからわたしは文學の性格に一種の宿命さへ考へるのです。少しばかりそのことについては話しておかねばなりません。宿命は文學の性格なのです、性格といふのは文學の現象の全姿ではありません。

青い花を求めた人も、自然の花は他のどんな人工のものよりも美しいと申しました。わたしらは自然の花が美しいものと考へられないのです。全く美しいと思はれないのです。

園藝の花にも美しいと安じてゐられません。同じやうに造花の美しい筈はありません。從つてわたしはプラトーの花を求めたのです。それは久しい生命をもつた花でした。超越の花でしたから、この非現實の花はせめて今のわたしにとつて、心をときめかせる位美しかつたのです。

おまへは、ニヒルになつてゐるのだ——とわたしは自身に云つてゐました。だがかうしたまじめさの悲哀は現代の心理に他ないと思ひます。それが稀な性格でもそれとも凡庸なものでも、少數でも多數でも、そんなことに關係あることではないのです。わたしはいつかプラトーの花を捜しあぐんでしまひました。わたくしはプラトーを讀みました。わたしはプラトーを愛しました。プラトーはわたしを捉へました。それがともするたびに、わたしはプラトーを忘れてしまふのです。一心にわたしはプラトーを尋ねました。山の彼方はなほ遠くてと、幸ひの花を歌つたのは昔の話でした。わたしは眼のまへにプラトーをみながら、その花を見忘れがちになつて了ひます。わたしは希望と慰安を信じなかつた。わたしは悲哀の悟りに悲調の歌を作らねばならなかつたのです。

わたしらは人のするやうに、自分の氣持や生活態度を全く省みないで元氣よく、俺たちは、など喋られない。それは歌へぬ歌でせうか。そんなことはどうでもよい。わたしはその結果としての滿足の陰に、しみじみ悲慘なものを思ふだけです。それしも宿命の姿です。

わたしはプラトーの花を眞實捜し出さうとしてゐました。手の届くところにあるものを捜さうとするのです。ある時は手の中へ入つてゐるやうにさへ思はれるのでした。しかしまなしそれは遙かな崖下に見えてゐました。

子供の時分、わたしは老人たちに童たちを誘なふ奥山の池の主の話を何度も何度もきかされました。子供らは手が届くので、花を摘まうとする、彼らはきつと池に陷ちて死んでしまはねばなりません。池の主の爲業だと老人達は教へるのです、あんな所へ近よりなさんなよ、と。

いまのわたしの花も、わたしの掌の上に載せることは出來ない。花を採るものは、花の中に投入せねばなりません。たゞわたしはその運命を知つてゐたのです。それだのに、もしくはそれ故にでせうか、わたしはその花をとらうと企てました。かなしみをもつてゐたからでした。きつと今のわたしの池は、むかしの人の云つた涙でひたされた谷なのでせうか。

わたしはその谷に虛無《にひる》の匂ひをかいでゐたのです。

虛無は日常云はれるやうに、餘り樂天的に了解されるものではない筈です。わたしはその谷の分析を始めようと思ひ立ちました。ニヒルの論理と、そんなことを眞面目に考へたこともあります。わたしはいつか初の意企の代りに、むしろその中に自分の歌をうたつてゐるのに氣づいたのです。いとゞ悲しくされてわたしは止めねばなりませんでした。その範圍でわたしのニヒルの論理は、わたしの豫期してゐた樣に悲痛なものではありませんでした。そこには白々と展く午前四時の朗らかさ、へ流れ出してゐたのですから。それといふのも言葉の不幸な性質によるのでせうか。どんな性格でもさうであるやうに、虛無も性格概念です、そこにいろいろの質があります。色彩がありました。

わたしはいつかまじめさを嬉ばうと努めるのです。わたしは悲哀を感じました。しかしそれは當然悲痛と見えるもの丶姿でした。わたしはさう見られたさに、自分でさへ悲哀だと廣告するのです。悲痛と悲哀とは同じものでありません。字典的な意味だけではなく、歴史的社會的に意味を異にするものです。人が日常にいふニヒルは悲痛と悲哀にわかたねばなりません。

プラトーの花をさぐしあぐむやうな者は、およそその中ででも悲痛なのです。

本當にプラトーの國家にどんな花があつたのですか。あ丶その野生の花もわたしは知りたいと思ひます。先日、トロリーバスは哀愁をもつてゐるよ、と便りしてきた友だちがあります。全く眞實です。哀愁の軌道を廣い無形に錯亂してしまつただけです。その友だちは、山と水の美しい古都の白堊の文明の建物が濃厚でならない、とも云ひます。わたしは彼に、安價な女たちを顧みないやうに、と書き送りました。そんなものに氣持のはきロがあるとか、享樂が可能なやうにいふのは僞りです。眞實の自分の氣持に對していたつて不眞面目です。耽溺するにも放蕩するやうな氣ならよいのです。放蕩とは氣分を弄戲することです。このことばの日常概念は下品にされてゐます。感情の集中と分散の中の浪曼的イロニーをさすのです。わたしらはいたはる樣な氣持で、氣分の苦しみを苦しむべきです。偽りをいふことは、例へどんな立場ででも、自分に對してかなしいことです。そのみじめさは自分だけが知るのです。きらいな芝居はきらいだと云つたらよい。面白くない小説はほめない方がよい。あそこはいけないがこゝはよい、そんなことを云つて逃避してゐられるなら、プラトーは詩人たちを理想の國家から追ひ放ちなどしなかつたでせう。いつもプラトーもかなしい氣持をもつてゐたに違ひありません。

毎日雨が降りつゞいてゐた頃でした。その頃わたしはフエドロスを讀みふけつてゐたのです。希臘的な愛は天上のものでした。わたしは身近のことを考へてみました。地上の女人になつかしまないのは、やはり虚無の新しい一つの姿態でせうか。わたしはそんな事實を思ひ出してゐました。それから稚い女たちを讚へないで、年上の人の妻をひそかにおもふのも同じやうに。

何ぜ人は可愛らしい子供を自分の空虚な感情を滿たすために弄ぶのです。なぜあなたはあのやうな稚い少女を愛しだしたのです。あなたと云つても、あなたは自分の心を語りたいわたしの形式だけの對象になつてゐるのかもしれません。そんなことはどの道かゝはりないことです。許せとか許さぬとか云ふべきことではないのです。

まだ若草の匂をもつてゐるといつて、美しい少年を歌つた詩人が日本にゐたのを知つてゐるでせう。この詩人はむかしから今までを通じて日本の產んだ最も大きい詩人でした。二年程まへ、わたしはこの詩人を浪曼派の作家にして一つのエツセイを書きました。それ程わたしは自分の本當をいへばわたしはこの詩人の中に彼の青春を見ようとしたのです。それ程わたしは自分の若さを氣持から失つてゐたのですから。あなたが少女の垂り髮を芥子の葉の匂ひに譬へても、そんなことをとやかくと申すのではありません。それでよいのです。詩人は自分の發見《みいだ》したことばが、人に用ひられるのを嬉ぶものです。あの詩人もひとのことばをさん〴〵使つたのですから。

わたしがプラトーの花を熱情で求めてゐたやうに、あなたが可憐な少女をひそかに愛してゐたことも、奇態な行爲とは云ひ得ません。本有の性能といつても著しく氣分で支配し得るものでした。例へ女のことにしても清潔感の問題です。わたしはあなたのやうな清潔に對する鋭感さを好ましく思ふくらゐです。

あなたは源氏物語を讀んだことがありませうか。わたしもあの五十何帖とかいふ長い退屈な小說に、ほとほとくたびれてしまつたことを憶えてゐるのです。けれどあの中の紫の上の話だけはいつも新鮮に忘れられない。――源氏の大將がその少女の成長を樂みつゝ、ゆくゆく自分の妻とし〔よ〕うなど、考へながら子供の頃から育てあげるといふ、あの美しいほのかに情緒的な記述だけは、二三度も繰返し讀みふけつたものでした。紫の上がだんだんと、源氏の獲られなかつた戀びとのなきおもかげに似てくる、と書かれてゐるところなど世界の文學にも見あたらない、うつくしい戀愛の姿です。あれこそ紫式部の情緒に違ひありません。きつと王朝の女たちのいだいてゐた、美しい戀愛への浪曼主義です。彼女たちの理念《イデー》です。だから紫式部も自分の名前と同じ字をこの子供に與へたのです。判官を女護の島へ逃げさせたり、世之介を華やかに船出させたやうな、近世の脚本書きや戲作者のきたならしさの微量もないのが耐まらなくうれしいではありませんか。精神分析などと猥雜なことを云ふのは、何かとさもしく氣障でものほしげな近代の氣持です。王朝の女たちの純情のまへに餘りに微力な冒瀆に過ぎません。

　あなたがあの少女を愛してゐたことは勿論いたづらなことなどでない。それは本當に誰にはゞかることない眞實なんですから。けれどあなたには少女があなたのさうした氣持を氣づいた、(と云つてよいのかどうか知りませんが)、ともかくあんなふうに反應してしまつた、(とはいへるのです)誰もそんなことを教へないのに、あんな結果をひき出した、それこそ全く思ひもかけなかつたことでせう。本當に子供だつた。いくつでした、十三ですか、四でしたか、それはわすれはて丶よいのですが。

　ある日わたしは妹たちと遊んでゐたのです。椢の實を買つてきませうか、妹たちはそんなことをわたしに云ひました。わたしは瞬間椢の實を思ひ出せなかつたのです。あの土の匂ひのする椢の實。ふるさとの社の森へたびたび拾ひに行つたあの椢の實だつたのですが。わたしは久しい間妹たちのもつてきた圓《つぶ》らの實に泪さへ浮べて理由ないかなしみを味つてゐました。すると妹たちが、あの人、一度よんできなさいよ、と云ふのです。あなたのことですよ。あなたと結婚するのだとそんなことを妹は直接あの少女からきかされるのださうです。その少女は皆のクラスの子らにもそんなことをいふのださうです。

　わたしは城端の堀へ行つて、ほ丶けた冬の松と濃碧の空を眺めてみました。白塗の城壁が、冬の斜め陽の光に朱に染つてゐました。家へ歸つてから、プラトーを讀まうと思ひつ丶、わたしはあなたにあの手紙をかいたのです。こんどの休暇は早く歸つて來なさいよ、と。妹たちが待つてゐるのですから。

わたしはプラトーを讀みながら、いつか泰西の碩學の天才の理論を考へ始めてゐました、早熟が天才の相だといつても逆は必らずしも眞實ではありません。町の子供らが早く成長するのはともあれ味けないことです。わたしは今でも梧桐の木にナイフでつけた樂書の嬉しさを忘れぬのですが、彼らはきつとそんな期間を持たないことでせう。故里の古びた家の裏庭の梧桐の幹には、今も昔描いたいたづらの痕が堆れあがつてゐるのです。わたしの母親はわたしらの歸る度にその話をして、いくら叱つてもすぐ指に傷をつけながらやりに行つたものですよ、と笑ふのです。あなたらがいつまでも童話の世界の不運の少女をわがこと、悲しんでゐるのに、彼らはゆき、に會ふ少女の誰かと極めて現實的な戀をしたいと話してゐます。先日省線の電車の中でそんなのを見ました。話し手は一心にせき込んで喋つてゐるのに、きく方は他人の惡戲ばかり見てゐるのです。めづらしく徹底した對照です。カラーにIIとはいつてゐる中學生の一群れでした。

でもわたしらも彼らの年頃ならそんな氣持にもなれるのかもしれません。方法をいふのではなく、氣持の點で、す。こんな陰鬱の感情を意識せぬのなら、今のわたしもそんな氣持になれるのでせうか。

わたしは眼近にプラトーの花を見る様な氣持になるのです。いつどあなたは、いまのあなたのやうなそんな愛の姿をさして非現實の花といつてゐたが、わたしはその花を一しほなつかしむのです。それは紫式部もかなしい心の溫室に咲かせた花でした。全く教養高かつたあの頃の宮廷の時代の女たちの、この世での希望でなかつたでせうか。プラトーの花もかうした花でなかつたでせうか。共に一つの文化が高さの頂に達した、爛熟の土壌に咲いた花でした。二つの花の匂の違ひは男から女を作つた神のおもひつきに由來するのです。希臘の哲學が男と女に與へた存在論的な區別もこの造物主の稀有の思ひ付から極めてすみやかに了解される様です。プラトーが男性の花なら式部のは女性の花でした。それは共に溫室の性をもつてゐるから、雨降れば濡れ風吹けば散る、一そう人の衣ずれのかそかな搖れにも耐へがたいのに違ひありません。しかもそれは涙の谷に百彩の色をなして展く花壇のやうでした。果なく壞れやすい花は、それなのに精密なロギツシユな在り方をもち得ます。心にあつて強いのです。わたしはこんな花を、むかし時世に容れられなかつた東方の高潔の詩人の愛した、白蓮などに聯想したくないのです。白蓮は惡の華に似てゐるとも云へなくはありません。それは娼家の女の思ひ起される花の姿でした。

この花は惡の華ではありません。惡の華は炙肉の味ひとそのエネーゼチツクな絢爛さのあるものです。それは一輪でありながら、豪華な色彩と重量とをもつてゐます。わたしらの花は惡の華ではありません。わたしは惡の華にうれしさを感じたり、歡びを味つたり、美しさを愛したりできないのです。あれはわたしにとつて征服し得ない花です。惡の華というのは征服しえない性質の人にとつては無意味です。極めて力強い圖太さの感じを與へるだけでした。一そう嫌惡とさへ云へるでせう。そこから反つてわたしは自分の氣分の花を捜すのです。

なぜわたしがこんな花をさがしあぐむのだか、わかるでせうか。わたしは自分が悲壯の意識にゐるのを知つてゐるのです。學問をするといふことは、何時の時代にも悲壯なのです。それからいつの時代にも、學問をするものが悲壯なのです。だから彼らは高らかに歌ふことさへ出來ました。歌はずにはをれないのです。時と云ふものは動いてゐます。まして今の世の中の動きを知らないものはありません。それ故學問するものは悲しいのです。悲しいが、せねばならぬ者がするのです。せねばならぬ者は、そんなやうな學問の性格を知つてなほもするのです。この谷は泪に濡れてゐるのですが、その泪は周圍が闇黑なため流れ出た泪ではないでせう。今の時代にだけ古い學問をするのが悲壯だと思ひ上ることはできません。學の起原は知を愛することだと云ひます。知を愛することはどの道うれひとくるしみに充ちたことです。知は形ないものなのですから。けれどもことさら今の時代ゆゑ學問をするのもかなしいことにされるのです。元氣よく石油鑵を搞かれぬから、わたしらは不幸です。それだからわたしらはそれを歌つたり、高いものさへ惱み得るのです。

　わたしはプラトーの花を求めました。

なゝたゝびハイデッガーを讀みしかど……をとめの頰はわすれられない、と歌つた若い哲學者がありました。これは正しく知識の美しい弱點と、その高次性を語つてゐるのです。また、マルクス故に寢がてにする、とこの國の老いた著名の哲人は歌つたさうです。同じく一つの心です。老いた哲人も若い友人も、本當のことばなのです。本當のことばほど世の中に美しく心をうつものはありません。それ故屢々それはかなしいものです。亡びゆくものに美しいものはないとは云へない。亡びるとか亡びないとかいふのは、美しいといふ價値の問題でないのです。朽ち果つるものをして美ならしめよ、と申すのはたゞ南歐の詩人の孤獨の嗟嘆でない筈です。寧ろそれは人の情緒に緊密に結びついた感情でした。本當のことゝいふのは人の情緒や、良心といつたものだけが云へることばです。老哲とわたしらとかはるところは一層わたしらの悲しい泪を嘗めてゐるといふ點だけです。いつもわたしは濡れた洞窟の中に窒息させられかけてゐます。わたしの知る範圍では餘りたくさんの人がそれを知つてはいないだけです。だがわたしはその洞窟を語り、洞窟を歌ふのに、美しさと意義をみとめざるを得ないのです。一層そのことに紅血の要求さへ思ふのです。誰かやむなくなれる人がすればよい、誰もやらないなら、わたしらはこの世にあつた眞實の心の姿の一つだけを、僞瞞していつたことになるのです。

わたしはやはり花を求めます。プラトーの花を。非現實の花を愛してゆくのです。あなたが稚い女の子を愛してゐたやうに。あれは決して小學校の先生がおもふ愛ではありません。稚い子供はあなたの紫の上でした。世之介の心愛《かな》しいと歌へたのは、十年過ぎ去つた昔の話です。それはシヤンパンに飽くことの出來る男、あの不潔さと猥褻さを當然と耐へる人にだけ出來ることです。それこそ今では總ゆるなかでの、きたならしさとしか思はれぬのです。

少女があゝしたことをいつてゐると知つてから、あなたはあなたの情感の世界を二元に分裂させたのです。むしろそれは抒情詩的でした。そしてあなたは幻滅を感じたのです。此はわたしの推量です。けれどこの推量は星の軌道の樣に確實でせうか。たゞわたしはあなたに内在して、あなたの氣持を推し量つてゆくばかりです。

あなたはそれをかなしいと思つたのです。あなたはさうした氣持で、あの少女に關心をもつてゐたのではない筈です。あなたはやはり幻想の花に憧れてゐたのでした。しかし手にしたものをみると、地上の花に過ぎませんでした。地上の花でしたから手に出來るのです。

幻想の花は頭の中にだけあるものです。それは超越の甘美な花です。しかもそれは現實を上へ超越できぬのです。その花は天上にありながら、下への超越の道をとらせるものです。あなたは對象を誤つてゐた、少女は一とせと年ゆくものでした。紫の上が妻になり得ても、あなたにあつて少女は永遠に非現實の花でありたい。あなたにしても、王朝の秀れた女性にあつても、同じ情感の姿です。たゞあなたがうつろなものを愛するこゝろは、千年のへだてある情緒の姿態と申すだけです。

それ故あなたは詩人を追放した古の哲人の如く、とめどない悲しみに陥らねばならなかつたのです。あの哲人も詩人を愛してゐました。それだのに追放せねばゐられなかつたのです。

だがそれは悲しみといふより空虚感でした。それについて、あなたのうちではいくたびも繰り返し繰り返し思考されたやうです。そのうちにあなたはふとある安堵さにも似た氣持を味ひ出したのに違ひありません。あなたの昔の少年期の感傷を少女の中に見出しながら、幻滅感が産み出してくれる不幸な嬉びでした。たゞわたしはそれをしも悲しむのです。

例へ不幸が幸福の土壌であつても、そこに咲く幸福は一度心の泪に濡らされてゐます。

あなたは詩を書いて、わたしに送つてきた。それはまことにあなたの覆落する間際の氣分の告白でした。惡魔の奴め、とあなたは自分の心を占めてゐる對象を呼びました。わたしはあなたの氣分を理解できますから、少女をさして惡魔と大人げなく呼んでゐる、などといつてあなたを不快にしたりしません。あなたの云ひたい様に、あなたの氣分の領野をじりじりと喰ひ始めた、眼あてもない、形もないものを、わたしはすぐに了解したのですから。それをあなたは惡魔といつたのでせう。本當にそれは惡魔の様に存在せぬのに、どこからか人の心に現れてくるものです。

確かにあなたはその少女を現實的に愛し出したのです。そんな感傷を子供らしくいふ少女が可愛らしい、と。それから少女とのさまざまな營みをさへ考へつゝ――。わたしはあなたの現實の愛の企畫に嬉びを見よう、祝福を述べよう、と幾度も試みたのです。けれどもまなしに私はやはり泪の飽和した世界と人生にぶつかつて了ふのです。

あなたの心の中のいきさつを、わたしはあなたの代りに、語つてゐるのです。從つてこゝまで進みつゝもわたしはなほもあなたの中に非現實の花をみてゐられるのです。それを指摘し得るのです。

その少女を愛するといふことはいゝことです。それは特異だからよいのです。わたしは絶對的な愛など、今の時代に考へることさへ出來ないのです。その様に種々《さまざま》な事柄から歸納させられてしまつてゐるのです。

チューリップの花を知らない山の子供らがありました。その子供達は花を捥つて花びらの一つづつを、裁斷してゐました。いつも彼らがすかんぽやいはなしをちぎる様に。（わたしはいはなしをチューリップより愛しますが）。ミロのヴィナスに嫌惡を感じた人々のことを語つたのは、十九世紀の最も偉大な作家だつたのです。知らないものに氣持を語ることは、寧ろ悲しいことです。けれど確かに山の子供らも、北歐の農民らも、わたしらより健康でした。

あなたは失望し、幻滅を味ひましたが、いつかその子を愛し出したのです。世のつねの愛の小說でなければ結構です。その愛はむしろ肉身を滅してしまふ、悲劇の終末を豫想してゐます。サムソンに就いて書かれたこと、卽ち彼が、死ぬ時に殺せしものは生ける時に殺せし者より多かりき、さういふことは、小ひさき花の聖者にも同じく申せることだと、かの三人の伴侶たちは誌してゐます。然しながら聖なる福者よりうける死は、唯だ久遠に生きる榮光の生命の始となるものだ、と彼らは說明しました。何と申してもそれもかなしいことには變りありません。

あなたはその少女に一度も愛の言葉をいつたことがない。今でもつねの樣に愛しながら、無邪氣な少女がいつもそれを望んでゐるのに、あなたは何も云はないのです。あなたが愛に對して非情だと申すのではないのですが……。幾度も云つたやうに、わたしはあなたをあなたの氣分で理解できるのです。あなたがその少女を愛しだした。それは非現實の花を求めてゐた頃のやうでなく、一層世間風に愛してゐる、それは知ることが出來るのです。

わたしはなほもプラトーの花をなつかしむのです。一人だけでしかも多数の道なのです。もうあなたには地上の花が一層なつかしいとわたしは思ふのですから。今はさうでなくともまなしにさうなるでせう。さうでなければ、あなたはやはりかなしみにしたつてゐねばなりません。かなしみの花を求めねばなりません。かなしみの花は、人間の心緒の花に植ゑかへてもなほかなしいものでせうか。わたしはそれを尋ねたい。いつまでも非現實の花ばかり愛してゐねばならないのは悲しみです。さりながら自ら求めたものでなく、時代にしむけられた境涯なら止むを得ないと嬉ばねばなりません。

愉しみにのんきに生きたいなら、あなたは早く沼地の濕氣を去るやうに努めるべきです。けれどそれは不可能なことでした。せめて少女を愛してゐるばかりです。わたしはわたしのやうな生の意識に、むしろ矜らしい感情さへもつのです。そしてこんなことを考へるとき、やはりあなたもあの現在しない花を愛してゐた、むかしのまゝの感情で人を愛す様にと希むのです。

幻想の花は美しいのです。しかし、何故美しいのか、どうして心をひきつけるのか、さう尋ねられても答へることは出來ません。それはわたしらの體驗からくるのです。體驗から美しいのだといへるだけです。

妓爐のけぶり薫をゆづるとも、そのくさく、けがらはしいのはまぎらせることが出來ない、人は臭屍をいだいて臥してはならない、と拾遺和語法燈といふ書物にあります。あの上人はきつと書院に青磁の花瓶をおいて、桃花鳥色《ときいろ》の花を眺めてゐたのでせう。非現實の花の美しさを説くには、こんな前提を必要といたさないのです。それは體驗から直観されるものです。

花を見れば物思ひのないものだとむかしの人は申しました。花を見ても、かなしい時には花もかなしく、うれしい時には花もうれしい、さういふものなら花の形而上學は成立しません。落ぶれて乞食《かたひ》となつてゐる日にも、あらゆる地上の權柄をあつめてゐる身にとつても、たゞ花を見れば物思ひのないものです。春のねがての夜は、たゞ花の散るのみが夢に見えて、なほも物思ひの止まるすべもなかつた、安寢《やすい》もならない、と嘆じた王朝の詩人がありました。それもやはり花に結ばれた艶にやさしいかずかずの思ひ出を申すもののやうです。花の下にてわれ死なん、といふ時そこにたしかに花の形而上學は成立してゐるのです。

花を見ればたゞたゞ悲しみを忘れるものゝやうに思はれるのです。わたしはさう確く信じます。人は悲しみをもつてゐるから、それはどうして地上の花がなぐさめてくれませうか、わたしはいつも天上の花を憧れてゆくのです。（一九三一、五、一一）

# 佐渡へ

## 一

糸魚川の宿を早朝に出た。一番早く新潟へつく列車にのるためである。

昨夜は暑かつた。蒸せる様な部屋でねむられないでころがつてゐた。十時過に女中が露臺の方が涼しいやうですが上りませぬかと呼びにきた。露臺からは正面に日本海が見える。たくさんの漁船が遠方のはうで漁火をもやしてゐた。

「何をとつてゐるのだらう」

といふと、

「烏賊を釣るのですよ。たくさんでてゐませう。でもいつもはもつと多いのです。」

その女はそんな返事をしながら、宿のまへの小さい飲食店でならしてゐる古い流行唄の後を小聲で歌ひはじめた。

露臺も變りなく暑い。時々海の面からあるかなしに吹いてくる風も、こゝへくる迄に日中に赤熱した海岸のトタン屋根に、すべての冷氣を吸ひとられてしまつた如く生溫んでゐた。

「下へ奈良縣の方がお泊りですの。姫川の水力電氣の工事を請負つてゐられるので、いつもくると長い間滯在してゐられるのです。」

「あの方にね海岸へ散歩に行かせませ、ていつたの。藝者さんにとらへられますよ、といつてやると、それはあぶない、あぶない、といふの、をかしかつたわ。」

「この暑いのにもうお休みでせう。」

「わたしをかしかつたのよ。」

話してゐる女中は本當にをかしかつたやうに大げさに笑つた。

「いまでもをかしいの。なんてへんなひとね。」

「でも本當ですよ。をかしいの。」

この女の無邪氣さが僕に極めて好感を與へた。それ程にその女は誇張した表現をして笑ひこけた。だから他の女中が話題を僕の方へむけた。

「おひる姫川の方へ行かれたでせう。寫眞でもおとりになつて來たのですか。」

そんなことをさきの女中がいつた。日中僕は姫川の木橋を渡つてきた。白馬岳の斷峽のかすかに遠く見える川原の小さい灌木の間へも下りたりしてゐた。

「白馬岳の斷峽が見えてゐたよ。」

「さうでせう、わたしは又白馬へ登られるものと思つてゐたんですよ。だけれど時季はもう遲いですからね。毎年七月頃はこゝ、だつて混むのですよ。またいらつしやいね。」

その女中はもう二十の半ばを過ぎた年配だつた。こんなことを喋りながら、

「さうさう、もう一昨年でせうか、東京から來た女學生が二人が姫川へ身投げしたのです。ご存知でせうか、新聞にも出てゐたのですが、あれなんとかいふのですね……」

何度もした話を繰り返すやうに流暢にその話を始めた。その女の純情を嗤ふやうな話ぶりの中に、僕はむしろ不幸な年月を暮してきた女たちの中に、未だ殘つてゐる少女期の純情がのぞまれる様な索莫とした氣持になつた。

「新聞でも大へんだつたのですよ。何とかいつてゐたわ……」

「同性心中てぃふのでせう。」

と年の若い方の女がとりすました口調で口を出した。

「本當にしやれてるわね。」

「でもきつと他にもいろんな事情があつたんでせうよ。」

若い方の女は氣輕にそんなことを云ひながら、欄干に手をかけて、疲れきつた風情をしながら海の方を見つめてゐた。まだ十六か七の少女らしい。

「今夜は本當に暑いわ。ねえ、あなたこゝで一晩寝たらどうでせうか。」

そんなことを無邪氣らしくつれの女に云つたりした。

「御自由におやすみなさいよ。」

一人の方が階段を下りかけつゝ、笑ひながら相手になつてゐた。

「でも風邪を引くでせうね。夜露て女の體に毒ですつて云ふぢやないの。」

さういつてゐる間に年のいつた方の女中は下りてしまつてゐない。僕らだけになると、

「ごめん遊ばせ。」

といつて、帯を解いて着付を改めはじめた。小さくもれあがつた乳房を押へながら僕の方を眺めて顔を赤める、僕は海の方へ顏をそむけた。こんな環境にゐると僕にはその無邪氣な可憐さがたまらなく好ましくなつた。

「あの松の生えてゐるきりぎしの方が親不知なのです。」

海岸線の向うの月明りの中にうつすりと斷崖が眺められた。こんなことを倦怠さうにいひながら、つかれてしまつたわ、と欄干に身を倚りかけて細い腕を頸の方へ廻しながら、髮をかきあげた。肩を波うたせて呼吸してゐるその姿態には、もうさつきの可憐さなどのかはりに、女らしい疲れが見えるのだつた。

前夜はたうとうおそくまで起きてゐたので今朝は眼がまだ朦朧としてゐるやうだつた。驛へ送つてきたのは昨夜夕食のとき一度きりしか顏を見せなかつた女中だつた。朝見ると昨夜より美しい女だつた。宿を出るとき何かの歌を歌つてゐる聲がきこえてゐた。それが例の小さい方の女中の聲だらうと僕は思つてゐた。

停車場へきた女中は列車を待つてゐる間昨年十二月迄大阪にゐたといふ話をした。

「大阪も變つてゐるでせう。」

といふので、

「何變つてゐるものか。」

そんな返事をしながら急に大阪も變つたと思つてゐた。大阪へ行きたいかといふと、ぜひもう一度行きたいと云つた。おあいそにしてはしんみりした話をする女中だつた。橋を渡つて列車のつくホームへくる途中で僕は眼の中へ埃を入れてしまつた。泪が出て大へんにいたんだ。僕は早く列車の中で洗はうと思つた。

「昨日汽車の中で百姓のおばあさんが瓜を賣りにきたよ。うまさうだつたね。」

「お買ひになつたの。」

「勿論買はなかつたよ。けふ賣りにこぬかと思つてゐるのだ。」

「駄目ですよ。わたし瓜なんか好きぢやないの。」

「それから子供がトマトを噛つてゐるのに驚いた。初めは柿だと思つてゐたよ。」

列車がそんな話をしてゐるうちにつくと、いそいで坐席をとつてしまつた。まだ女中が何か云つてゐるのを半分しかきかなかつた。驛の構内を離れる時分に僕は窓から首を出してホームを見た。さきの女中がじつともとの位置に立つてこちらを見てゐるのが小さく見えた。僕は首をひき込めながら動いてゆく列車そのものに放心してゐる感傷的な風景を味つた。いつしか僕は一しほ旅愁に似た感興を感じてゐた。

二

新潟へ着いたのは午後の三時頃であつた。驛から大いそぎに港まで自動車でかけつけたが、既に佐渡行の汽船は岸を數町離れてしまつてゐた。旅行案内には三時半出帆とかいてあつた。炎天の中に行く先を拒まれてほり出されてしまふと、今までの疲勞が一度に現れる様な困憊を感じて了つた。

「町までこのまゝ出てあげませう。」

と運轉手も同情するやうに云ふが、僕はそのまゝ、町とは川をへだててゐる波止場の上に下りてしまつた。何を目的とすることもなく、小さいトランクをさげたまゝ、眞夏の波止場の融解したアスハルトを踏みながら歩いていつた。

たゞあわたゞしく日を送ることが僕の求めるところであつた。長い惡夢から僕はさめたかつた。遲待すればいつか過去の氣持や、それから起る焦燥の中に又も押しやられるにきまつてゐた。僕はそれをのがれねばならない。以來わだかまつてゐる氣持を拂ひ落さねばならない。僕にとつて處理しきれぬ感情、いつでも自暴自棄になりかねない氣持を忘れるために、自分の生涯に一度以上通ることはあるまいと思はれる様な、邊僻な田舍道を歩きまはることに最上の手段を考へてゐた。稚い感傷をわれと自ら嗤ひながらもそれ以上の方法はなかつた。

信濃川にかけられた有名な萬代橋の記銘なども、旅人らしく感興を强ひて呼び起しながら、叮寧に讀んでみたりしてゐた。川端にはたくさんの屋形船が浮んでゐた。眞ひるの疲勞の底にすべては停止してゐる。河の兩岸の賣却地とかいた立札のある埋立地には斑らに夏の草が生えてゐた。川口が海に開いてゐる遠くはすべてが沈滯した深淵にあるやうな感覺を與へた。汗がためらふ様に流れ出た。巷の塵が數尺だけの高さを保つて動きながら、それにも夏の遲日が烈しく照つて小さい微粒子に反射してゐた。幾らあるか知らない橋の長さを眺めてゐるとそのまゝへたばつてしまひたい倦怠さへ感じてしまつた。ネクタイは始めからはづしてゐた。上衣を脫いでみたり、又は着てみたりした。自分のやつれを誰よりも自分が最も自覺してゐた。

北の國は涼しいだらう。そんな謬想を無意識のうちに擁いてゐた。新潟の夏が舖道をじたじたとかす位に炎暑であるとは豫想してゐなかつた。暑くて困難であるなら、むしろそんなまつたゞ中へしひて苦しみ込む方がいいのだ、こんなことを意地からも考へてみるのだつた。しかし今は疲勞と困憊を交互に感じる以外にない。男はたるみきつた夏帽子をかぶつて歩いてゆく。女たちのうすものは汗ばんだ肩に密着してゐた。

全く知らない町を歩き廻つてゐるうちにいつかにぎやかな大通に出てゐた。新潟の目貫の町であつた。ある一軒の宿に「くし清」とかゝれてゐる古風な標札を見つけた。それをふと行きすぎながら、その大きくない標札の字が妙に美しく心をひきつけた。僕はひき返してそこに泊ることに決心した。落ついてみると好ましい家だつた。新潟の町には、いたるところに堀割が通つてゐる。堀割の水と柳と木橋と、夏の季節の町である。

晝に渡つてきた萬代橋をもう一度見ようと思つた。一度通つたところだつたが、再び行かうと思ふとさつぱり道がわからなかつた　何べんも道をたづねながらやうやく行きつくことが出來た。橋は涼しい。ひる見た屋形船には華麗に燈がつけられて藝者らしい女たちが客とさわいでゐた。そのにぎやかな粧ひの中で、さわぎを離れた一人の妓が船の欄干によりかゝつてゐて、それが極めて感傷的な情景に見えた。橋からひきかへさうとすると田舍からくる女たちが、リアカーをひいて野菜などをつんでゆくのにしばしば追ひぬかれた。二尺もある玉蜀黍がめづらしかつた。

街へ歸つてくると暗い大通りにはたくさんの夜店が出てゐて、大てい于蘭盆會の品々をうつてゐた。野菜の類が主であつた。白い縞の斑點のある茅が多く竝べてあつた。それがめづらしく思はれた。

「何に使ふのです。」

僕は一人の老婆にきいてみた。

「しまがやでございますか。お盆に使ふのでございますよ。」

夜店の老婆は齒ぎれのよいことばで丁寧に教へてくれた。もう于蘭盆になつてゐるのか、そんな時候の感じが急に起つた。家を離れてゐるとさういふ季節の感じは減少してゐた。それにこの地方の盆は新暦の八月だつた。胡瓜や秋草の花やさやの青豆などから、新佛供養に用ひるさまざまの品、蓮の半ば開いた花、それらを見てゐると古風な田舍の生ひ立ちが瞭りありと浮んで來たりした。それらは一つの雰圍氣をなしてゐた。僕は芭蕉の心を感じた。

僕の宿のまへは最も繁華な通りらしかつた。さつきの二尺位の玉蜀黍を燒いてそれに醬油の様なものをつけて賣つてゐるのをよく見つけた。まつ赤な色をした水蜜桃もたくさん竝べてゐた。それらを眺めながら僕は久しぶりの食慾を味つた。新潟の子供たちは堀割の橋の上で花火をもやしてゐた。あちこちでしゆうしゆうもえあがるのに理由もなく僕は怖れてゐた。

裏の通りを歩く。辻などで子供に踊らせてゐる遊藝人の夫婦やヴアイオリンをもつた艶歌師などが通行人を集めてゐるのを二三度見た。そんな光景がものめづらしくさへ思はれた。集つてゐる人々が熱心にきいてゐるのが僕を感動させた。

堀割に影をうつしてゐる柳の木、古い港町のおもかげのなつかしい風物である。しかし僕はいつかさういふものになれてゐたので、極めて傍観的に眺めて通ることが出來た。僕は古い古志の國の抒情詩をみつけようとする氣持を今まで意識してゐなかつた。さういふ氣持さへ忘れたい心の瀉泄をもつてゐたのではないか。昨日まで通つてきた道々の町や都會や部落では、確かに人間とより高い意志との爭鬪を見ようと努めてゐた筈だつた。僕は努めて自然の荒廢性を見ようと欲してゐた。未開の地の熱情を想うてゐた。僕は微笑みながら自分の意志が感情に全く敗北してゐるのを知つた。しかし敗北の自覺の安易さの中で望ましいことの様にも思はれた。僕は新潟で停滯したことを好ましいことだつたと思つてゐた。道草はあとから考へると有難いことだ。そんなことを愚かにも眞面目に考へてゐた。しかもそんな考へかたを最近の僕の氣持から切實に思はうとした。そんな様な考へ方に僕はむりにも入らねばならないとさへせつぱつまつた様に思ひ出した。すると何故となく瞬間に僕に眼のまへに總ての關係者たちが現れてゐた。僕はくはへてゐた煙草を堀割の中へなげ込んだ。シーと火の消える音が耳の底できこえる。

歩き出してゐるうちに陰氣な氣持を忘却してゐた。正確にいつたらどうにか意識の起伏の波の下へおし込んでしまへた。濠が交錯して橋も從つて十字形に交つてゐる樣なところがあつた。多く下町である。浴衣がけで柳の根がたで涼んでゐる新潟の女たちは極めて無口な印象を與へた。誰かゞ高聲で喋つたり笑ひ出したりしたなら、僕はそれをむしろ奇蹟と感じたであらう。あの水に沿つた色街の三味の音が、行きずりの僕の心に殘つてゐるのも、むしろ平凡な氣持からだらうと後に僕は了解してゐた。だから僕はそんな事情を心付いたあとで一層自分の感情を愛してゐた。僕は傷痕から逃避して、それをうはぬることを好まなかつた自分を愛してゐる。人は夜を愛する。それは人間らしい感傷だつた。それは又革命家の強い心臟にさへつきまとふ感傷らしい。僕だけが白晝の街に詩を歌へなかつたのでない。しかし眞實から僕は詩を嫌惡してゐた。夜の氣分に似た安易さを僕は嫌惡せねばならなかつた。だから僕は久しい頃の放逸の心を想ひ出した。それは古風な漢詩に歌はれる世界の放蕩を思ひ出させた。しかもその遂行を極めて嫌惡すべき對象としてしまふのだつた。

こんなとりとめないことを考へてゐると漠然と氣持の下にたゞよつてゐて、時折り斷片的に現れてくる例の自分の事件の全き姿體を、わざと抉りだす樣な氣持を味つて了つた。僕は人通りの少い路を脚を早めて歩いてゐた。

宿の近くに新しく開店した、この町としてはめづらしい新奇なキヤバレ風な酒場があつて、入口に造花の花環がたくさん立てゝあつた。盛裝した、といへる男や女たちの間で、宿の浴衣を氣にしながらビールをのんでみた。プレンソーダの樣なビールのかなしい味だつた。しかし僕はそこを出ながらいまのさきまでもつてゐた、新潟の女たちから空想してみた幻想、あの美しく素朴で纖細な幻想を全く失つてゐるのに氣づいてゐた。

三

眼をさましたときから小雨が降つてゐた。朝食をとつてゐるうちから宿の番頭は何度も船會社へ電話をかけてくれてゐた。昨日は少しのことで乘りはぐれたのだから、今朝の船はどうしてものりはぐれぬやうにしてくれ、と昨夜ねるまへにも傳へておいた。しかし今朝になると明日でも明後日でもよい。全く僕は機械じかけのからくり人形の樣な他力の安心さを味つてゐた。九時出帆だといふのに僕があまりにいそいだためか八時過自動車はきた。宿を出るとき番頭も女中も口々に、大丈夫まなしに止みませう、といつてゐた。しかし船についた頃から雨は一層量をましてきた。

「佐渡では水蜜桃がありませんから。」

そんなことを云はれて船へ入つてゐる果物屋に水蜜桃の籠を一つ買はされてしまつた。粗末な風采をした女たちが三人、大きい風呂敷包をもつて乘り込んできたのが最後の客だつた。船は波止場を離れた。

「荒れないだか」

船客は各自のなまりでそんなことばかりを語つてゐた。その時になつて始めて僕は雨と風と船の動搖を結びつけることが出來た。宿の番頭が何度も「大丈夫でございますよ」といつてゐたのを成程と悟つた。

僕らの船の出る前小さい帆柱だけを立てた發動汽船が川を下つていつた。

「あれだつて佐渡へ渡るのですよ。少し位荒れても大丈夫です。」

通ひなれてゐるらしい商人風の男がそんなことを云ふと、

「大丈夫はわかつてゐるのですが、その荒れるといふことが困るでね。」

はつはつと遊覽客らしい旅客がもういくらか蒼白になりながら煙草を口から離してゐた。

船の給仕が、

「けふは時化ますよ、これは大へんな時化だ」

と手をかざす樣にして遠方を見ながらにこにこしてゐる。やはり皆は不安さうに、それでも動搖することに對する好奇心から幾分快活に見える。もう雨は大ぶりになつてゐた。川口だのにひどく搖れはじめた。船の吐き出す煙が雨風に交つて甲板の上へ吹き下した。川べりの大きい倉庫の竝びが波うつ樣に搖れてゐる。いよいよ海へ出るとどんなに搖れるだらう。僕は欣しい興味を感じた。本當に暴風雨になつてしまつた。さつきより風もすさましくなつた。川口と海との境は直線に線がひかれたやうに水の色が異つてゐた。川口の方は褐色に濁り海の方は濃碧だつた。その一線を境にして波の大きさも眼だつて異つてゐた。わけもなく搖れ初めた。

波が大きくうねつてきてその過ぎ去つてゆく後から、船體は海底へすひ込まれる樣に落下した。船がのりこしてきた波をみると驚く程の高さをもつてゐた。

「これぢや四時間はかゝるぜ。」

勞働者らしい一塊りがめづらしさうに波の動きに見いつてゐる。普通なら三時間半で充分だつた。

初めのうちは時計ばかりながめてゐた。しかし三十分の時間はあらゆるものが停止した底で長々しかつた。僕はそのうち時計をみることも止めてしまつた。

「四時間でもわからんで。」

さつきのグループの話の續きだ。越佐海峽の中へ出かかつた時分には一そう時化はひどくなつてゐた。けれどいつか恐怖といふより壯快な感じがする。どんよりと深碧をたゝへた海水がさかまいて渦をなしてゐる。その渦の中へ船が突進すると忽ち波頭の頂きへのりあげてゐた。直下に船は下落した。波が甲板にたつてゐる僕らの頭からも側面からも脚下からも覆ひかぶさつてくるやうだ。けれども次の瞬間に船はその波の上にのつてゐた。甲板のテントは何の用もなさない。最初は甲板に出てゐた人々も次々に下りていつた。

「おい一つくるか。」

例の勞働者たちの仲間も將棋でもさすつもりらしく甲板を退却した。いつの間にか僕も上衣までずぶぬれになつてしまつてゐた。

甲板を下りて船尾の方の柵にもたれてゐると一人の青年が近づいてきて口をきいた。

「佐渡は始めてですか」

こんな頃になると誰も話を好まない。僕もたゞ「左樣です」と答へてゐた。青年は度々

この海峽を越したらしい。こんな大時化は初めてだといひながら、

「だが普通の渡海の時よりはえてしてこんな時には、知らぬ同志でも互に心易くなるものですね。大てい人間といふ氣持がたよりなく感じるものだからと思ふのですが……。」と極めて輕い口調でこんなことを喋りだした。それからその男は船員といろ〳〵な話を始めだした。話では日蓮宗の坊主らしい。僕もその話仲間にひき入れられてしまつた。

「こんな大時化は年に一度位しかないでせうね。い、ときにのつたものです。味はうたつてめつたにまつてませんからね。」

船員はそんなことを僕にも云ひながら、

「氣持わるくなるのは後尾より前の方が少いですよ」

と注意してくれた。實のところ僕も輕い船暈らしいものを感じだしてゐた。さつきから煙草がからつきしうまくない。誰かの旅行記にそんなことが書いてあつた。煙草がうまくなくなる。それと同時に急に談笑の口を閉す。それから次が船酔ひとなる。嘔吐や頭痛や呼吸困難がくる、と。

海は何も見えない。闇の遠近で白く砕ける波頭の瀑布のみがあちこちに無數に見える。僕らの船の周圍だけがほんとの局部的に光つて、大きくうねつてよせてくる波が見えた。船がやうやく限定された明るさの中心を保つてゐた。船はいつまでもその波の中で遲待してゐる點の様であつた。のたうつてゐるが、たゞ上下してゐるだけの様に一體進んでゐるのかどうかさへわからない。

「お天氣なら美しい新潟の砂丘や彌彦の山もこの邊りに見えるのですがね。」

思ひ出したやうにさつきの青年がさういつて指さす。一體それが北か南か僕には全くわからない。さつきポツポツ煙をはきながら下つていつた帆船はどうしたのだらうか。僕らの船はたゞ波の上へ上つたりその谷へ下りたりしてゐるだけだつた。停止してしまつた時間の長さだけがそこにあつた。

三等船室は蒸しあつい上に、吐氣をもよほす様な臭氣がたゞよつてゐた。誰一人として話をしてゐる者はなく、煙草を吸つてゐる者もない。皆小さい部屋にごろ〳〵と横になりながら眼をつぶつてゐた。たゞさつきの勞働者が二人默々と將棋をさしてをり、その傍でもう一人の仲間が同様に默りこくつて仰向いて煙草をふかせてゐた。横ゆれと縦ゆれが一そうはげしく頻りにおそつてきた。立つて歩くことなど到底できない。横になつてみるがそれでもころがされる様に動いて止まない。船窓が波と雨のため閉されてゐるので、僅かに換氣孔だけでは暑氣と惡臭からのがれることは全然不可能だつた。僕は何度も室を出たり入つたりしてゐた。

そのうちにそれも臆くふになつてしまつた。臭氣はなれてしまつたが暑さだけはたまらなかつた。あちこちで金だらひの中へ嘔吐してゐるのが見える。臭氣は大部分そのためらしい。二人づれらしい若い女の客が最も弱つてゐる様子で、船員に足袋をぬがせてもらつたり帯をといて胸をひろげてもらつてゐた。その間身動き一つしない。せき一つするものもない、全く靜りかへつて船のゆれが時じくにくる中で、機關の氣味わるい騷音と風波の音がうちつけるだけである。

四

船酔もくるけはひはない。もう大丈夫だらう。一人旅の緊張さがある。又は感情の深刻さもあつた。しかしゆるめてはならない緊張であつた。一歩遲待するとすぐに崩れてしまふ緊張だつた。いつか僕は俳句でもかいて見ようと思ひ始めた。

くる道々で泊つてきた溫泉や都市の句を思ひ出す樣につけ初めた。蘆原、粟津、山中、山代そんな所どころの印象は、たゞ散漫と俗化した媚めかしさの中に、すべてが包み込まれてゐるきりだつた。永平寺のことがふと考へ出された。夏山や遊行の旅の杉木立。その白い感傷を古代風にわれと自らほゝゑましくなる。すると、

湯の町の少年《わらべ》の遊び立ちてみよ

蘆原でのゆきづりの情景が心もとない哀愁にも似て想ひ出された。數年にさかのぼつてゐる。——さむざむと少年少女《わらべをとめ》をいだきつゝ死なんといどむ湯の町の秋。そんな甘い感興を愛した頃だつた。初め戀愛といふにはあまりにも輕い氣持である。ほのかに慕しい少年期の一つの情感に過ぎなかつた。驛で別れるとき、子供の樣に指をひらいた手をあげて、兵隊のする樣なシツケイをしてみせた少女だつた。列車は出てしまつた。僕はそんな情景を愛してゐた筈だ。がその時代から今までにどれだけに進みが反省されるだらうか。

山の霧まちにおりくる夕ぐれはまるめらの皮むきにけるかも

こんな昔の歌も思ひ出された。まださきがあつた。

海市ゆきし匂ふ乙女のかなしや紅毛の國旗見れば泪おつかも

それを蕪村を想ひながら書いてゐた。そのうち僕は蕪村から芭蕉へ移つた。しかし芭蕉の中でも、纖細で可憐な美の危險性をもつたものへと入つてゐただけだつた。僕は同時に來山や才麿を自分の氣持から集中してゐたに過ぎない。萬葉集の代りに俳諧七部集をもち出したのは主として最近だつた。芭蕉の七部集はたしかに僕を嬉ばしひきつけた。尾頭の心もとなき海鼠かな、そんな去來の心にうれしさを感じることも出來た。この愚鈍な觀察者の鋭い悟達は、僕を終日思ひ出す度にうれしくさせた。思ひ出しても朗らかな魂をゆすぶる樣な嬉びが、僕をわく〳〵とさせて自づとほゝゑませた。僕は失つてゆく青春の歌を心から冷淡に見送る氣持でゐた。誰がそれをやるせない自慰と云ふものぞ。いつか僕は芭蕉の四十一歳の作、忘れずば佐夜の中山にて涼め、にこの鬱勃たる作家のつきつめた心持を推しはかつてゐた。芭蕉は幾度すべてを投げだしかけてゐただらうか。僕は芭蕉の賭けに作家の途を拓く意志を瞭然と感じるであらう。いつか僕は低徊をくりかへす。だがこんな歌も古い日記の中に祕められてゐたらよい。僕は青春から人の本性へ歩みいらねばならない。えてして思ひ出は派生的な感情の枝路に踏み迷ふ。それは思ひ出してはならない。いまは夢の樣な氣分を忘れねばならない。しかも逃避するのでなく自覺あることによつて克服せねばならない。經てきた感情の成長過程が今では笑つてゐられた。溫泉の町々から金澤へきた。こゝで初めてはつきりと佐渡へ行かうと思ひ出したのだ。

困憊す佐渡の地圖かふ城下まち

城下まちが困りものだと思つた。しかしどうでもよい、たゞ僕は眞實に困憊してゐたのだつた。兼六公園で、

おそ夏の木の花ひらく日の暑さ

これも決して諦觀でない。金澤を立つ日、宿を出て驛へ茫然と歩いていつた時、丁度和倉行の特別列車が出るといふ掲示を出してゐるところだつた。ふとそこへ廻つて見ようと思つてしまつた。萬葉の羽咋の海だといはれる湖を右手に見ながら、所々海岸の見える沿岸を列車は通過した。北越の溫泉の中では、こゝだけが他からとりのこされてゐた。田舍ぐさく、無粹で、從つて質朴で好ましかつた。そんな印象がさきに立つてくるとつひに句はならなかつた。糸魚川のは二つばかり浮んできた。

海鷲や隔離病舍の午後一時

芭蕉葉も巻きて靜けき殘暑かな

姫川では岩橋をつくつて川の中流へ出てみた。岩橋といふのが僕の田舍の方の風習に殘つてゐた。出水がくると流されて了ふ様な小さい川には、始めから橋を作つて置かないで、大きい石をまたげることの出來る位置に置いておく。通行人がそれに水の量に應じて小石をつぎたしたりして渡るものだつた。萬葉の中にも岩橋の歌が出てゐた。石を投げ込んでゐるとき僕はそのことを好ましく思ひ出した。

いはばしや徒歩でゆくべき川のなり

こんなものをふとかきつけて見た。川のなり、山のなり、と口の中でくりかへしてゐると芭蕉の睥睨すべからざる偉大な詩の世界に今さら讃嘆に耐へなくなつて了ふ。

やはり船は縦横にゆれながら進んでゐた。けれど雨はいくらか少くなつたらしく、雲のきれが見え出したりした。にはかに大へん明るくなつた。僕は手帖をポケツトに入れてしまつた。

「あと三十分で兩津につきます。」

船員が船室の入口から僕らの方へ叫んで行つた。その聲は著しく和やかになつた動搖と共に、乘客をいき〳〵と元氣づけたらしい。あんなに靜まつてゐた人々が荷物をかたづけるために動き出した。もう船暈も忘れた樣に。

佐渡の島の海に面したきりぎしがかすかに見える。むかし佐渡の島を美人の薰りたかい黛に例へた詩人があつた。そんなロマンチークな感激は今の僕の中に悲しくも殘つてゐない。たゞ安息があれば、しかもそれも單純な動機だつた。もう雨は大半止んだ。これで歩けると思ふと愉快になる。甲板へ上つて煙草に火をつけると、何とも云へない甘美な匂が充滿してゆく。赤埴をのぞかせた松の密に植つた丘が、さつきの雨で一層新鮮に僕らの前に展けてゆく。船は遲々と岸の外角を廻つて進む。しかし間なし兩津につくだらう。崖の上に白堊の燈臺の樣な建物が見える。あとできくと姫崎の燈臺だといはれた。雲はところによつては青空をのぞかせてゐた。この丘のあるきりぎしを左に入ると始めて港らしい遠景が見えた。兩津だ。船客はいそがしさうに荷物を處理し始めた。

僕はふとさつきた〻んだ手帖をもう一度ひらいてみた。それから最後の句をかき込んだ。

荒海のさながらあれし夏の旅

夏の旅といふのがぎこちない。けれど一番切實感だけがわかつた。

……佐渡から中央線沿線を通つて、木曾の古い宿々に立寄つたりしながら家に歸るまで手帖には二十以上の句が出來て居た。故鄕の二階で、もう秋といふのに殘暑の甚しい晝をねころびながら、それをくりかへし讀む氣持にはならなかつた。

青春の時季に於ける精神の痛痕はつひにぬぐひがたいものであらうか。かつて僕はその癒着を非文化の土地の憧憬に求めようとした。過ぎ去つた時日のあとをふりかへり、抉る樣に記すことは僕は好まない。けだしそれは當然僕の上におほひかぶさつてくる運命をもつてゐた。ただ時季がその時に起つたといふにすぎない。誰れが惡いのでも誰の努力の不徹底のせゐでもかまはない。あらゆる不幸や悲劇はすべて主觀的に運命として置きたい。しかも僕は自分の生命の、最も光輝ある價値感のすべてをかけてまでも、か〻る運命とこそ戰はねばならない。いまさら古風な心象に戀々と誰か樂しんでゐられようか。僕はあの未開の豊かな土地に憧憬を求めようとした。しかも僕はこれらの土地に强固で健康な原始色を見出す代りに、辛くものこつてゐる野蠻の中に、それらを充分相殺し得る文化の感性的なかけらを、泪ぐましい古代的な感性を呼び起して走りまはつてきただけであつた。僕は自分の氣持の中に、自分のいたでさへ一層纎細な感情でそのま〻に殘しておかう、私かにそれを保持しようとさへ努めてゐる自分に氣づいてゐる。僕はその日藝術を思念してゐた。藝術は北方の風土の匂をふくんでゐた。僕は北の未開の風土の、强剛な精神を、その斷片でもよい、それを貪婪に得ようと欲してゐた。すべては過ぎた。いまでは思ひ出す日に心をかすめるだけである。しかし改めてその頃の手帖をくつてみる。同じ頃の故里の家で轉々と臥しまろんでゐた頃の句がなほ二三見つけ出される。それはなほ僕の心に何の感動を持込まうとするものであらうか。たゞそれは僕の笑止すべき誇張した感情に、今ではその頃の切實さの代りに憐憫のこゝろさへ與へた。

萱草や母が抱き寝の夢思ひ出し

放埓の日の悲しさや青き海

懶惰《らんだ》なる日はあり花は咲かざりし

これが句になつてゐるかどうかは知らない。再度東京へ出てくる少しまへ友人に書いて送つたらしいこんな句もあつた。

ピストルのうつすべ知れど音かなし

この心境に僕は自ら滿足を感じてゐた。今ではこれらをまへにしながら、それを傍觀したり、反省したり、進んで嫌惡することさへ出來るのである。

僕は兩津の海の中に浮んでゐる棧橋に下りた。その一歩からすみやかにこゝを去ることを思ひ初めた。僕は强放な意志を見出さうとしてゐたのである。しかも北越の町や村はいい程に僕に疲勞を與へただけだつた。

四時間の汽船の動搖は以前のまゝの氣持に僕を押し戻してしまつた。運命と戰ふ決意の代りにむしろ安住の境地をそのまゝに感じてゐた。

## 五

棧橋のはづれで僕は一人の男に呼びとめられた。それは旅館のしるしをつけたハツピを着た宿引だつた。泊らないといふと乘合自動車の出るとこへつれていつてくれた。

「新町までゆくんだが、塚本で降りるのですよ。」

と云つたのに、女の車掌の切つた切符は新町までのものだつた。

「塚本で降りられるんか。」

「え、、それでいいです。通しの方が割安になるんですから。」

はきはきした口調で答へた。バスはすぐに動き出した。

「これが賀茂湖と申します。日本百景の一つになつてをります。」

車掌は體をかゞめて右手に見える湖を指した。賀茂湖には金北山の影がうつつてゐた。このあたりの平原を國中《くになか》といふことも教へてくれた。やがて走り出した街道を中心にして田畑が美しい段丘をなしてゐた。それが殆んど頂き迄段階をなしてこくめいに耕作してゐた。海岸には松がよく生えてゐた。變化のある風景でないが何かしらなつかしい匂をもつてゐた。

バスは凹凸のある道をゆれながら進んだ。名所とか舊蹟とかいつたところを過ぎると、さつきの車掌がその一つ一つを説明してくれた。柱をとらへてゐても倒れる位に車は動搖した。乘客は五人である。塚本へつくまでに大ていいりかはつた。僕にむかつて話かけるが動搖のため話は通じない。降りる時はきつと叮寧なあいさつを殘していつた。

塚原には日蓮宗の根本寺がある。

丁度曇つたり晴たりしてゐた空も大きいきれ間をみせだして、午後一時前、全く日ざかりになつてゐた。それでも雨のあとの土のしめりと木の葉のすがすがしい緑は心地よい涼しさを與へる。精進の食にもすでになれてゐた。僕は寺所の人の好意を充分うけることが出來た。新潟からもつてきた水蜜桃をそのまゝおいてくると極めて身輕になつてしまつた。

こゝは日蓮流謫中在住の地といはれてゐる。そんな寺寶の所縁をきいてゐると幼年の素朴な暮しが味はれた。佐渡は古來流人の土地だつた。承久の時の順徳院を初め、日野資朝、小倉大納言、冷泉院の大納言爲鄕、又觀世元淸、そんな著名な名前もたちどころにあげられる。古く萬葉の歌にさへ流人の心緒をのべたものがあつた筈だ。今新潟から三時間半で樂々と渡り得る、それさへ不幸な僕らの幻滅といはねばならないだらうか。能樂を見る度に僕は武家風の勇壯さのかはりに陰鬱の象徵と哀愁を感じた。一應それを肯定しながら、つき進んだそれらの理由を僕は知らないと感じてゐる。僕は日蓮の文集を愛して居た。佐渡勘氣鈔にしても諸法實相鈔にしても。しかし僕の當面の必要事はかゝる人間の心象の問題ではなかつた。僕は努めて大自然の意志に感動すべきなのだ。一そう妥協しても、及ぶかぎりの忍耐で以て山を頂きまで拓いていつた、人間の小さい力の總和に驚嘆する方がのぞましい。しかしそれでさへ一瞬に覆滅する一段の偉大の力、あの海の夕日に驚異し得た古代人の精神の信念を努めて求めねばならない。

寺前の溝水の中へ僕は古い新聞紙や、不用なものを棄てゝゐた。量をました水はそれらを一きは速やかに流し去つた。

さきのバスの車掌が「青い色をしたバスにのつて下さい」といつてゐた。都合よくそれにゆきあつた。手をさし出すととめてくれた。

「新町までですね。」

車が動き出してしばらくしてからであつた、お泊りはお定めですかと運轉手がきく。

「Yといふのをきいてきたんだよ。」

「あゝY。」

それだけ口をきくと、

「煙草をお吸ひなさいよ。いやかまはないのですよ。」

と云ひながら自分がさきになつてマッチをすつてゐた。

「新町で泊りですか。」

相客の洋服姿の中年の男が僕に話しかけた。

「Yもいゝが、Wといふのもいいですよ。あこなら僕が知つてゐるから、電話をかけておいてあげませうか。僕は新町の入口で下りるんですが。」

その男は自分のことを僕々といつた。

「どちらでもいいんです。」

そんな返事をすると、男は勝手に電話をかけるようにきめてしまつたらしい。途中の古蹟などは一々説明してくれたりした。黒木の御所や本間三郎の壇風城址も指すところに見える。乘合自動車は國中を横斷して眞野の海岸の眺められるところまで出てきた。一方の海岸には赤松の粗林が續き、左手は段丘をなした田である。平坦の道は今朝の雨で濡れて埃をあげない。

結局バスの中の男のいつた宿につくことにした。表から見ると古い構へだがなか〳〵奥行の廣い家だつた。僕は部屋へ通るまへに眞野陵へのぼつて見ようと思つた。空は又曇りだしてきた。洋傘をもつて出かけようとすると宿の老婆が、

「せつかくおこしならば、お山もお上りなされの。」

といふ。御陵までゆくといふとお山へ上れといつてきかない。主婦にきくと御陵へ上れといふことだとわかつた。

陵までは急な山坂道だつた。山の中腹位のところにある。途中に一軒茶店があつた。さつぱりした少女が繪葉がきを竝べてゐた。陵へ上る途中に眞野宮といふ新しい建物の神社がある。陵はそれからずつと上つたところにある。午後五時頃になつてゐた。火葬陵とあるのも珍らしい。蟬の聲がかしましくきこえた。今年になつて初めてきく蟬の聲の様な氣がした。今日は秋に近い季節だつた。ときどき鶯の様な鳥の啼聲がした。眞野の海がま下に見えた。

こゝまできて何故に更に人間爭闘の歴史を考へたり感激したりせねばならないのか。僕

は芭蕉の紀行に示された咏嘆よりも、日蓮の感傷をいつ知らず嬉んだりしてゐた。今でも芭蕉の行脚の目的には彼の記したこと以外に僕は不純な動議を考へる。それは一つに蕉風宣傳の旅でなかつたか。しかし僕はぬけぬけと後世をかついだ男に圖太い尊敬を感じて止まない。芭蕉は荒海の向に横ふ佐渡を見て過ぎた。從つて僕は今佐渡へ渡海を強ひられた日蓮を想ひ出した。「嬉しきにも涙痛《つら》きにも涙なり、涙は善惡に通ずるものなり」これが今日の日蓮の教へとどんな關係になるのか僕はしらない。僕には涙といふことばを使つたことが既に嬉しい。あゝいふ點もあつたかういふ點もあつたと、そんなことを云つて糊塗することは僕には出來ない。一道であるといふことを卓越せる小説の精神だと僕は考へる。「鳥と蟲とは鳴けど涙落ちず、日蓮はなかねども涙隙なし」こんな實相鈔の文句のみがありありと浮んできた。例へばかういふ境地は今日の日蓮から抹殺されてよいことかも知れない。しかし僕の本音はどんな偉大な精神をまへにしても、さうした反面から彼らを見ようとしてゐた。今は僕がそれを打開せねばならない。過去の自分を考へると、すべてがかうした自分の心から導かれたものだと、どうして云へないといへようか。いつか僕は初めてきく蟬の聲を恍惚と空虛の聽覺の中できゝこんでゐた。

陵の山を下りてさつきの茶屋のところまできた。歸りにはこゝで休まうと思つてゐた。それにもう店には誰も人がゐなかつた。僕は輕い失望を感じた。眞野燒とかいた看板をふと見つけた。上るときには見なかつたのに氣づいた。山の道の途中で放たれた牛が草をくつてゐた。新町の村の女房たちが小川で濯ぎものをしてゐた。水は雨のあとで量をましてゐるが濁りもせずに美しかつた。女房たちは健康で開放的な姿態をしてゐた。

宿へ入るとさつきのバスの中の男がゐた。

「あゝ、お歸りですか。ずゐ分遠かつたでせう。」

といひながら宿の女中に、

「例の裏の二階の西むきの部屋がいいよ。」

と指圖する樣に云つてゐた。今用事を濟ませて歸りに立ち寄つたのだといふ話だつた。

「部屋は海に向つてゐるから眺望もよいです。」

と一人ぎめに喋つてゐた。泊り客は僕一人きりらしい。

部屋は眞野灣が一眼に見られるよい位置だつた。すぐ眼下まで波がよせてきた。越の松原、眞野の入江、繼浦等が一望の下に見える。湯から上つてきて障子をあけ放しておくと、涼しさより冷氣を感じる位だつた。落日がまださしてゐた。僕はいつかさつきの山上での感想の續きをくり返してゐた。しかしこんな狀態は氣持に餘裕のある證據だと、そんなことを考へてみるのだつた。いつか漠として心の動きの中をふさいでゐる空虛感にきづいてゐた。それはもの足りないものを欲する氣持に似てゐた。あらゆる愛の心境こそかういふ純粹のものだらうと思はれる。そのしるしにこんな愛はかつて小說になつたことはない。古代の精神が藝術よりぬき出てゐるのも不思議だといへない。僕は自分を嘲笑することさへ忘却しながら、どうとも出來ない感情をはるばるした土地まで運んできてゐるのに氣付いた。それは週期的にあらはれる。それは回數を減じてつひに忘却の中へ入ることだらう。

しかし眞實僕にとつては忘却が瞬間に起ることは、餘りにも殘酷だと思はれた。僕は自殺者の心理を理解しがたく思ひながら、執拗なあがきを一しほあがいてゆくだらう。

風は強く曇つたま、波は高かつた。廊下に出ると海の蟲が肩や背筋にとまつた。油蟲の様な蟲だつた。潮つぽい匂をもつてゐた。すさまじく氣味のわるい蟲だ。

主人があいさつに入つてきた。四五枚の新聞を出したが、それは僕らと一緒の船でついたものばかりだつた。

「けふはずゐ分時化たでせう。」

そんなことを言ひながら宿帳を出した。

「ずい分涼しいのですね。」

「え、、昨夜からけふは雨が降つたもので海も荒れてゐるのでございますよ。昨日なんか全くあつくてあつしらもこの下の海へ入つてゐた位でした。まあ內地よりいくらか涼しいかも知れませんで。」

何かといふときつと頭をかきながらべらべら喋り立てた。

「僕は又佐渡て毎日こんなに涼しいのかと思つてゐたのですよ。」

といふとへ、、、と笑つてゐた。

この主人と入り代る様にさつきの男が宿の浴衣をきて入つてきた。まだ歸らぬらしい。僕にむかつて佐渡の風土や產業の話を初め出した。僕は來るまへから佐渡では人口調制をしてゐることを知つてゐた。話も主にそんな點や、經濟のこと、土俗のことについて語り合つた。一緒にビールを飲まうと思つたがずゐ分生ぬるい。宿の主婦が本當の佐渡おけさをやらうといつた。その男も一緒に歌つたりした。それは海の音のリズムを持つてゐた。一抹の哀愁が清潔な境涯の中に融和してゐる。決して激した感情の表現とはいへない。あとで僕はその歌の文句を手帖にかいておかうと思つた。その夜おそくまでかゝつて主婦の記憶からあまりポピユラーでないものだけをかきとめてみた。その中から少しばかり拔いてみる。

山で木を伐る音なつかしや殿が炭たく山だもの。

殿が炭たきやわしや幌掛けにばいた切る日は枝そぎに。（ばいたとは薪の方言）

あんちやん山へ行きや茨がとめる茨とめるな日が暮れる。（あんちやん、亭主）

可愛い男は沖の場通ひ根差早緒は糸でなへ。今年初めて漁師の殿もてば磯がドンドラづいて目がねれぬ。（ドンドラづく、波の音の形容）

づらうやむ時はばいたでせごうたゝけ醫者の藥よりまた妙だ。（ヅラウヤムはなまけること、セゴウは背）

爺さん婆さんだちやチヨコチヨコ走りどこで濃い茶が煑えるやら。

あんちやんそは言うても添はせませうかや添はせませうかや親たちが。

もつと痛烈なのや面白いのもあつた。

夕食をすましてから夜の町を散歩しようと思つた。その男も一緒に出かけた。さびしい町竝は大てい戸をとざしてゐた。夏の季節には見物客もないからだといふ。どこの家にもくらい電燈がともつてゐた。物の音もしない町だ。海の遠鳴がきこえる。涼んでゐる男が小さい聲でおけさの歌を口吟してゐた。僕らは歩きつ、明日の天氣はどうかといふと、

「大丈夫ですよ。」

と保證する様に返事する。

「さういつたつてしかたないですがね。」

「それでもお天氣は大丈夫としておくことですな。」

と男と笑つてゐた。僕は愉快になつたのでふき出してしまつた。男はきよとりとした顔をしてゐるので氣の毒に人のよい男だと思つた。繪葉書屋へ入つて國分寺の古瓦の寫眞を捜してみた。古くなつた繪葉書しかなかつたがそれを揃へて買つて歸つた。

町でその男と別れて宿へ歸つてきた。近所の人々にお湯へ入らせてゐるのですといつて、も一度お入りにならないかといふ。田舍宿らしい好ましい風景がこゝにもある。

「あの人は何かね。」

といふと、

「世話ずきな人でしての、電話をかけてから又わざわざ檢分にこられたんですの。」

主婦はさういつて笑つてゐた。

「お困りになりましたかの。」

といふので、

「なに愉快でしたよ。」

僕は心からさう云ふことが出來た。

# 六

次の日は新町の附近を歩く。空はからつと晴れてゐた。昨夜うつうつしながら俳句を考へてゐた。それが微笑しくなる。諸法實相鈔を身にしみて感動したりしてゐたことも。あたかも列車の中から過ぎ去つた驛へのこしてくる感傷の様に思はれた。夜中の田舎の驛を通過すると、きつとどつかの少年か少女が只一人人氣のない待合室のベンチに坐つてゐる。そんな時の感傷を思ひ出した。せつぱつまつてゐながら、ひたぶるに入り込むことは出來ない。傍觀的な態度をあくまで人事に對し持たざるを得なくされる感傷だつた。今朝は佐渡は晴れきつた上にも晴れてゐた。海は西にかすかに白雲棚びいてゐるだけだ。國分寺を先づ訪ふ。道は宿から十數町あつた。段丘の畑の中を山の方へ登つてゆく。朝の中から日盛りの暑さがあつた。確かに暑い、汗が流れる。道ばたの畑からえんどうの枝の支へにした小竹を抜いて杖の代りにした。まがりくねつた道は行つても行つても續いてゐた。新墾《にひはり》の道へ出る。國分寺へ何町といふ道しるべを一町毎に歩數できざむ様に歩いてゆく。やがて竹林を通る。馬にのつた若者があとから馳せてきたが、僕を追ひぬくとき丁寧に會釋をしながら行つた。僕は立止つて砂煙をたてゝ去つて行つた跡をしばらく眺めてゐた。舊蹟國分寺の址は寺へ數町手前にある。斑らにひよろひよろした赤松が生えてゐる。周圍に竹垣を結へ、金堂跡とか塔跡といつた立札が立つてゐた。瓦を掘つてはならぬと官廳の禁令も立て、あつた。網目の瓦の小さい斷片がたくさん落ちてゐた。礎石の様な石が所々にころがつてゐる。晝近い日光が木立ごしに斑らに小竹の上にさし込んでゐた。昨夜宿で名産だといつてつぐみの粕漬を食はされたが、そのつぐみがたくさんとびまはつてゐた。國分寺へゆくと本堂へ上れといふ。僕のすぐ後へ二人づれの若い女が上つてきた。完全な瓦が數箇ならべてある。侍僧がお茶をもつてきてくれた。

「やはり史學でもやつてゐなさるのですか。」そんなことをきく。美學だといふと了解し難いといつた顔をしたので、美術史ですよとつけ加へて云つた。

「この瓦はいゝでせう。」

若い侍僧は立上つてそこにあつた陳列品の瓦を下してきた。ずゐ分重いものだつた。この寺によい藥師如來のあることを知つてゐた。

「藥師如來は拜觀できませんか。」

と尋ねてみると、

「全くお氣の毒ですが住持が東京の方へ旅行して了つて鍵のありばがわからないのです。」

一週間も早くくることがわかつてゐたらと、大へん氣の毒がる様にいひわけをしながら佛像の乾板と燒つけた寫眞をもつてきた。正面と側面とだつた。どうせ奈良から外へ出て古代の藝術を求めたくは思つてゐなかつた。奈良を離れるとどこへいつても田舍ぐさい。京都のものにしても奈良に比べると第二流と云はねばならぬだらう。あの大和にだけあるどぎつい古代の精神は他のどこの寺院から見出すことは出來ない。僕は大して失望さへ感じなかつた。

「水を頂けないでせうか。」

といふと、

「汲んできませう。」と庫裡の方へ行かうとした。

「勝手にのみに行きますよ。」

さう云ひながら僕も立ち上つた。

「ポンプですからむだ水をどん〳〵棄てゝから飲んで下さいよ。」

と座敷の方から大聲でどなつてゐるのがきこえた。二回三回がちやがちやさせると全く鐵氣で赤くなつた水が流れ出た。

こゝを出て阿佛坊妙宣寺へゆく。國分寺で地圖まで書いてもらつたのにわかり難い。妙宣寺へといふと通じない。阿佛といふと解るのだ。阿佛の部落の中央で道が左へ廻る。その辻堂に不佛地藏尊があつた。立體派の彫刻を思はす樣な立像で頭や腕がリリーフの樣な形式をもつてゐた。僕は長い苦心をしてそれをレンズに收めることが出來た。

妙宣寺には五重塔がある。鎌倉時代の特色をもつものだが佐渡では唯一の現存物である。こゝから世尊寺へ出ようと思つた。境内で遊んでゐる子供らに道をきくと、きまり惡さうにしながら誰も教へてくれない。こちらの方かといふとうんといふ。この道かといふとやはりうなづく。止むなく僕は入つた門を反對の方へ出た。このあたりに阿新丸がかくれた梅といふのがあつた。道で草を負つてきた人に會つてやつとその寺の場所がわかつた。大へん近い。寺の中は小學校の教室になつてゐた。習字などが壁につゝてあつた。何もない寺だ。庭で草を伐つてゐる男があまりじろじろこちらを見るので、そのまゝ不快になつて外へ出た。

山地を下りた道で一人の少年にあつた。荒繩でくゝつたえいを土地の上をひきずりながら山の方へ歸つてゆくのだ。昨日通つた壇風城址へゆく道を尋ねてみた。少年は僕を土手の上へのぼらせてその道を指してくれた。

「あの茅の生えてゐる小高い丘です。」

と響のよい聲で云ふ。僕はたまらなく美しさを感じた。

壇風城址といふのは周圍が池の堤の様になつてゐて中央の底所が荒地になつてゐた。風がないので茅の葉もじつと動かない。その堤に腰を下してゐると馬追ひが一匹飛び出してきて僕の膝の上へ止つた。捕へようとするとそのまゝどこへか行つて見えない。こゝで下を通る自動車をとらへようと思つた。もう正午になつてゐるらしい。眞野の新町までは十町とかいてあるから多分十數町あるだらう。三十分あまり待つてゐても自動車は一臺もこなかつた。斷念して松の林の傍の道を歩き出さうと思つた。新町近くへきたとき向ふの方からくるバスとすれ違つた。昨日のつた車らしく同じ車掌が踏臺の上に體をのせてゐて、微笑しながら頭を下げてゆき過ぎた。

七

相川へゆくのを止してその午過ぎに小木へゆくこととした。一時過の乗合があつた。宿のまへで待つてゐるので忙しく支度してそれにのつた。羽茂川の上流の方の山間を通つて小木へ出るのである。新町を出てしばらくすると車はずんずん山地へ登りだした。廻りくねつた道を螺旋状に登つていつた。今通つてきたばかりの道が次のカーブの時には樹木の梢の間からま下に見下された。眞野灣が一眺にのぞまれる。山をのぼりつめたところから平坦な山間の道へ出た。乗客は殆んど満員に近い。商人らしい風采の男と小學校の校長といつた男の他はすべて百姓らしい。間もなく僕らは互に口をきゝ始めた。僕だけが島外から旅客であつた。皆は僕のために好意を示した。佐渡は人情に確かに質朴なところが多い。小木の港で泊つた宿で、歸る日にもらつた、佐渡旅行案内といふ小冊子にもそんなことがかいてあつた。これはいつはりでないと僕だけは信じてゐる。皆は僕に話しかける様にして呉れる。外からきた人間が珍らしいといふせゐのみではないやうだ。又そんなことはどうでもよい、こちらへきて二日の間でも、久しぶりで人間風景の中に感動してゐられることは僕には有難いことだ。しばらくの間僕らは佐渡のお寺の話をした。國府の跡について口碑を尋ねたりしてゐた。さつきの校長がいろいろと寺のことを語つた。話のついでに蓮華峰寺の住持は留守でせうと注意してくれた。

「何か日蓮宗の信者でございますか。お寺を巡つてゐられるらしいが。」

と商人風の男が僕に尋ねたりして、僕は苦笑せねばならなかつた。すると校長が、佐渡では今でも想像しがたい位宗教的信仰が強いのです、と教へてくれた。

山を全く下りたところだつた。僕らのゆく手に三人の畫家らしい男が立つてゐた。巖石が海に洗はれて斷崖をなしてゐるま上のあたりだつた。彼らは繪具やカンバス等かなりのかさにのぼつた荷物をもつてゐた。上衣は繪具で汚れてゐる。運轉手がもう駄目だから次の車にしてくれといふが、乘客が反つて、何い丶ですよ、少しつめればよいぢやないかと、お互に席を讓つてゐた。いくらか窮屈になつたが三人ともどうにか立つてゐるならのることが出來た。一人がかなりの年配で他の二人はその男を「先生」「先生」と呼んでゐた。彼らの一人は僕の隣りに坐つた。間もなくその男も僕と口をき丶初めた。この下の西三河の海岸は美しいといふ樣なことを語りながら、これを上げませう、といつて、今摘んできた玫瑰の花をくれた。僕は玫瑰の花といふのを始めて知つた。それでも僕はそのきれいな花の處置に困つてしまつた。車のゆれる度に花がしほれてゆき、色褪せてゆく樣に思はれるのだ、僕はそれを測定する樣に眺めてゐた。どこへ行くと尋ねたので、小木から蓮華峰寺へゆくプランを話した。海潮寺へもゆくといふと、

「僕らも大てい海潮寺へ行くんですが、この先生の氣に入るところをさがしてゐるのですからね。」

と先生といふ畫家を指した。さつきの商人はその先生とどこの誰は誰々の繪をもつてゐるとか、誰の繪はどこにあるといふ樣な話を殆んど佐渡の國中の人々について話し出してゐ

た。

バスの中は大して退屈でもなかつた。たうとう小木につく。小木の宿に入つてから急に今日中に小比叡の蓮華峰寺へ登らうと思つた。二十四五町ある、新しく開修された道だがやはり暑い。その道は小木の港をま下に見下してゐる。眞野の海だけが女性的な線を描いてゐたが、その他の佐渡の海岸は海に面してけはしい岩の崖の突出してゐるところが大部分だつた。小木の入海もかうした風景である。

道で人にあへば道を尋ねて行く。草を伐つてゐる農夫にも尋ねる。漸くにしてつく。庫裡へゆくと老人の寺男が出てきた。住持はやはり留守だつた。寺男は全然理解し難い位のどもりだつた。水をくれといつても返事もしない。僕は何回も同じことを云つたが後で氣付いて大へん氣の毒に思つた。食堂や弘法堂の古建築も外觀を見るより他に仕方なかつた。食堂のまへの廣庭に坐つてゐると、さつきの寺男が來て自分もこれから小木へ下るから近道を案内しようと云ふ。七十に近いといふ年配にもかゝはらず、身輕に山坂をずんずん下りていつた。來た道と異つて礫や小石が露出してゐる道だつた。乾からびた牛の糞がたくさん落ちてゐた。途中で墓場のあるところへ出た。于蘭盆會で人々がお墓の掃除をしてゐた。僕らが通ると叮寧に會釋をかはした。それは寺男にだけではない。僕にも同じ様にするのだ。この寺男は佐渡の産米額と牛と金北山のことを強調して語つた。しかしときどき何といつても小つぽけな島です、と云つて謙遜のこゝろを示した。彼は大阪府や奈良縣といふ土地のあることを知らなかつた。大阪とはどこの在ですかなど尋ねて僕を困らせた。

これは後の話である。小木の宿の主人も大阪を知らなかつた。まして奈良を知らない。その宿は三階の大きい建物であつた。部屋に卓上電話もあつた。こいつが通じるかどうかためさうと思ひながら遂に僕は使はなかつた。ともかくその宿の主人は六十位の老人だつた。若い時に臺灣まで兵隊で行つたことがあつた。その時神戸で一泊か二泊したことを覺えてゐると云ふ。「あ、神戸の近くだ」と云ふと、ほほうと感心して、「それなら臺灣の方が近いですの。」と感動する樣にいつた。この話をすると大てい僞だらうといふ。しかし主人は人をかついだり冗談をいふ樣な性質の男でない。

寺男につれられた道は全く近い。始め何となしに警戒する樣な氣持でゐた僕もいつか全く彼になれることが出來た。下り道は小木の町の中央へ出てゐた。何がしといふ日蓮華宗の寺の前だつた。それはかなり大きい寺だつた。このまへで僕は寺男にお禮をいつて別れた。

ついでのことに海潮寺へ行きたくなつた。矢島經島へ行つて小木の港の夕景色も見ようと思つた。宿へひきかへして女中に案內を賴むことにした。二十たらずの女中が出てきた。醜くない位に太つてゐた。喉をきらせて歩きながら、それでも高い聲でいろんな冗談を云つたりした。

「相川からすぐ兩津へひきかへされる方が多ございますがの。せつかく佐渡へおこしなら一夜は小木で遊ぶものでございましての。」

そんなことをいつて頰を赤めたりした。佐渡の方言は新潟の方言の樣に素朴な美しいアクセントをもつてゐる。途中で海潮寺へお盆のお供へをもつてゆく老婆にあつた。僕はその婆さんとゆくことにした。

「あの神社の向うの松の木立の下に白い道が見えるでせう。あの道でございますの。この婆さんがおつれ申しますからの。おはやくお歸り遊ばせ。」

そんなことをいつて女中が歸ると老婆はていねいに僕に挨拶をした。僕は全くまごついて了つた。海潮寺へはかなり遠く感じられた。美しい名前の響を慕かしんでゐたが、極めて小さい茅屋根のお寺に過ぎない。一體に佐渡では茅屋根の寺が多い。國分寺にしても茅屋根の堂がある。小比叡にある國寶の弘法堂も茅の屋根だつた。子供をつれた遍路の僧が大きい聲で讀誦してゐた。小さい男の子はまつ赤な頬をしてまくは瓜を食つてゐた。

歸途名高い矢島經島に立寄る。昔日朗上人數夜こゝで難波の音をきゝつゝ讀經したといふ。俗には島が經を誦した、よりて經島と云ふとも傳へてゐる。僕は重疊した岩を下りて海中に出た。岩が海の中へ熔岩を流し込んだ様な形をしてつき出してゐる。こゝから小木の港の暮景を見るに都合よい。この岩の出先きに矢島がある。絶勝の地を占めてゐるが、有名な政治家で富豪である佐渡出身の男がその入口に別莊を作つて人を入らせない。佐渡の人はこの男を誇りとして話す。僕も二三度きかされてきた。それは都會の下級サラリイマンが「僕の會社が……」と自分のもの、様に話すのとよく似た悲哀感を與へた。いつも搾取されてゐる男が電車の中で一心に「僕の社」の自慢するのをきく時程人間といふものが愚劣に見えて嫌惡されることはない。この島を獨占してゐる男にしても邸宅をかまへてゐる位にしか感じないであらう。僕は一種義憤を感じたが、すぐある種の人間の根性の下等さにあさましくなつてしまつた。こゝには寫眞で見せられてきた様な美人眺景の圖はない。代りに小木の子供らが和船を數人で漕いでゐた。これは好ましい。西日が漸く落ちかけてゐた。

宿へ歸つて湯を浴びたり夕食をとつたりしてゐると八時を過ぎてしまつた。

新町の靜寂さに比べていくらか港町らしい活氣と情緒がある。涼んでゐる人も多い。香具師が人をあつめてゐる。人のゆきゝもさうざうしい。若い女たちが往來の男とたはむれてゐるのもここにそぐふ趣きがある。が總じて古めかしい哀愁を匂はす。古く小木は藝者の産地として知られてゐたといふ。年頃の娘たちは大てい何年かの年期をその修業に出たとか。それは小木といふ地の情緒を語る適切な傳説、といつて大して年代記ものでもないらしいが、と云へるであらう。小木は美人の多い土地ですよ。と、バスの中で例の畫家の青年は僕に笑つて云つた。しかし、今も宿の女中は、

「お茶屋にもこの頃はお客がないさうでございます。客が上らぬので毎夜さ空に三味を鳴らしてゐるのでございましての。」

と話してゐただけだ。

歸つて寢床をとらせようとすると電燈の下にたくさんの蟲がとび集つてゐる。女中が箒で掃きすてようとするがいくら掃いてもすぐ集つてきた。

「何といふ蟲でございませうの。海からいつもとんでくるのですよ。」

女はかすれ聲の低い調子で云ひながら、その一つをつまんで電燈の下へもつていつて、

「あら小さい羽根があるわ。」

ととんきやうな聲を立てて感心する様に見つめてゐた。僕もいくらか愉快になつてその蟲をとつて見た。それは羽蟲に似た蟲である。こんな蟲が海べに住んでゐるのだらうか。女中は下へ降りていつて蠅とり紙をもつてきて、見る間にそれを疊の上へべたべたとあて始めた。

「掃いてゐても駄目よ。……まあ疊がよごれてしまひましたの。」

と僕の方を見て笑つてゐた。

蚊帳をつるして了ふと、「凉しい様に開けておきませうの、」と云ひながら隣の部屋の全部を開け放つた。二階にとまつてゐるのは僕一人だから都合よい。蚊帳の中へ入つてからも女は西側の廊下へ出てじつと外を眺めてゐた。そこは庭に面してゐて樫の高い木が窓にふれるやうに伸びてゐる。少女はその葉をむしりとつてみたりしてゐた。白茶けた浴衣をきて腰のところできりつと帶をしめてゐる後姿が、束ねた様に細くなつてゐて、蜜蜂の姿をふと僕は連想した。

## 八

……翌朝僕は小木の港から寺泊ゆきの船に乗つた。匆々と佐渡を去る思ひだけが殘つてゐた。昨夜寢床をとりにきた女中が渡船のあるところまで送つてきた。深い海の海草の間

に小さい魚がおよいでゐた。本船までの渡船のくるのを待つてゐる僕らは皆かゞまつてその海をのぞき込んでゐた。

「魚が泳いでをりますの。美麗に泳いでゐること。」

少女はそんなことを一人しやべりながらはしやいでゐた。同客が十人程あつた。僕の宿からきたのは僕一人きりだつた。見送りの人々は汽船へ渡しの船がつくまでじつと立つてゐた。僕らをのせるとすぐに東へ動き出した。

汽船は赤泊へ寄る。こゝでさつきから船員とさわいでゐた年増の小木の藝者が三味線の箱をもつて下りた。その他の人々をのせたまゝ、船は又動き出した。くる時の荒れ方にくらべると歸りは波一つたゝなかつた。やがて彌彦の山の頂あたりが海の向うに見えだした。いつか佐渡の島は海面から低く尖端だけをのこしてかくれてゆく。越後の海の砂丘の線が次第にあきらかになつてくる。

「お天氣がいいので越後の海岸がこんなに近く見えますね。」

「あの高いのが彌彦ですか」

「え、あの光つた屋根があるでせう、あの屋根の上の山ですよ。」

「お天氣の關係では能登も見えると申しますが。」

そんな會話をのせたまゝ船は微動もせぬなめらかな海面を滑つてゐた。海の反影が鋭く、やうやく暑くなつてくる。

寺泊へついたのは十二時頃だつた。

驛へは行かずに日中の暑い道路を歩いてゐると、「佐渡びと御宿」と古風に書いた看板を出した荒廢した家があつた。それを見てゐるとやるせない様な情感が感じられた。僕は佐渡びとといふ古めかしい語調をくりかへし口の中でいつてみた。いつかたまらない空虚な疲勞を意識してゐた。どつちへ行つてよいかわからぬ海村の道をあるきながらやうやく乘合自動車の待合所を見つけることが出來た。三十分すればくるといつて標識の赤い旗を立てかけておいてくれた。その間にパンとバナヽと牛乳を買つて晝食の代りに食つてゐた。

僕は信越線東三條驛行のバスにのつた。やがてバスは搖れながら田圃の中へ進み出した。あらゆる退屈さは抹殺されてゐた。車中の客は少かつたし唯一人話をするものもない。平凡な田園の道を走つた後に乘合の車は信濃川分水路の近くへ出てゐた。左手に矩形の箱をふせた様な形の山が見える。乘客の誰かゞあれが國上山だと敎へてくれた。それをきくと、ふと僕はきた道を逆行して出雲崎の方へ出ようと思つた。分れ路を渡り終つたところで僕はバスを下りた。そのまゝ埃を上げて走り去つてゆく車の後姿を見てゐると、何故だか中學校の生徒だつた頃知つた良寛の歌がそつくり思ひ出された。

——たらちねの母の御國と朝夕に佐渡が島べをうち見つるかも

國上山の方へ、國上山をめざして、夏草のしとゞ繁つた堤の上を僕は歩き初めた。

（一九三二・七・五）

# 蝸牛の角

## 一

歳末は忙しくもないのにあわたゞしい。辻氏は今朝剃つたばかりの髭がもういくらか伸びだしてゐるやうな氣がした。さつきから机の上へ兩肘をつきながら、顎を無意識に何度もなでまはしてゐると、たうとうこんなことを感じた。夕どきの準備をしてゐるらしい家内の樣子が瀨戶物のうちあふ音からぢかに傳つてきて、それがさらに氏を全く索莫とした憂鬱にした。今朝早く平常から世話を見てゐる堀尾といふ學生が氏を訪れてきた。そのことが辻氏にはいまだに氣持にこじれてゐるのである。そんな氣持を氏は追ひつめようとした。それからだらだら止めてしまつてゐた。辻氏はこの學期の終り頃教室で、晚年のカントが學生たちの訪問を唯一の樂しみにして、よく彼らと夜の食事を共にしたり、この世界に及ぶもののない尊敬と名聲を一つに集めた身で、若い學生らの元氣のよい討論を始終樂しんできいてゐたといつた話を、調子にのつて愉快に話したことがあつた。それが痛切ににがにがしく思ひ出された。

辻氏はある私立大學の倫理學の教授だつた。かうした狀態が進んでくると、その原因を思ひ出すことが、辻氏にはいつか極めていまいましくなつてきた。辻氏はその蠟の樣に白い頰をいくらか上氣させてゐた。勿論氏の學識から若い學生を說服することは容易だつた。併しそれは辻氏の年來をさめてきた學問の多識がときふせるだけで、決して心の情熱がときふせるのでない。明敏な辻氏には一そうそれがよくわかつてゐた。若い、他の、世界でものを考へる學生を一種の老婆心に似たものを以て見ることもあつた。それらの感情はこんぐらがつてゐた。辻氏はこんな學問をする精神と、自分で考へてゐるものにとつて最も悲痛な事實をくりかへし考へねばならなくなつてゐたのにいつか氣づいた。「寒いのだらう」と思ひながら、辻氏はふと眼をあげた。すると棚の上にうづたかく積まれた印版の佛書が眼に入つた。辻氏は何故ともなくだいぶ以前奈良の博物館で見た鎌倉時代の版木を思ひ出した。その木版に彫られた字體を思ひ出すと同時に淚ぐましいものを味つてゐた。書棚の本は多く禪の系統のものだつた。深い一種情熱がせまつてくるやうな、そんな古代的な姿が漠然と浮んだ、といつか學生らへ同情を再び感じた。しかもそれは忽ち辻氏をより深く憂鬱にした。

ケーニヒスベルクの哲人のあの大きい抱括力こそ辻氏にとつてすさまじい想像だつた。年齡の差とか時代の差といふよりもつと大きいもののあるやうな氣がした。だからカントは幸福だつた、とふとそんなことを考へたりした。辻氏はこんな考を口の中で獨白した。すると、その獨白にもいつも教室で學生達を皮肉るときの氣味のよい尻上りの口吻がやはり出てゐるのを知つた。たうとう辻氏は心から苦笑を感じた。カントはフイヒテにどんな感情をもつたのだらうと考へて、――ところが今の一部の學生らの、辻氏の倫理學をてんで別の世界のこと、考へてゐる態度、進んでそれを排斥してゐる態度につき當つてしまつた。それはかつて辻氏をとらへた精神科學の一般にいへることだつた。その原因がそれにもかかはらず辻氏にはよく理解できた。然もそのことが辻氏に一層困ることであつた。辻氏は侮辱された氣持と、同時に相手を氣づかふ氣持を一緒にして感じた。「堀尾だつて……」この決して秀才とも考へてゐない學生が忽ち辻氏の頭腦を占領した。えたいのしれないいまいましさが起つた。けれど堀尾といふ學生は、彼のあとにいくらも續いてゐる大勢の青年たちのいはゞ一つのしるしの樣にしか感じられなかつた。その次に竝んでゐる大ぜいの青年たちを辻氏はどうする方法もなかつた。辻氏は反つて壓倒されるやうな氣持をぐつと反撥した。

この春の試驗の時だつた。辻氏はいつもする方法を改めて新しい事を試みた。

「何を書いてもよい。勿論參考書は何を見てもよろしい。……さうですね、圖書館へでも入つて書いて來たまへ。それから答案は歸りにこ、へ置いておく事。今日中に出來なければ後で僕のところへ送つてもよろしい。」

それだけのことを云ふと辻氏は黑板へ「倫理學とは何か」といふ問題を書いてさつさと教室を出てしまつた。しばらくあつけにとられた教室はしーんとしてゐたので、自分のトントンと階段を下りてゆく靴音が他のもののおとをきいてゐるやうに心地よく響いた。

「辻さんの試驗には面喰つたね。」

「あゝ、いつも倫理が馬鹿にされてるんで、今度はひどい問題出したんだぜ。」

こんな學生の間の評判をきくと、辻氏は心の中でふうーんと輕い愉快を感じた。

――そんなことがあつた。

又臺所の器物の音がしつこくした。かういふ種類の音はきく方が悸然とする。よくよくこんな間どりの下手な家に住んだものだ。辻氏は下唇がゆがむやうな氣がした。これは辻氏がいつも學生から嫌がられる氏の獨得の表情の一つだつた。その後へきつと例の尻上りの皮肉がとび出した。しかし今では皮肉のやり場がなくなつた。だから氏は止むを得ず、いつか哲學の雜誌へ書いた「鎌倉からのたより」といふ文章のことを思ひ出したのである。その中へこの靜閑な住居の讚詞を長々書いたことをふと氣づいたからだ。それへわざとに今の皮肉を落つかせようとした。しかしここまでくるともう皮肉は甘つたるい慰戯にすぎなかつた。精神といふやうなもの、中の、ことさら弱い姿を自省させられてゐる悲哀感がさきに立つてしまつた。

辻氏は若くしてその明敏さを世間的にうたはれてゐた。その專門の方面では世界的に及ぶものが少いと云はれてゐたK博士と博士の專攻の學問について論爭しても、相手を沈默せしめることが出來た。そんな場合の拔け道を心得てゐるのが辻氏の明敏さの唯一の要素とさへ思はれた。だから篤學な若いH氏をたゝくにしても少しの器用さで充分だつた。辻氏にはそれがすべての明敏さを意識する手法だつた。氏が再興した偶像にしても、それは古い時代の熱情のもたねばならなかつた止みがたい偶像でなかつた。明敏な氏の思ひ付の知識的遊戯に過ぎなかつた。つまり氏の悲しい詩だつた。そしてこんな詩が氏の全部の日常の關心さへみじめなものを意識せねばならない境遇へひきずり込んだ。そんな辻氏の生活の、學問の、態度が歳末の一日を、極めて憂鬱にした。それは午後から日暮近くなつて加速度的に增進していつた。だが辻氏は「それは大晦日だから」といふ氣持を何べんも自分に向つて吹き込まうと試みた。かうした氣持の上に、すべての原因が据つてゐるやうに考へねばならなかつたわけがあるやうに思はれた。

しかし因果の關係はたやすく頭の中で動かせても、それとは別な氣分の構造は一足も動かうとはしなかつた。

そのうち、こんな苦しいもがきの間から、辻氏はまだ學生だつた頃今は故人になつたS先生を中心に熱中した俳句の練習を思ひ出してしまつた。この頃「督軍」といふ作品で社會的なもがきを表してゐるA氏と輕井澤への車中で試みた連句の二つ三つのつゞきが浮んだりした。こんな俳句の世界のもの、見方が今の氏の心境をたわいもないゆきづまりに向はせてゐるとも考へてみた。本當のところこれ位で今日の——こんな例年にない大晦日の焦燥を解決したいのだ。それが明敏を自認する氏の祕かな虛榮でもあつた。

がこんなことを考へてゐるうちに辻氏は自分の追憶の線が死んだ先生や、社會的に苦惱してゐる舊友の上へばかりのびてゆくのを慄然と感じた。それで氏は改めて追憶をしなほしてゐた。毎日歌舞伎の樂屋へ出入してゐたK、藝者の寫眞を一心に集めてゐたMそれからD、そんな連中がすべて今では各々大學の教授になつてゐた。こんな境遇と今の學生と、それは二度辻氏を慄然とさせた。時のへだたりだ、——初めから氣づいてゐることを指摘される不快さを濃くするために、辻氏はこんなことばを思ひ出したのでないか、と考へた。しかしH氏のこと、最も惡い方法でた丶きつけたH氏のことが名狀しがたい苦しさで思ひ出された。しかもそこに幾分の安堵があるやうに見えた。お茶屋といふことばを本當に知らなかつた篤學の學者を辻氏は決してた丶きつける氣でなかつた。たゞ氏の器用さがとり返しのつかぬ患であつた。

辻氏はつひにカントが樂しかつた事情だけを感じようとしてゐた。

「先生哲學が亡びるといつた考へ方は……？」

今朝も堀尾はそんなことをいつた。辻氏はこの學生のことばの總ゆる內容をていねいに理解した。この學生の主觀的な方向も、社會的な情勢の影響も。

今年の稀有の事件以來たしかに世の中は變化した。あの地震が變化の高低のリズムの一つの高揚のやうに辻氏は考へてゐた。これからさきどれだけの間その低い線は續くかわからない。しかしそれは外觀的な高さの代りに振動の廣さをもつ樣な見方の可能なことが、文化科學專攻の氏にはありあり感受された。だからこのことばから氏の不安は足もとから指さ丶れる氣がした。氏はその學生の表現のあらゆる場合を分析してその立場を論理的に追ひ込んでしまつた。

「……そんなわけだね。亡びるといふやうな考へ方はないのだ。……さうだ。時に君はクノー・フイツシヤーが若い頃かいたものだが、ロギークを讀んだかね。」

辻氏は堀尾をまへにして勢ひ熱してくることばを極めて外觀上冷靜につゞけた。

「そのクノー・フイツシヤーがそこで書いてゐるんだね。フオイエルバツハは哲學を終焉させたんぢやない。終焉したのは各自の哲學だけだつて、ね。——」

ちよつと辻氏は空虛な感情を感じて口をつぐんだけれどすぐ話のつゞきを初めた。

「悲劇の中で主人公が死ぬとき、自分一人の死から、それが全人類の死を意味する樣に思ひ込むといふ根據はない、とつまり皮肉つてゐるんだ。クノー・フイツシヤーが書いてゐるんだよ、君。」

ますます氣味のわるい空虛さがわかつてきた。だまらせることが說服することでないと氏の明敏さがつとに知つてゐるところを自ら最も悲慘な方法でたしかめただけだつた。

「しかし君、あれは讀む必要はないよ。」

とそんなことをつけ加へねばならなかつた。

「……大して面白くないね。」

こゝまで考へてきて、そんな氣持のすべてを歲末といふ觀念の聯想に歸着させることがますます困難になつた。不可解な矛盾がそれ自身の軌道をどんどん推進してゆくのが見えるやうで、その理由がはつきりわかつてゐるのだつた。

一日中こんな氣持につきまとはれるのは實際たまらない。そのうち辻氏はますます具體的に思ひ初めた。それは辻氏にとつて、まつたくたあいもない原因に歸したい衝動を起した。何かしら怖ろしいもの、原因を、最も手近な對象にとりたがる未開人や子供達の感情に似てゐる。こんな反省を辻氏はそつとよけて通らうとするのだつた。

「御夕食の支度ができましたが……。」

ややうやく女中が傳へてきたので辻氏はふらふらと立ち上つた。それから自分の氣持がことがらのまはりをぐるぐる用心深く廻つてゐると思つた。それはある口に出しにくい躊躇をはつきりもつてゐるからだつた。

「火を入れたかね。」

辻氏はそんな無意味なことをいつてのけた。

二

その夕食の間も辻氏からさつきの氣持はのかなかつたやうに見える。こんな場合辻氏はそのうまくもない料理を仔細らしくいぢくりまはしてゐる。結局さつきからの時間の延長だつたし、さらにそれは冷酷に云へば年來の時間の延長だつた。最も惡いそれだつた。第一辻氏の日常になれきつてゐる夫人にしても、慣れきつてゐるまゝでこの不機嫌な夫の有樣がいつも不安になる。それが既に久しい習慣だつた。しかもそれは現代では或る種の人々の家庭につねづね見られる一つの雰圍氣であつた。

「今日大晦日ね。」

と夫人が話のきつかけを作るためにわざとらしいことを強ひていふのをさへ、辻氏は當然だといつた顏もせずに、傍にゐる子供達の方を、靜かにしろ、と云ふ表情をして眺めた。

飯を濟ませてとりつくらつた食卓のまはりに家族中が集つても決して世間によくあるやうな樂しい脫線はおこらない。いつもちぐはぐな氣持から感情の交錯が進んで行つた。臺所の方では女中がいたつて寒さうな樣子で一人で後仕事をしてゐる。辻氏はばう然とその方を凝めて煙草を吸つてゐた。家計のことなどがたとへ氣になつても、無關心をよそほふのが辻氏の生活の態度だつた。

夫人は二人の子供ら、長男の孝夫と次は明けて四つになる哲二を交互に話相手にしてゐた。

「寒さうにしてゐるのね、」

そんなことをいひながら夫人は孝夫の火鉢にかざしてゐる小さい手を可憐さうに見た。哲二は母の膝にもたれてもう睡むくなつたらしい。夫人はその哲二の赤い頰を人さしゆびでおしながら、ときどき夫の方をほゝゑんで眺めた。辻氏はそれでもにがにがしい表情で臺所の方を凝視して止めない。しかしそれは一面氏の通常の表情であつた。

「孝ちやんの樣子かしこさうにしてゐること。」

夫人がそれまでしても、辻氏は、

「寢ませてやるかね。」

と全然冷淡にそれてゆくので、夫人にすれば子供らの方へ氣分の開きを移すより他の方法がないのだつた。

「孝ちやんは明日から七つになるんですよ。」

「僕、學校だね。四月からだ。ね母ちやん。」

孝夫は卽座に敏感に應じて、少し大きい聲ではしやいで云つた。

「ボクハ、ボクは……」

哲二もまだまはりかねることばをせい一杯につかつて主張した。

「ボクは、哲二は五つだよ。」

孝夫がそのことばをまねていつた。辻夫人は好ましさうに子供らの頭をなでてやりながら、何度目かの微笑をして何度目かのぬすみみを夫の方へ試みた。けれどやはり辻氏は例のつめたい一べつを夫人の方へむけてしまつた。

「どうしたんです……」

と夫人は云ひかけて默つてしまつた。夫人は辻氏の日常の性格を知り盡してゐたので、こゝらで沈默するのが習慣になつてゐた。子供らも急に默りこくつてしまつた。こゝまでくると辻氏は始めてこんな空氣の責任を感じだした。急に子供らがいたいたしくなつて終ふのだつた。

「孝夫哲二も、お正月は嬉しいだらう。」

辻氏はわざわざそんなことをいつた。けれどその聲はまだ空虛さを抜けてゐなかつた。

「今夜眠つて、それから眼をさますと一つ一つ大きくなるんですよ。」

夫人は夫のことばの後をつけて、ほつとする様に云つた。それだのに孝夫は「ハイ」とかたくなつて返事した。

「孝ちやん、どうしたの四角ばつて……」

と夫人は努めて輕く云ひながら、そのことばが明らかにこはばつてゆくやうに思つた。

「毎日同じみちしか通らぬね。」

辻氏はそんなふうにふと云つた。同じ様な氣持の連續をいふつもりらしかつたが、夫人がいぶかしく、

「何のこと、」

と云つても、それには答へなかつた。かうなつてくると辻氏は改めてたまらなくいぢらしい氣持を感じた。

「明日はお正月だから朝から、八幡宮へ皆でお參りしようかね。孝夫は何ていつてお祈りするだらう。」

孝夫は少しばかり上氣しながら一心に考へようとした。

「哲二は何だね。」

辻氏はそんなことを云ひながら初めて聲を出して笑つてみた。

「哲ちやんもね、いゝことよ。」

と夫人はわざと大ぎやうに辻氏の手を押して火鉢へ二つ三つ炭をつぎたした。

そこへ、女中が一たばの郵便物をもつて來た。無造作に夫人はそれをとり上げながら、

「最終郵便が今ごろくるんですね。」

と一つ一つ讀むともなく宛名と差出人のところをくりかへしてみた。

「それは來るさ。」

又辻氏はぶつきらぼうに云つてしまつてからつまらぬことを云つたと思つた。その月の哲學雑誌と、書店の用件や二三の廣告葉がき、それから故里の辻氏の實父からの手紙とだつた。

「お父さまから參つてゐますよ。」

さういひながら夫人は父の太い字で書いた封筒を裏がへしてひとりごとのやうに云つた。

「……お父さまもおたつしやでございますわね。今度は六十八になられるんでせう。」

辻氏は雑誌のページをくるのを止めずに、

「あゝ安政三年生れだからね。」

と關心せぬやうな返事をしながら、

「震災で、よく雑誌が出たよ。」

と一人感心するやうなことを喋つた。しかしそのページを無意味にくり終るとはじめて辻氏は夫人の方をむいた。

「手紙？」

夫人の手からそれをうけとると、封をむしるやうに破つた。

「二人ともう寝させてやりなさい。」

辻氏は手紙を讀みつゝ、夫人の方へいつた。

「明日は早いんだからね。」

とつけたした。
それはこんな手紙だつた。

歳暮餘日も無之御多忙の程察上候、貴家御一同御無事に候哉御尋申候、却說去廿七日の出來事は實に驚愕恐懼の至に不堪、就ては甚狂氣浸みたる話に候へ共、年明候へば上京致し心許りの警衞仕度思ひ立ち候が、汝困る樣之事も無之候か、何れ上京致し候はゞ街頭にて宣傳等も可致候間、早速返報有之度候。

新年言志

みことのりあやにかしこみ〳〵てたゞ心おこせ世の人
廿七日の怪事件を聞きて
いざさらば都にのぼり九重の宮居守らん老が身なれど

その手紙も一寸四方もあるやうな大きい字で書いてあつた。辻氏は讀みながら云ひやうのない感じがぞつと身體を走るのを感じた。そしてこんな字がリンリと形容されるものだらうか、とそんなことだけを第一番に考へてみた。

「讀んでみなさい。」

辻氏は極めて自然にその手紙を再び座についた夫人にわたした。こんなことは以前から殆んどないことだつた。さうしながら辻氏は父の日常の生活を極めて容易に思ひ出した。六十七歳になる父はまだ醫者をしてゐた。患家から迎ひがくれば、どんな深夜でもどんな遠方でも、馬をとばしてゆく父。辻氏が歸るとこの中老に近い大學の教授をとらへて今でも山陽風な情緒から國體觀をとき、かせる父。空粗な、としか考へられぬそんな情緒が今日の人間を未だに振盪させると考へ得る父。それらの父の崇高な一面がこの手紙の中に躍動してゐると思つた。廿七日といへば父はあの事件を新聞の記事か、それとも何かの都合で知つて、それと同時にこの手紙をかいた筈だ。辻氏も廿七日の事件を父よりはるかに近くで、はるかに詳細にそれ以上その恐懼すべき事件の本體に近いもの、一端さへもきいた筈だつた。けれど辻氏にとつてはそれは何といつてもたゞ聞いた、感じたといふ程度のことで、父に於ける程切實に心を動かせるもので確かになかつたといへる。

「廿七日つて、あの虎の門……の。あの事件のことでございますのね。」

夫人は一讀して思ひ出を語るやうな調子で頭を上げた。しかしつゞけて、

「本當にお父さまは上京されるんでせうか。」

さういふ夫人の表情にはありありと困惑の色があつた。辻氏はそれをはつきり見た。それでこの夫人の不快な態度に對する怒りが自分の心の中に少しも起らぬのもはつきりと見きはめた。

「さうだよ、親父は上京するさ。」

「いつものお父さまですからね。……どんなことをされるんでせうかしら。」

「書いてあるぢやないか。きつと日比谷かどつかで演說をするだらうね。」

「でも本當ですか、そんなこと……」

夫人は辻氏の顔をのぞきこむやうにした。しかし辻氏はそれに答へずに續けていつた。

「それから社會主義者をさがしまはつてその人らの一人一人に説服するだらうさ。その他に御警衞もするらしいよ。……うろうろしてゐるところを私服刑事にでもひつぱられることだらうがね。」

「本當にどんなつもりでなんでせうね。」

「親父はそんなことを考へぬだらうね。」

辻氏はいふだけのことをすつかり云つてしまつた氣持がした。夫人は手紙をもう一度讀み返した。今度は和歌のところを少しばかり聲を出して讀んだ。しばらくの間二人とも沈默してゐた。その果に辻氏はつけ加へて云つた。

「……だが僕は返事をか、ねばならぬらしいよ。」

といひながら立ち上つて書齋の方へ入らうとして、夫人の手から父の手紙をうけとりながら、夫人の示してゐる表情から夫人の欲してゐる返事をはつきり見なほした。

三

辻氏は書齋へ入つてからもかうした夫人の表情に同情を感じてゐた。事實として父は上京する、と、それからいろんな世間的な噂の想像がたやすく考へられた。辻氏にとつては、父の世間の方が若い氏の世間よりはるかに自由なのを悟つた。父の世間、時代を經て辻氏の世間、もう一つとんだ若い世間があつた。父の、世間を意に介しない情熱の純粋さは若い世間とも凡そその廣さや構造から違つてゐた。たゞ純粋な情熱といつたものが似てゐるといへば似てゐた。父は維新の頃の年少の志士型を明治大正と連綿としてもつてゐた。辻氏はそのつながりにゐたが、しかしその線は切れた線だつた。一つの同じ對象に對しては辻氏の關心する情熱は全然動かなかつた。父が示す感情も今の青年たちの示す理知の見方も辻氏とは全く距つてゐた。

夫人にとつて廿七日の事件といふことが思ひ出されねばならなかつたやうに、辻氏には大方切實な關心の線外に存在してゐた。

辻氏は父への返事をかくためにこんなことを考へてしまつた。

今度の事件のあつた場合にも、平ぜい國粋主義の權化の樣に自らも稱してゐる教師仲間の某々さへ、こんな父の氣持を決して示さなかつた。それはわけもなく純粋とは云へない態度だつた。だからふと辻氏は史學の國粋派の教授のことを思ひ出した。

「大へんな奴にあつてね。」とその史學の先生は最後の教授仲間の會の席上で、皆と笑ひもつて喋つてゐた。この「大へん」は實に實感のともなはない響にしか聞えなかつた。

「……その學生だがね、だしぬけに喧嘩をふきかけるんさ。うん、喧嘩ぢやない、一くさり聞くと漸く今度の事件だとわかつたんだ。だから僕は云つてやつたんだよ、こんな畏れ多い事件はもつと深重に考へてから口にすべきだね、つて。」

この先生はその事件の當座に右翼の學生の訪問をうけた話をしてゐるのだ。

「はつ〳〵、それは冷汗がでたでせう。」

と誰かゞひやかした。

「ある一派の學生のてらひ、表面的な決して本當の感情からも理性からもこぬもの、そんなものがよくわかりますね。」

哲學の先生の一人がそんなことをいつた。

話はそれ位で止んだ。

辻氏の眼のまへにこれらの一つの會話とその人物が忽ちあらはれてゐた。氏の冷靜な感情からいつても、それは父の場合と比較すると極めてにがにがしく思はれた。父を批判することと、果して行動が意志にそふかどうかとさうした點から批判すること、そんなことは辻氏にとつてあきらかにつきつめてゐぬ氣持だと思はれた。父はもうどうする道もない。廻り道をゆるされない切迫さを感じてゐるのだ。——と辻氏は考へる。だが辻氏にとつてはこんな問題よりも父が來春早々上京する、宣傳に從事し、御警衞に菲力をさゝげるといふ方が、事實の痛切な問題だつた。父のかうした純粹な感情の崇高な尊さは例へそれを個人主義的感情だといつても、たゞそれだけのことばでくつがへし得ない。しかも辻氏はこんな先からの感動の氣持を無理にも止めねばならなかつた。だがかやうな父の示してゐる人格的決斷を否定することは、かへつて氏の正義觀を根底からくつがへしてしまつた。それ故辻氏は父の人格的の決斷を感情だとし、その感情を父の體驗してきた維新の時代に結びつけようとした。さうすれば時代の差といふやつが、氏の正義感の破綻を救つてくれるのだ。
辻氏には氏の國家的な使命と服務がある、一人歩きできぬ父にかかはつてゐてそれらを放棄できない、と辻氏は論理を平凡に進めた。それから辻氏は自分の感情の逃げ道を明治の時代の精神においた。辻氏の成長したその時代は確かに國を外から守る時代だつた。一つの國家として、個人はその一員として初めて理解した時代だつた。辻氏のものの考へ方からはかうした時代の昂奮の影響が殆んど意識してゐないときにもつきまとつてゐた。「國家とは何か」といふ理知の問ひさへ、この時代をへてきた人々は、昂奮の中に多く忘れてゐたのだつた。ともかくかうした時代の距てが、父と子とその子との觀念を分離させてゐるのだ。その範圍で辻氏は自分の論理に氣をよくしたので、こんな意味の返事を書き出した。

……それらは個人的な感情に過ぎません。役に立たないからしてはいけません。つまりあなたの考へてゐられることを行ふための有效な道ではありません。明治の新政の意義は萬機公論に決すといふことです。各自がその業を守るといふことです。議會制度がその具體的な意味です。よい政治のためによい代議士を選擧すべきです。これが大帝の御志です。あなたはそんな努力をしたことがありますか。

こゝまで考へてよい文句が思ひ出せたと思つた。父は代議士を罵倒しても、決してよい選良のために選擧に奔走したことがなかつたから。しかし最後に辻氏はこんなことしか書けなかつた。

ります、と。

——皆がその本分を守つて忠良な臣民にさへなれば過激な思想も人間もすつかりなくな

明らかに父の切實さからひきはなれてゐた。しかしこれ位で父を脅迫することは不可能でない。單純な父——と辻氏は考へた。こんな場合役に立つとか立たぬといふことは父の論理にないのだ。だが父はそんなことを氣づくまい。しかし、辻氏は自分の倫理學を考へて、こんな父の如き情熱が今の世界にあることに豫期せぬ驚怖を味つた。しかもかうした氣持の開放が辻氏の最近の心境——殊に今日の憂鬱さを明らかにするやうに見えた。それは一方からいへば一層辻氏の氣持を出口のない袋小路に追ひ込むものだつたが——。

だが、そのうちに辻氏は又身邊のこと、主に若い學生のことを考へた。

こんな父の熱情の方向は、それだけをとり出してみれば、異つた方向を以てより廣く次の若い時代を流れてゐるのだ。辻氏は怖ろしいものを見る氣持でじりじりとそのもの〻周圍から一歩一歩本體に近づいてゆく感じがした。いたるところに怖ろしい熱情がうごめいてゐる。父が維新の精神を代表してゐるやうに、今日の若い精神は明日の時代の精神を代表してゐた。たゞ現れ方や方向が異つてゐるだけだつた。辻氏は父の超時代的な精神に壓倒されてゐさうで、その實今日の青年たちの精神に壓倒されてゐると、一瞬間考へ込んだ。怒りと失望と、憐憫と羨望との混合した感情を味はねばならなかつた。こんな青年たちはカントに情熱を感じるよりフオイエルバツハを讀んでゐた。ケエルケゴールに詩を感じる代りにローザの手紙に熱情の藝術のリズムを味つてゐた。しかもこんな間はまだい〻のだ。

こんな氣流は一般が父の超時代的な精神の流れに發展してゆく前夜の姿に他なかつた。……熱情で貫かれぬ正義はない。熱情は感情の素朴な姿でないのだ。熱情はその中につねに理性の內容と方向をもつてゐる。

辻氏はおき去りにされた氣持を感じた。だから自己の憂鬱と焦燥が悉皆そこに因つてゐるやうに思つた。

父のやうな氣持――それは頭を下げるより眞面目に怖ろしいものに近い。父の時代はそれらの人と一緒に亡んだがその代りに新しい別な熱情があつた。まだまだ少數だといつても、それは人をうつだけの力をもつてゐた。こんな「父のやうな」熱情が辻氏を全くつゝみ込んでしまつた。辻氏は少年より青年になる頃に經驗したいろいろな對外的な昂奮を一度に復習してみた。戰爭も外交も、各々の昂奮と熱病狀態をもつてよみがへつてきた。しかしそれは山陽風の世界觀に心醉してゐた父の、體驗した氣持と比較する方法はなかつた。勢ひこんな考へ方は今の學生らの上へ進んだ。それはむしろ社會的正義觀として辻氏のまへに立ちふさがつた。

辻氏はけふも堀尾に話したことを思ひ出した。「哲學は亡びた、」といひたいらしかつた、その學生は「目下の認識論はマルクス主義です」と云つたのだ。辻氏は後者の問題を避けて、むしろ二つを抽象してみた。

それから辻氏はこの青年にいつたことを一層こまかに思ひ出した。

「君は明治の精神といふものを知つてゐるか。」

この漠然とした質問に堀尾は答へなかつた。

辻氏はこんな問題さへすでに十時間餘り後の、丁度今の自分が、こゝで當面してゐる切實の問題のため、準備されてゐたことのやうに考へた。だがそれからこんな問答が辻氏の今の氣持に影響してゐると考へることは、恐ろしく辻氏の知的虚榮を害つてしまふのだつた。「勿論偶然だ」と辻氏は否定した。しかしそれは口の中から出ないことばのやうな氣がはつきりとした。——維新の人間の精神と明治の人間の精神と、同一といへない時代のくるひがあつた。こんなことを考へてゐると辻氏は故S先生の小説の中で、大帝の崩御の號外をきゝつゝ自殺する男の話を讀んだことを思ひ出した。その自殺する男の遺書の中へ先生は、

「大帝の死と共にこれで明治の精神もなくなつてゆくやうな氣がしました。」と云ふ意味のことばを書かせてをられたことをはつきり思ひ出した。先生が明治の精神といふものをどれ程の鋭く深い藝術家的洞察を以て知つて居られたかゞ、はじめてわかるやうな、又わからぬやうな氣がした。

辻氏は何とも形容できぬ氣持を感じた。暗憺といつたやうな修辭を考へてわれながらいまいましくなつてしまつた。

「お茶を……」

夫人が口から湯氣をはいてゐる珈琲わかしをもつて入つてきた。辻氏はその珈琲のセツトがこの場合何かの意味をもつてゐるやうな氣がして、ふとそれに眼を落した。

「もうお返事お書きになつたの。」

と夫人は机の上の手紙をのぞきこみながら、

「……お父さまは御本氣でも世間からは氣狂になされてしまひさう……」

と辻氏の氣持をうかがふやうに甘えた小聲でいつた。

「そんなこともないだらう。」

と辻氏は一體何を否定したつもりだつたかわからなかつた。

「どんな演説をなさるんでせうね。」

さういふ夫人の方を辻氏はにらむやうに凝視した。夫人にとつてこの安政生れの老人は單純な父だつた。それは辻氏の考へる「單純な父」より卑俗なユーモアをもつ單純だつた。

さう思つて夫人を辻氏は不快ににらみつけた。

「……でも捧讀するさ。」

辻氏ははき出すやうに云つた。

「何を?」

と夫人がきゝ返した。

うむ、といつたまゝ辻氏はだまつてしまつた。式の日の小學校の校長さんの嚴肅な姿を辻氏はこまかに心の中で描いた。それから夫人との距りをはつきり決定的に信じた。

「お父さまは今でも馬にのつて夜中でも往診されてゐるのでせうね。」

「父はそれを天來の使命としてゐるからね。」

と辻氏は答へたが、夫人の何氣ない感じの表現が氏の最も深い傷をつくやうに心にこたへた。

「父は思想の命ずるとほりにしか行動しないのだね。一種の苦行さ。」

思想する人間の苦行が父の生涯の連結だ――と考へてこんなことを云はねばどうとも氣持のまとまりがつかなかつた。

「お父さまは上京されて……」

と夫人は何かを云はうとした。

「第一自動車や電車があぶないよ。」

いそいで辻氏は夫人のことばの後を奪つてしまつた。こんなことを無意識にいひながら、

「あぶないね」と斷定するやうにつぶやいて、夫人に向つて堀尾にしたと同じ質問をいつた。

「おまへは明治の精神といふものを知つてゐるかね。」

やはり夫人も沈默してゐた。

「……日露戰爭頃のことなら覺えてゐるだらうね。」

辻氏はいくらか表情をゆるめた。夫人は遠い追憶を語る調子でぽつぽつと云つた。

「まだ小學校を出る頃の生徒ですもの。わたし、さうね、國旗がたつたり、毎日毎日田舍の町がくらくなつてゐたやうな氣がしたわ。お隣りの小母さんが泣いてゐたのは――。……それから號外がくると勝つときまつてゐて、うれしかつたが。國旗の出る日は大方

戰死者が町内にあつた日でせう。毎日國旗が出てゐたわね。……」

辻氏はどつかで聞いたことばの様な氣がした。辻氏は自分の妻とさへ既に如實な距りを感じた。實父の思想は息子夫婦と全く懸絶してゐるのだ。かうした線は孝夫や哲二ともきれる線だつた。それは孝夫や哲二をまつまでもなく妻や堀尾とも各々切れてゐた。僅かに七年と十五年の違ひに過ぎなかつた。

「もうすぐやすむよ。あと少し書きたせばよいのだ。」

と辻氏は夫人に答へずに別のことを云つた。

「その方がいゝでせう、元日だけ早く起きるやうにしたいわ……。」

そして夫人は茶碗を盆の上へのせると夫の肩の塵を指でつまみのけて部屋を出ていつた。辻氏はそれを背後に感じながら又も時代の測量をしてみた。——それより父を斷念せしめる手紙を完成せねばならない。

理念の象徴としての國體觀念——大化でもそれは失はれなかつたと、辻氏は斷定した。これは父らの單なる情操より高い自分らの時代の人間が發見した理念だ。辻氏は倫理學者らしい辭句を發見すると、それを莊嚴にならべて素朴な父を脅しつゞけた。それでも首尾に於ける強ひて塗りくつた矛盾を辻氏は瞭然と感じた。熱情をふくまぬ理念があるのか——あくまで示されたものは父の素朴な實踐の熱情だつた。しかし氏は脅しきれぬ新しい熱情を又もこゝでも感じた。その明日の人間の熱情を始末わるくも熱情を論理としてゐたのだつた。

こんなにして、どうにか手紙の返事をかき終ると十一時が過ぎてゐた。

はじめてのびのびした氣持を感じた。「無理に作つた氣持だらう」たれかゞそんなことを辻氏の心の中でつぶやいた。それを辻氏は極めて細心に眼をつむつてよけて通つた。

辻氏は椅子を立ち上りながら、この時初めて眼のまへにある聖林寺十一面觀音の冩眞を見た。かつて、この像を我國第一等の傑作と熱愛し指命したことが氣持の上であくどく思ひ出された。今の時には全く偶然にこの冩眞を鮮かに觀た。それから極めてたやすくこの「傑作」が、維新の頃久しい間三輪山麓に風雨にうたれてころがつてゐたといふ傳説を思ひ出した。それは古い頃聖林寺を尋ねた日だつた。氏は既に物故した先代の住持の肖像を見ながら、この像を荒廢から救つてくれた僅かの努力に感泣するに近い感謝の心をしみじみ味つた。初秋の頃だつた、大和の櫻井町を少し離れたこの小さい山寺には樋を傳ふ水の音が座敷の中まできこえてゐたのを思ひ出した。こんな瞬間の感想にも時代のプロヒイルが動いてゐるのを感じた。それは維新の精神の一面として氏の心へ動いてきた。初めて氏は氏が古代の藝術を愛してゐる心が、殆んど氣づかぬ位に強力であつたことに氣付いた。しかしこんな維新の頃の一插話さへも時代の大なる推進力の中に感傷の淡さがはつきり實證されてゐると思はれるのだつた。それと一緒に亡びないもの、精神をも見るやうな安堵さを感じることも出來た。そうした偶然、――そんなものがイデーだつたのだらうか。しかしかうした比喩の不當さを考へるさきに、こんな巨大な時代の足が、リズムをなしてくりかへしてくる事實の想像が氏の心臟の鼓動を全くうちのめした。

辻氏はそのまゝ大きい瞳を骨ばつた頬のおくへおし込めて立つてしまつた。
これは千九百二十三年の最後の夜の話である。（一九三二・一一・一〇）

# 桐畑

## 一

襖をがらりとあけて、荘が入つていつたとき鷲見氏《しゆみ》は一心に手紙でも書いてゐるらしく、紫壇の机から模様入りの唐紙の用箋が垂れ下つてゐた。荘はもう一度階段の踊り場へ出てから、

「先生」

と呼んでみた。

「おはいり」

向うむきのまゝらしい鷲見氏の大きい聲がした。

荘は汗をふきながら、先生の近くの座ぶとんを勝手にひきよせて坐つた。

「暑いですね。」

と、いつてから鷲見氏の様子に初めて眼をむけた。

鷲見氏はさつきからのまゝで、何も書いてない机の上の書簡紙を一心ににらんでゐた。

それから默つてまつ青に出た玉露《ぎよくろ》を硯の中へ注いだ。荘はその様子を見てゐながら、理由

もないのに氣味わるい一瞬の空氣にあつとなつて、たまらなく眼をそらした。

「比佐子《ひさこ》に、手紙を書いてゐるのだ。」

鷲見氏は眼をあげた。荘は血ばしつた先生の眼を又そらした。

「お茶なんか使つてですか。」

と、たうとう荘は口にしてしまつた。

「充分だ。」

鷲見氏は昂然としていつた。

荘はやはり先頃から感づいてゐた先生の世界を見るやうな氣がした。怖ろしいものを見せつけられてゐるのだ。

不吉なとき、人を不吉に呪ふとき、——「硯でお茶を磨るのは嫌だからな。」と、鷲見氏は古い地方のそんな習慣を荘に話したことを、とつさに思ひ出したのである。

荘はそこにあつた急須をひきよせお茶を勝手に入れて、それを飲むと默つて鷲見氏と一緒にする筈だつた仕事を一人こつこつと始めた。

「比佐の奴どうしてるかな。」

鷲見氏はひとりごとを云ふやうに、荘の方を眺めた。

「はあ」

と云つたまゝ荘はシヤツ一枚になつて、一心に佛像の寫眞に幾何學的な線をひいてゐた。

「俺は獨創だよ。」

その莊の姿を眺めながら、こんなことをいふ鷲見氏の聲をぼんやり莊はきいた。

「河西ももう歸つてくるか。みんな歸つてくるな。俺も秋から東京へ行かうかな。行けたらいゝのだが……」

しみじみと云つた。

「東京へやつて來られますか。」

莊は返事した。

「こんな仕事にもあいたよ。山本君も歸つてくるだらうし」

山本といふのは鷲見氏とずつと共同して研究を續けてゐる人類學者で、今はドイツから歐洲の各地を巡つてゐる。

「フランスで病氣してゐるといつてきたのですが――」

といひかけて莊は、こんなことを云はなくともよいのに、と何故ともなく考へてみた。

「俺はもう本當にこんな仕事がいやになつたんだ。この春から言語學をやりだしたんさ。やつとバビロンが讀めるよ。」

莊はほつとするやうな氣の開きを感じた。

「あのヘブライの聖書、約束したんだが送らなかつたですね。」

といつた。

「君のことだから忘れるにきまつてると思つたからね……」

鷲見氏は笑ひながら立ち上つて寫眞の整理をしだしてゐた。

「――もう俺の方で勝手に買つたよ。」

荘は先生の方を見て苦笑してゐた。

仕事はなかなか根氣のいる性質のものだ。二人は默々と進めてゐた。

しばらくすると鷲見氏は又手を止めた。

「こんな仕事をしてゐて何になるんだ。くだらないことだ。」

といつて、それがすぐにきよとりとしながら、机の上の「美術考古學雜誌」の最新刊號を荘の方へ投げだした。荘も止むなくその雜誌をとり上げた。鷲見氏のかなりな長さの論文がのつてゐた。中宮寺の觀音についての、まだ誰も試みなかつた形態的な詳細な考察であることが一見わかつた。

「比佐の奴が――」

荘がその論文のことを何とか云はうと思つてゐるうちに、鷲見氏は又つぶやき始めた。荘は最近の常態を離れてゐる先生の氣持を改めて案じた。論文と鷲見氏とを左右におくと、荘はどうしていゝか全くわからなかつた。それといふのも、こんなことを云ひだす場合、鷲見氏は反つて言動にきちつとしてゐるのが常だつたからだが。

荘は默つたまゝ定規を使つた。

――荘がこゝへ來てから一週間に過ぎなかつた。東京にゐる間は荘はたびたび鷲見氏の呼び出しの手紙をうけとつた。荘も鷲見氏の、新しい天才的ともいひたい着眼と方法に、大きい興味をもつてゐた。こちらへきて、荘がまづ驚いたのは、鷲見氏が一心に古代語を読んでゐるありさまだつた。殆んど徹夜せんばかりの日々が續いてゐた。それから突飛な時々の言行。それは仕事に對する狂的な熱中からだ、と莊は安心することが、どうしても出來なかつた。莊は漠然ととり返しのつかないものを感じてゐた。

この寺の庫裏へ籠りだしてからも、鷲見氏は殆んど一月近く家へも歸らぬらしい。

「あんな佛像は部分部分に分解すべきだ。」

それらの佛像を金堂からかついでくるありさままで、まじめに鷲見氏は語ることがある。

「莊は力がないから足の方にしてやる。」

そんなときにさへ冗談らしいところは少しもない。こんな鷲見氏は、今まで一度も莊の見なかつた鷲見氏だつた。冗談と考へるには、鷲見氏の表情はあまりに眞面目すぎた。莊には不安がさき走つてしまつた。

## 二

それから數日して莊ははじめて鷲見氏の宅を訪れた。六月の中旬はもう大へんに暑かつた。鷲見氏の方へばかり行つてゐたのでこちらへきて始めて比佐子夫人に會ふのだつた。莊は何かしら鷲見氏のことについて、自分がすべての責任を負はされてゐるやうな氣がした。ともかくも莊は自分の不安をたしかめたく、夫人の態度に僅かな慰安を殘しておいた。

「比佐の方へはゆくな。」

道々莊は鷲見氏のことばを考へてゐた。今日も先生の方へ行けない理由に、莊は八木へ近頃の大きい古墳の發掘現場を見にゆくといつてきた。——こんな先生のことばはもの、末に過ぎない、莊は考へる。それがたうとう莊にとつて考へたくない鷲見氏の不幸な決論だつた。

度々來た家だし、勿論何の變化もない筈だ。比佐子の方もまだ莊のこちらへ來てゐることも知らないらしく、莊を見ると、

「まあ、おこしになつてゐたのですか。少しも知らないので、ほんとに失禮しましたわ。」と驚いた口吻をした。

「えゝ、少し仕事の方がいそがしくて。」

莊はいひわけめいたことを云つた。

「鷲見も昨々日は久しぶりで歸つてきたのですが、多加志《たかし》にも玩具なんかもつてきたのです。だが昨日の朝早く歸つたのですよ。」

といひながら、比佐子は少しはにかんでゐた。莊は、なんだ、そんなだつたのか、と思つた。

「さう、それはよかつたです。」

何氣なくいつた。しかしすぐにこれは反つていけないと思つてしまつた。

「……それでもあなたのことは、少しも申してゐなかつたのですよ。」

比佐子は莊の氣持などにおかまひなしに、わざとに見える姿態をつくつて辯解らしいことを云つた。

「あれからお變りはございませんでしたか。」

やつと莊はあいさつらしいことを口にした。

「え丶、おかげさまで……。」

と云つて比佐子はふと口をつぐんだ。

何か、と莊は云はうとしたが、

「鷲見が少し病んだのです。」

と夫人がさきに云つてしまつた。

「……あなた方にも知らしてはならぬと申すものですから、何の通知もしなかつたのです。又御心配なんかかけない方がよいと思ひまして。ちよつとした風邪だけだつたのですが、毎日少しづつ熱が出て、その間變なことばかり考へて、それを申されるのですから、本當にわたし心配したのですよ。」

莊はその事情や容態がいはれぬさきから、既にどこかで見てきたことのやうな氣がした。莊が考へてゐた最惡の場合へ莊をひつぱり込んでしまつた。

「それは、それは、誰一人親身に相談する方もございませんのですし。」

夫人はつけ加へてそんなことを云つた。

「うはごとのやうに、おい山本、山本君と私におつしやるのですよ。」

それから急に、いやな氣持を思ひ出すやうに、

「若い頃肋膜をやつたときいてゐたのですが、わたしその方がずゐ分心配でした。」

といつたが、

「それで、山本さんぢやありませんよ、といふと、比佐を覺えてゐるかい。もう三年たつから忘れたのか。なんて、おつしやるのですわ。そんなことを、ね。荘さん。」

「さうですとも、奥さん。」

荘は、夫人の駄目を押すことばの裏を理解して云つた。それからやはり荘の不安はありありと具體化してゐるのを知つた。

「本當は、——でも、こんなこと申したら失禮かも知れませんが、鷲見は私を愛してくれてゐるのです。」

「さうでせうとも。」

荘は何ごとも考へずに答へた。

こんな話を長々として荘は歸つた。

その次の日、荘は勿論これに連絡するやうなことは何ごとも鷲見氏のまへで云はなかつた。二人は久しぶりで珍らしい古墳の話に花を咲かせた。

山本君、山本さん、——それだがこんなことばだけが荘の頭からくつきり浮き彫のやうに動かなかつた。鷲見氏が比佐子と結婚したのは長い間の獨身生活の後で中年を過ぎてゐた。比佐子は山本氏と結婚するらしいといふ噂を荘はその頃きいてゐた。少壯の學者として知られてゐた鷲見と山本とが共力して出してゐた學術雜誌へ投稿してきた女性が比佐子だつた。その比佐子が、熱狂的な研究に半生をかけてきた鷲見とその後に結婚した。大學時代からその方面では新進の篤學者として知られてゐた山本は、その頃まだ三十になつてゐなかつた。あの女は山本に惚れてゐたのだ、そんな話を莊もきいた。勿論その頃莊は高等學校の學生だつた。莊は山本とは古くからの近づきで、鷲見氏にもそんな關係で接近してゐた。比佐子の感情はわからないが、山本氏はよしんばある感情をいだいてゐたとしても、そんなものを示さないであらうと思つた。比佐子は女高師を出ると三年程田舍の學校の教師をしてゐた。莊が大學へ入る年二人は結婚して、比佐子はそれきり教師を止めた。山本氏が渡歐したのはその後二年あまりしてからだつた。

「そんな昔の話を思ひ出したわけでもないでせうけれど……」

次に會つたとき夫人はたうとうそんなことを云ひだした。莊は五つになる多加志の存在を考へた。

「勿論、僕もさう思ひます。」

莊は確信してゐた。少しもそれは原因でないのだ。しかしこのことはさらに不吉で悲慘だ、——と知つてゐたが、さすがにそれは云はれなかつた。

「先生は近頃言語學をやられてゐるのでせう。」

莊はそんな話題を選んだ。

「あれもでございますわ。その病氣中から急に速めたのですよ。寢られないと申しては、病氣の體で一ばん中、ヘブリユーなんかの本をこつこつ讀むんですから——それに、何ともせうことなかつたのですわ。」

といひながら、比佐子は比佐子の側から鷲見氏の異常ぶりを見たらしくぎよつとなつた。

「どうしたわけでせうかね。」

そんなことをいつて荘を困らせた。

「私がそばに居ると大へんあせるのですが――」

さういひかけて比佐子は口を閉じた。

「本當はすがりつきたいのでせう。」

荘は追求をおそれるやうにためらひがちに云はねばならなかつた。

「山本君はなぜドイツへ行つたのだ。なぜ行つたか。なんておつしやるのでせう。そんなことを、ね。」

夫人はつゞけた。荘もこの數日來度々鷲見氏の口から出るこのことばを不安にしてゐた。

「先生は熱狂的な學者だ。」

と荘は云ひかけて、夫人は確かに鷲見氏を誤解してゐる、本當の鷲見氏はこれだけのやうな氣がした。荘は自分の斷定に確信をもつと、ますます鷲見氏の最近が氣づかはしくなつた。比佐子はたゞそんな鷲見氏を自己の謬想から見てゐるのだ。だがそれを明らかに夫人に向つて指摘することができなかつた。比佐子の生活にも同情すべき點はたしかにあつた。けれどこの場合原因と結果をとりかへることは、誰よりも鷲見氏夫妻の不幸であらねばならなかつた。しかも荘はたゞ默つてゐるだけだつた。

その後、お寺の方へ行つても荘はいつも、仕事をしながら、例の山本氏のことはことごとく避けてとほらうとした。

二三日莊は氣まづい氣持で仕事をつゞけてゐた。鷲見氏をたまらない氣持から、ひよつといたはりたく思ふこともあつた。まへにきた時から四月しか經たないのに鷲見氏には肉體的な衰さへ見えるやうだつた。

そんなことを思ふと比佐子夫人にも何かの方法で、鷲見氏の最も不吉な近況を理解せしめねばならぬ、と莊は一人で心を勞してゐた。

ある日、莊は何事も云はないで比佐子を誘つて、鷲見氏の仕事場を尋ねた。一度はそんな試みが必要だと考へてゐた。鷲見氏の方は何とかいひわけも出來ると思つて、そのうちあはせを夫人とだけしておいた。一人子の多加志も一緒に行つた。

鷲見氏の部屋はしーんとしてゐた。それが莊にはわけのしれぬ妖氣のやうなものを直覺させた。莊ははつとするやうな氣味わるさをわざと感じてゐると思つた。それで莊は夫人に口には出さないで順をゆづつてゐると、人のきたのに氣づいた鷲見氏が先方から、

「おはいり、入つてい、よ。」

といくらか朗らかな氣持が見える調子で外へ向つてよんだ。その聲をきくと、多加志がまつさきに入つた。

「多加志、お、多加志か。さあ、侍ごつこをしよう。ほれ、寄らば斬るぞ!。」

と鷲見氏は多加志を見るとそんなことを云つて、もうすぐ眼玉をぎよろつとむき出した。

莊は暗然とした。

止むなく比佐子の方をふり返つて見た。鷲見氏もそれで比佐子夫人の方を眺めたが、急に激動するやうな身振りをしてから、

「比佐、歸れ、お前なんか歸れ、何ぜ來たか！」

と、眼玉を大きくみひらいたまゝ叫んだ。

莊は、惡い、と思つた。これでは比佐子の邪推をかりたてるだけだつた。こんな時の原因と結果の誤解は、次にくる終末を、より大きい悲慘にするにちがひないと、又もより切迫して考へるのだつた。

比佐子はそのまゝ默つて外へ出た。

鷲見氏はこんなことをどなつてしまつたが、すぐけろりとして、多加志と侍ごつこのつゞきをげらげら笑ひながら始めた。莊にはそれをとりなすやうないゝ工夫はなかつたので、同じやうに外へ出ようとして、ふと思ひ止つた。

「莊もこい。多加志、多加志……」

鷲見氏はことさら莊の方を笑つて眺めながらお馬だといつて、部屋中を多加志をのせてはひまはつてゐた。

莊は初めて外へ出た。比佐子はそこに立つてゐた。

「あんなことをおつしやるのですよ。」

と莊をとらへて比佐子は小聲で云つた。

「僕もそれを心配してゐるのですが。」

荘はからうじてそれだけ云つた。

「歸れとおつしやれば歸ります。多加志をつれてきて下さい。」

荘は夫人の昂奮狀態を察した。すなほに事柄を見ることのできない夫人が、それの方が常識だと思ふのに今の場合は一そう深刻になつた。荘は止むなく多加志をつれ出しにいつた。

「多加志はこゝへ泊めてやる。多加志は歸らないな。」

鷲見氏は、といつてなかなか肯じなかつた。それを苦心の末になだめて、荘は漸くつれだすことが出來た。

「本當にいつもあれなんですよ。お恥かしいことですわ。」

比佐子は多加志をつれてかへりぎはに云つた。

「それも日によつてわからないのですが。」

と、辯解するやうにつけ加へた。

「山本さんのことなど考へてゐられるわけでないのですが」――と荘は云はうとして、しかもそれはどうしても云へなかつた。もつともつと悲慘の中へ夫人をつき落すやうな氣がしたのだつた。

三

次の日は仕事をするために早く行つた。すると鷲見氏は荘に、

「昨日は比佐を叱つてやつた。可愛さうだつたな。」

と人ごとのやうなことを云つた。

荘はきちきちと少しばかりおくれた整理をしてゐた。何とも返事をしなかつた。

「俺は、可愛さうだ……」

鷲見氏はせつないやうな表情をした。

「もう三年だね。」

鷲見氏はその感情の最高頂に達したとき身につまるやうに荘の方へ向つて云ひ出した。もう三年だ。――その鷲見氏のいふことが荘にはすぐ理解された。また例のことか、と荘はとつさに氣付いた。それでわざと、

「もう三年を過ぎましたよ。」

と云つた。

「何だね。」

鷲見氏はじりじりするやうに追究した。

「學校を止められてから……。」

と荘が云ひかけるとそれを押し切るやうに、

「馬鹿、俺は山本君のことをいつてゐるんだぜ。もうすぐ滿三年になるな。」

鷲見氏はねんいりに指を折つて述懷した。

又惡いな――と荘は思つた。それで鷲見氏の氣持を仕事の方へひきつけようと、積み重

ねた寫眞をばたつかせて、たつた今線をひいた一枚をとりだした。

「こいつは中心點がせばまりましたよ。」

といつてその寫眞を鷲見氏の方へ渡した。

「ふん」

鷲見氏はそんな返事をしたが、そのまゝ默つてぼんやり寫眞を眺めてゐた。古い頃のあの興味はもうどこにもないらしかつた。

「すべてがつまらぬことだ。」

嘆息でもするやうに眼をおとしていふのだつた。

がそれかと思ふと、

「近いうちに二千枚位の論文をかきあげようと思つてゐる。世界中の美術史家も手をつけなかつたことだ。」

こんなことを云ひながら、

「……そのためには聖觀音も分解せねばならない。君は學問のためそれを許さないか。」

と昂然とした眼であつけにとられてゐる莊の方をにらみつけた。がすぐに、

「嘘だ。嘘だ。そんな學問があるかい。俺は學問が皆なくなつてもあの觀音さまをのこしておきたい。」

本當にそんなことが行はれてしまつたやうに悲痛な聲を出した。

發作狀態だ——莊は思つた。リズムをなしてゐる、と。

二人は又默つたまゝ仕事をつゞけてゐた。

「君は山本君がどうしてドイツへなんか行つたか知つてゐるか。」

鷲見氏はたうとういつものことを云ひ出した。莊も亦いつものやうに默つてゐた。

「あんなことをやるために、わざわざドイツあたりまで行かなくとも、俺はこちらでしてしまつてやる。」

莊は鷲見氏のもがいてゐる一つの斷面を見た。全くこれも比佐子の考へてゐる方面ではないとの確信をつよくした。それから比佐子夫人の不愉快な想像を不潔に感じた。

大たいこんな日がつゞいてゐた。七月始めまで一月位の間に鷲見氏の異常ぶりは大して變らなかつた。

七月になつてしばらく無沙汰してゐてから行つたある日には、鷲見氏は萬葉集と俳諧七部集の比較論をしたりした。それは鷲見氏らしいいつもの意志的な品評だつたし、莊も何だか自分が危惧してゐたことが全くの杞憂だつたのでないかしらとさへ感じた。

久しぶりだつたので、莊は幾らかあつけなくなつて、本當のところ鷲見氏は、たゞ天才的な學者や藝術家がおちいりやすい熱狂狀態に、數旬來ひつかゝつてゐただけだつたのかと、ふと考へた。半年近く別れてゐると狼狽するものだ、と思つてみたりした。と考へると、鷲見氏の先人未踏の方法も、そんな意味で、ある人々にありがちの通常のことかと思つた。

「萬葉集なんか、七部集に較べると全く面白くもない。」

そんなことを、荘が合づちをうつものだから、氏は昂然となつて喋りちらしてゐた。と思ふと、思ひ出したやうに、新しい美學者の學説を獨斷的に批判したりした。その中には荘の全く知らない人さへ出てきた。決してそれも軌道をはづれた論ではなかつた。しかし歸りがけに戰爭の話をしだしてからはそろそろ變だと思はれ出した。

「君は戰爭が起ると思ふかい。」

荘は、さうだとも云はずに、默つてゐた。鷲見氏はしつこくそれをいひ續けた。

「俺は心配してゐるのだよ。」――と鷲見氏は全く本氣のせつない表情をした。戰爭が起つたら、その後へあれがくる、と鷲見氏のいふわけが荘にもよくわかつた。

「當分大丈夫でせう。」

といふと、

「馬鹿、ばかな。」

と叱りつけられた。

「俺はじつとしてゐる間、それがたまらなくなる。」

本氣でそんなことをいふかと思ふと、荘などにおかまひなしに、

「こんな世の中はさうなるべきだ。」

と考へ込む。

「さうするとだね、俺はまづ個人のもつてゐる古代の藝術品を、全部沒收してしまふのだ。」

しばらくするとはればれと云つて、もう沈み返つてしまつてゐた。

「漠然と心配だよ。」

鷲見氏は獨白した。

「毎日新聞を讀む、と陰鬱な事件ばかり眼についてくるんだ。水害だとか、爭議だとか、尨大な軍事費だとか。君も新聞を讀むだらう。」

荘は默つてうなづいた。

「ふむ。俺はつひに新聞を見んことにした。すると一層怕しいね。朝眼をさますと何かゞふとんの上から抑へつけてゐるやうに思ふのだ。じつとしてゐられない。わめいてもおつつかない氣持がする。」

荘はその鷲見氏の眼をみつめた。いた〻まれぬ焦しさが起るのだつた。それは四十を過ぎかけてゐる學者にふさはしい理性など、全然ない口調と態度だつた。そんな氣持は荘にもわかるものだつた。よりそれは切實だつたかもしれない。それだが鷲見氏の氣持はまた〻く間に變化した。そんなことばのすぐ後で、

「昔の唐人の氣持がわかるよ。」

と、しみじみ語るのだつた。こんなわけでしまひには荘は限りなくいたいたしいものだけを感じた。

四

七月になつてからは研究の方も斷續してゐたが、もう大たいの下仕事は形づいてゐた。

その頃荘は半島の方へ行かうと思つた。總督府にゐる同學の先輩が松花山の無名墳の發掘をしてゐて、大した獲物がありさうだ、大いそぎで渡鮮せよといふ手紙が二三回きた。仕事の方も以上のやうだつたし、荘は急に朝鮮へ行きたい氣持を誘はれてしまつた。

鷲見氏に渡鮮のことを話すと、

「俺はいやだ。」

體がだめでな、と頭から云つてしまつたが、何だか行きたさうにも見えて、消衰してゐる有様が荘にはよくわかつた。

ともかく行くとして、荘は七月十二日に奈良から一まづ大阪へ出て、十五日頃下關へ來た。

船の夜は海は大へん靜かだつた。荘は開放されたやうな氣持で、關釜の聯絡船にのつてゐた。上陸すると慶州へ直行した。そのあわたゞしい間ののどかさが、理由もなく鷲見家の人々の空氣からの開放のせゐだと思はれた。荘は古墳の發掘を見に行つたり、附近の石佛をたづねたりした。久しぶりの友人は荘を喜ばせた。二週間近く慶州に滯在してゐた。ついでに平壤へ行つて近年發見された古鏡の鑄型を見て來ようと思つた。初めは浮石寺を訪ねたいと思つたのだが、案内するよい人夫もなくて駄目だつた。慶州では眞夏の炎天の岩山を犯して南山の石佛を訪ねまはつたりした。丁度慶州へ來た城大の藤代教授なんかにもあつた。

「こんな眞夏の南山をのぼるのは京大のF君と君とだけだよ。」

そんなことを云はれて滿足してゐた。

「F君も、M君と同樣初めは兩班《ヤンバン》でね。」

博物館の茂加氏がそんなことをいつて笑つた。

「貴公子然としてゐたね、南山から歸つてくるとすぐに寢こんでしまつたんだが。」

藤代教授も笑ひだした。M君といふのは松花山無名墳を發掘してゐる莊の舊友だつた。

「あれは大へんでせうね。」

莊も調子を合はせた。始めて見た時Mは別人のやうに、日に燒けて、黑ん坊のやうな白い齒をぎらぎらさせてゐた。そんなMと話してゐるときつと莊は自分らの仕事を思ひ出した。

「M君はやはり八時迄やるのかい。」

藤代氏が茂加氏の方へ向つていつた。

「さうだよ。」

茂加氏の返事を藤代氏は「ふうーん」と感心する如くきゝとつた。それから莊の方へ、

「莊君、鷲見氏は元氣ですか。」

ときくので、

「えゝ、」

莊は何だか云へない氣持で全部を肯定した。

「中宮寺のは面白かつたといつてゐた、と傳へておいて下さい。」

「あれは――」と荘は云ひかけて、「はい」といつた。

「鷲見さんはこちらへ長らくこないですね。」

茂加氏が荘の方へ云つた。

「今度もお誘ひしたのですが、來ると云はなかつたのです。」

荘はさう云ふと何だか重荷が輕くなつたやうな氣がした。

慶州から京城へ立ちよつてそれから荘は平壤へ行つた。鷲見氏のことも忘れるともなく思ひ出さなかつた。平壤では道廳から出してくれた車で樂浪へ行つたり、二日ほど費して平南の壁繪のある古墳のすべてを廻つてきた。鷲見氏の宅へは浮石寺へ行けなかつたと書いたハガキと、平壤で發見された樂浪時代の衣籠の人物繪の寫眞とを別々に發送した。「歸つたら色々の報告をします。」荘はそんな文句をその中へきつと書いておいた。

荘が半島の旅から歸つてきたのは八月の中旬だつた。下關から大阪までの汽車の退屈な時間中、荘は奈良へ歸つたら、お寺の方へさきにゆくか、宅の方へ先にゆくか、そんなひとり賭を始めてゐた。

ところが奈良へ歸つて荘の第一に聞いたのは鷲見氏がなくなつたことであつた。荘にとつては考へられる範圍を超越した意外事だつた。

「新聞にも出てゐたのですよ。」

泊つてゐる家の家人はそんなことを云つた。

「知らん。」

荘はぼんやりしてしまつた。

歸つてきたのが夜の十一時過ぎなので翌朝鷲見家をたづねることにした。

寢床へ入つてから、始めて車中で一人で作つてゐた賭が全く適中してゐたことに氣がついた。荘は眼が冴えて、二日ぶつとほしの汽車と汽船の旅の疲れにもかゝはらず、二三時間うつうつしただけだつた。

## 五

次の日の早朝、荘は鷲見氏の家を訪ねた。行きなれた道なので、未だにどつかで鷲見氏にぶつかりさうな氣が本當にするのだつた。

はつきりした豫備知識は何もなかつた。

「今度は大へんなことが出來まして。」

比佐子夫人は荘を見るとまづそれだけを云つた。思つてゐたよりもとり亂してゐないのが荘を氣樂にさせた。荘はたゞそんなことを考へながら默つてゐた。

なくなつたのが七月十七日、丁度荘は海を渡つて梵魚寺や通度寺を見て、東萊といふ内地人の溫泉場で泊つてゐた日だつた。

「十二日の日何氣なく歸つてきたのですが、その夜から大へん熱が出て、驚いてこちらの醫者に見せると、暑さのさはりぐらゐで、大したこともないでせうと云つてゐたのです。ところが十五日になつて始めて急性な腦膜炎らしいとその醫者が申すのです。その時はもう大方意識も不明瞭で、枕もとにある書物をだきしめたり、帯の間へさしこんだりされるのです。え、死ぬまで書物を讀むのだと申して枕邊へ竝べさせておかれましたの。」

　そんな話を始め出すとやはり比佐子はおろおろしくなつてゐた。

「それで十六日ですが、醫者が午近くきてくれたのです。そして私を呼んでお氣の毒です、と申すのでせう。國へ電報したり、知人たちへもお知せしたりしたんですが、あなただけはどこにをられるのかもわからないし、お知らせのしやうもなかつたのです。そんなになつてもなほあの本をもつてこいとか、他の本だとか、正氣の時はそんなことばかり申すのでせう。それから又煙草だ、煙草だよ、といつて、そんなことばかり考へてゐるやうにのべつなしにいふのですわ。醫者は始めから吸はせてはならないと申されてゐましたし、私にはもうこれで駄目だとあらかたあきらめてゐたのですが、それがどうした奇蹟で助かることがないとも考へたうございません。そんな氣がすると助かる人がそれで、と思つたりして、たうとうしまひまで吸はせなかつたのです……」

といつて比佐子は新しい鷲見氏の佛檀を眺めながらつぶやいた。

「……あんなになられるんなら、もつと吸はせてあげるんだつたのに。」

　鷲見氏の佛檀は新佛のために、氏の生前用ひてゐた經机に白布をかけて作つてあつて、中央に大きく寫した中宮寺觀音を飾り、その前に氏の半身の寫眞を立てゝある。さつき禮拜したときに莊は氣づかなかつたが、莊など名前も知らない外國製の煙草が何種も供へてあつて、今改めてそれを見ると極めて異常な氣さへした。

「結婚してから五年と八月ですの。」

比佐子は佛壇の方をみつめてゐる莊にそんなことを云つた。莊を意にせずに一人長々と喋つてゐるのがたゞ一つの慰めらしかつた。

「初から申上ますと、これは十五日の晩でしたが、その夜は變なことばかりおつしやつて、それで私は初めて心配になつたのですが。——かうしてこの部屋に寢んでゐたのです。すると、雨が降つてるよ、比佐ていふのです。障子は空けはなしてゐましたし、いゝ月夜だつたのですよ。私はぞつとなつてしまひました。何いつていらつしやるのです。こんないゝお天氣、御らんなさいよ。ね、莊さん、さういつたのですよ。さうすると默つてしまつたのですが、しばらくして、籔の中で雨が降つてゐるのは寂しいといふ話をしようとしたのだよ、といつてからから笑はれるのです。」

比佐子はふつとことばを切つた。

莊はそんな光景がわかる氣がした。暗い山峽の闇の道のずつと遠方で村の火が光つてゐるのを見てゐるやうな、たまらない身につまる氣持が何故ともなく起つた。

「はあ」

呆としてそんな返事を初めてした。比佐子はそんなことにかまはずに又續きを話しだした。

「それから又しばらくすると書物を懷や帶の間へ入れだしたのですが、ハトポツポがお馬でくる——なんていはれるんです。莊さん、お察し下さい。あんな氣持、せつぱつまつてゐて、もがきもできない氣持、おもひ出しても嫌でございますよ。」

比佐子はこゝまでいふと又呼吸をつぐやうに、

「どうも失禮しました。勝手なことばかり喋つてゐまして。」

と、莊の空になつた茶碗にお茶を入れた。

「……それから、その晩はたうとう一夜中醫者を迎へたり、氷を割つたりしてゐて、一睡もしませんでした。河西さんがをりよく歸つて來られてお泊りできて下さつたのです。それからKさんやYさんなんか、皆さんにあんなにお葬ひのお世話までかけるなんて、思つたこともなかつたのですが……。」

といつてふとふしめで莊の方を見る比佐子を漠とした背景の遠景の樣に莊は感じた。

「……それから明けて十六日は話したやうにすぎて十七日のあけ方まで同じやうなことが續いてゐたのです。丁度あけ方でしたが、ふと眼をさまして、比佐、比佐、と私を呼ばれるのです。皆さんも居て下さつたのですが、私に床の中へ入れといはれます。もうそのときは覺悟してゐましたので、申されるとほりにしました。すると、いま極樂へいつたら比佐がゐたよ。花が咲いて、音樂があつた。……もう私は恥しいことなんかわすれて、しつかりして下さいよ、しつかりして下さい、とばかりいつてゐたのです。」

夫人は唾をのんですぐつづきをつゞけた。

「……十七日には今日こそ駄目だと醫者は歸つてしまつたのですが、夜になつても半ば意識を錯亂したまゝ、とりとめないことをしやべつてゐられたのです。その時は、莊、莊、い。なんて何んのことかわからなかつたのですが。」

ちよつと比佐子は話をとぎつた。

「僕にはよくわかつてゐます。」

莊ははじめて返事らしいことをいつた。莊は鷲見氏の空間などといつたことばをはつきり正當なことだと思つた。それは鷲見氏がこの頃考へてゐる問題だつた。莊は途方もないものにつきあたつた氣だけ殘つた。

「莊さん、他の方のことは少しも云はないであなたのことばかりいふのですよ。え〻、山本さんのことも少しも申しませんでした。本當にきれいですわね。死ぬ人の心を思ひ出すと私恥しくてならなくなるのです。」

比佐子はいくらか昂奮しながら、そんなことをわざと云つた。

「……で十七日の夜になつたんでせう。朝から駄目だといはれてゐたところですから、その頃になるとこれでも何かの不思議でと思つて、私は一心に佛さまをお祈りをしてゐたのですよ。それが九時過からたうとうものさへ云はなくなつて、いやにしーんとしてしまつて、これならうはごとでも喋つてくれる方が氣丈夫だのにと思はれるのでした。それから無氣味に一時間程して、その頃ではもう吐くいきの音がぜいぜいしてもうじつとしてゐるよりしかたなく思ふのでした。丁度十時半でした。喉をごろごろとされたと思ふとそれが最後でした。」

さう語り終つてから比佐子は立ちあがつてこれが死顔だと、近所に住んでゐる洋畫家のA氏のかいたエツチングをとり出してきた。荘は靜かに眼をおとした。

「思ひ出すとあつけないものでございますのね。そんなわけで何の遺言もなかつたのです。」

と夫人は體をな、めにして足の小指ををりまげたが、もう一度、

「何の遺言もなしに、私全くつきはなされてしまつたやうです」

としんみり云つた。

荘は極めて自然に、考へてはならぬ不純なことがらを、比佐子夫人の氣持に立ち入つて考へてゐるのに氣づいた。それ故默つたま、頭をさげて死顔のエツチングをぼんやりと眺めまはしてゐた。

「國から、あれの兄がきて、ともかく多加志の方の教育はひきうけてくれると申すのですが、私は一人きりで今後どうしてゆくのか、すべてなりゆきのやうな氣がしてならないのです。もう一月もたつのだから、と母などもい、程に悲しんでゐても、反つて自分の體まで惡くしてみなさい、なんかと申すんですが、今ではこれでもいくらか落ついてゐるのですよ。」

比佐子はかなりとりとめなくくどいた。

「女親なんか男の子は馬鹿にせぬでせうかね。」

荘は何と返事してい、のかやはり知らなかつた。そんなこともありません、などといふ

場合でもないやうに思つた。さうするうちに荘はこんな事例はもつと廣く社會的に次の時代へわたつている問題だと氣づいた。遺子となつた次のゼネレーションの教育の問題だつた。こんなことがらはいくらも世の中にある慘酷な事實だつた。

「もつと勉強して立派に育て、ゆかうとたまらなく思ふのです。」

荘は何かしら固いもの、音をぢかにうけるやうな氣がした。

「本當にその通りです。……と思ひます。」

と力強く肯定した。

「え、。全くそんな決心をしたりするんですが……。どうかあの子とそれから私を助けて下さいませ、本當にお願ひするのです。」

比佐子は熱のある口調でしつこく云ふのだつた。

「十年すれば、僕も四十近くなるんですからね。」

ふと荘はそんなことを云つた。

荘は勿論獨身だつた。

「さうですわね。多加志が中學校へ入る頃にですとね。どうぞお願ひ申し上げますの。」

比佐子はそんなふうな理解のしかたを示した。

「それは。出來るだけのことは……」

といひながら荘は後を默つた。

「時々醫者さへもつと早く氣づいてくれたらなどと思ふのです。漸く後で春の時からいけなかつたと感づいたのです。私だつて不注意でしたが――。でもよくなつてもあの病氣は癡呆症とか白癡とかになるのですつてね。母など人をうらむものでないと申すのですが、本當にそんな未練ばかりのこるのです。」

比佐子はさういひながらお線香をたてかへに立つた。荘は無理にお芝居らしいことをするのを全く止めたかつたので、それをじつと見てゐた。座につくと比佐子はまた、

「今日は十五日でございますわね。明後日が丁度一月ですから、是非一緒に御墓參りをして下さいませ。暑くてお困りでせうが、大へんな田舍道ですし。」

と氣の毒さうに云ふが、荘もぜひ墓參はしたいと思つてゐたから、丁度よからうと、

「えゝ、それは僕の方からもぜひお供させて戴くつもりです。」

と云つた。

そんなうちに比佐子は思ひ出したやうに、

「御旅行中からいたゞいた御葉書のすべてはこゝへおそなへしておいたのですよ。少しも御存知ないと思ふと見る度にたまらなくなつてしまつたのです。おや、先日までお供へしてあつたのに――。」

ちよつとあたりを見まわした。それから、

「丸善からきてゐたフランス語の本が、ペリオの圖録らしいのですが、お金を拂つてないので送りかへさうと思ふのです。いつかきて探して下さいませ。」

と全然別のことを思ひ出したやうにいつた。

そんな用件なら比佐子でもできるのに、と莊はずつと感情的な方面から侮辱されてゐるやうに思つた。

「いつですか。」

莊は無表情にいつた。

「いつでも、お暇な日に。夫がなくなるといろんなことに氣を使はねばなりませんし、あなたならいくらきていたゞいてもい丶と思ふのですが。」

比佐子はちよつと敏感な反應を示していつた。莊は始めから夫人のことばのうらを惡くゐぐつてゐたので、そんなことをいはれると、僕はいくらきてもい丶のです。——と思つたがさすがにいはなかつた。それで、

「山本さんにはお知らせになつたのですか。」

と率直に尋ねた。

「それです、山本さんの方へまだお便りしてないのです。御病氣中だときいてゐましたので、御遠慮してあなたと御相談しようと思つてゐたのですよ。」

莊の顏をのぞきこむやうにした。

「やつぱりお知らせした方が……。」

「さうですね。」

莊は曖昧な返事をした。

こんな話ばかり二時間近くも莊はきかされて漸く歸つた。

莊はたまらない死のあとのあくどい感情と寂寞さの交錯をことごとく見てきたやうな焦しさを感じた。それからその半ばで遺兒の切實な問題を、自身にも考へさせられてゐた。

六

一日おいて約束しておいた墓參の日、莊はやはり起きがけに比佐子の家へ行つた。多加志は田舍からきた祖母と家で遊ばせておいて、比佐子は莊と二人で近在の墓地へゆくことにした。

市内でお花屋へ立ち寄つて、花をもつて行かうと思つた。

「先生は美しい花の方がいゝ。」

莊はさう云ひながら西洋花の大きい花瓣の花を集め込んだ。

比佐子の方は、

「やはり新佛の嬉ぶもの、方が……」

としきみのやうなものを、花屋にたづねて古式通りに揃へさせてゐた。

市内から出てゐる電車の初めの停車場へ二人は降りた。それから十數町の道があつた。田圃道へくると竝んで歩けぬので、二人は前後になつた。夏の道は午前中から既に暑かつた。稻はもうかなり大きくなつて、今年は水も餘分にあるらしく用水溝にはめだかゞ列をなして走つてゐた。樋のある畷から鐵氣のために褐色をした水がぽたぽたとおちてゐて、青豆の白い花が大方散つたばかりで、いくらかたわれた枝がその上からしわれてゐた。道はゆく先々までむつと夏草のむすやうな匂がたちこめてゐる。その道は大きい用水池の傍を通つて、自《おのづか》ら登りになつてゐた。二人は大半默つて歩いていつた。

墓地の入口で井戸の水を汲むと、比佐子はまづ花をいけて、新しい塔婆とお花に水を注いでから、土まんぢゆうのまはりにも水をまいた。莊もその通りのことをして默禱した。二人とも汗をびつしよりかいてゐた。

お墓にはお盆の色々のおそなへの他に、鷲見氏が生前使つてゐた彌生式《やよひしき》の土器の灰皿もおいてあつて、それには火をつけたまゝで消えたバツトがのせてあつた。莊は何とも云ひやうもない比佐子の女らしい心を感じた。莊もポケツトから新しいバツトの箱を出すと、その一本に火をつけて、同じ樣にその上へのせた。比佐子は眼を遠方の山連の方へそむけてゐた。新刊の學藝雜誌が二三册そのまはりに竝べてあつた。

「鷲見がなくなつてからきたものばかりです。」

と、比佐子はその一册をとりあげた。それには鷲見氏の最後の論文が出てゐた。

「これですか。」

莊はそれをうけてとつて見た。册子はいくらか褪色して日のためにそつてゐたが、砂がばらばらと落ちた。めくつてゐると白い紙の反射がくらくらとする。ずつとそれを見ながら莊は鷲見氏がその論文をまとめてゐる姿を想像するのであつた。あの健康と頭との狀態で——大して長くない論文の一つを見ながら、鷲見氏が苦闘してゐる蒼茫とした凄慘の世界をしばらく感じた。

歸りの道は他の方にとつた。

「初めは火葬にすることに反對したのですが、かうして埋めてもらふと今でも鶯見がありありゐるやうな氣がしたり、比佐、比佐子と呼ばれる聲をきいてゐる氣味が耳のそばで感じられまして、反つて一思ひに燒く方が思ひ殘りがなかつてい丶と思うたりするのです。」

比佐子はゆつくり歩きながらそんな話をした。莊は沈默してゐた。二人は默つたま丶で歩いてゐた。と莊には比佐子の氣持を分析してゐるやうに思はれた。

ふと莊はたまらなくなつて、

「奥さんは先生の最近の樣子に氣づいてをられましたか。」

そんなことを云つてしまつた。

「え丶？」

比佐子はどきつとするやうにふりかへつた。これは比佐子をとらへていふには明らかに下手な話ぶりだつた。

「僕がきてからのことを云へば、先生の考へ方は餘りに天才的すぎましたから。」

と莊はなるべく漠然としたことばでつけ加へて、

「なんでもない話ですよ。」

とごまかしてしまはうとした。

「あの病氣はよくなつても癡呆症になるのですつてね。だから母なんかさういつてなぐさめるのですが、でもそんな功利的な考へ方がどうしても私には出來ぬのです。」

比佐子も別のことをいつた。荘にはそれがわかるやうな氣がした。すると二人だけは大たい似たやうな祕密の氣持をもつてゐるやうな力強さを感じた。

荘は――自分は鷲見氏の狀態にきづいてゐながら、それをわざと云はうとしなかつたのでなからうか、そんなことを考へた。鷲見氏の着眼が途方もない發展に到着するまで、つまりそれは精神的な斷末魔だつたが、そんなことはない、けれど無意識の中の深いこんたんを無理に考へると怖ろしい不安がした。しかしそれは夫人の比佐子の場合よりもなほ許されるもの、感だけ荘の中に殘つた。比佐子はもつと惡い。眞僞は知らない、がそんな氣がした。

「先日伊澤先生のところへ行つたのです。どつかへ就職のお口をきいていたゞかうと思ひましたので……」

と比佐子はためらひ勝ちに、思ひ切るふうの口調でいつた。伊澤といふのは女高師の教授で比佐子の恩師だつたが、鷲見氏とはことごとに反對の說をとつてゐた。鷲見氏が轉任と同時に退職したことについては、一方では氏の一身上の理由もあつたが、世間的に噂されてゐるところでは古參の伊澤氏と相ひ合はないためだとなつてゐた。比佐子がその事情を知らぬ筈はなかつた。

「伊澤さんに?……」

荘は一應さう云はねばならなかつた。

「え丶、鷲見がをつたら、と、くやしくてならなかつたのですが、多加志のことを考へるとそれより他仕方がございませんから。」

と云ひながら、

「後で人からきいたのですが、伊澤先生は私にも内密で鷲見のお墓へ參つて下さつたさうです。」

つけ加へて、自分を慰めるやうなことを云つた。

いつか二人はさつきの池の道を反對の側へ出てゐた。右手に廣い桐畑が傾斜をして展けてゐた。

「鷲見はこの桐畑がそれは大好きで、桐の花の咲く頃にはいつも度々來たのですが……」

比佐子はそんなことを一人ごとのやうに云つた。

「莊さんもこの池の水をひいたときのこと御存知でせう。私が學校を出た年で、鷲見と山本さんと三人でこ丶へ土器をさがしがてらピクニツクにきたのです。あの時は桐の花が咲いてゐましたわ。」

「八年程まへですね。」

莊はそんなことを口に出してから、云はなければよかつたと思つた。

「先生の桐畑の繪はまだあるんですか。」

と莊はむりに話を轉じた。

「それがね、Aさんも先日おつしやつてゐたのですが、いくらさがしても見つからないのですよ。荘さんはよく覺えてゐられますね。」

荘は比佐子の愛着の氣持を感じたので、

「あれは先生の意志のまゝの繪でしたから。」

そんなことを無反省に喋つた。

「桐畑の……」

ふと比佐子はいひ出して止めてしまつた。

「伊澤先生の方はうまくいつたのですか。」

荘はたうとうそんなことまで聞いた。

「えゝ、それがはつきりあてになりませんので……」

比佐子は當惑の表情を見せた。荘は比佐子のすがりついてくるやうな感情の姿態を全くはつきり感じた。

「荘さん、本當にいゝ方法がないものでせうか。」

比佐子は無理に荘を困らせてしまつた。荘はしばらく後になつた桐畑の方を眺めながら立止つて沈默した。

それから、

「山本さんが歸つてくれば――九州の大學の助教授になるといふぢやありませんか。さうしたらまた何とか……」

と云ひかけて、又つまらぬことを云つてしまつたと、比佐子の氣持をはつきりとらへてゐるやうな氣がして、ふつと默つてしまつた。

（一九三一・一一・二八）

# 叔母たち

Du sollst deine heiligen Stunde heilig halten !

## 一

二人の叔父たちがつぎつぎになくなる頃から、僕は叔母たちと粗遠になつた。一人の叔母は夫の任地をひきあげて奈良の郊外へ住むまへに、うちの家へ立ちよつて行つた。それはひどい風の吹く日であつた。

「もう春と申しますのに……」

そんなあいさつをうちの母親としてゐたことを覺えてゐる。何かしら冷いことばが多かつたやうな氣がする。この叔父の家といふのはうちの古い異姓の分家だつたが、叔父の前の代に後がなくなつて父の弟がその家をついでゐた。かなり富裕な方だつたので、奈良の家といふのももともと別宅のつもりでたてゝおいたものらしい。それが叔父が急になくなると、奈良の古い匂ひの好きな叔母がこゝへ住むことゝしたのだといふ話だつた。その叔母の夫は死ぬ時まで北九州のある電力會社の技師をしてゐた。

「あんな型の人とは、うちのお父さんは合はないのですよ。けれど氣さくでいゝ方でせう。」うちの母親は僕にこの叔母のことをそんなふうにいつた。それからこんなにつけ加へた。

「あんたなんか、あした風の人の方がすきでせう。」

その日は主に父とこみいつた話をしてゐたらしい。叔母が歸るとき僕らは一緒に飯をくつた。

「一どいらつしやいね。」

こんなことばを僕にのこしていつた。

「あの叔母さんはいくつ位なの。」

後で僕は母親に尋ねた。その叔母の黑つぽい衣服が、むしろ花やかな若さによみがへらせてゐて、人がらにそぐはしい良い好みだつた。

「あの方なんかずつとお若いですよ。」

この時が一人の叔母と僕とがはつきりと知つた初めだつた。それまでも時をりに故里へ歸つてくることもあつたが、今までは別に親しい交渉も感じてゐなかつたのである。きざな云ひ方をしたら、喪服につゝまれてゐる女の昔の花やかさを、ひそかにさぐり出すやうなことがらを聯想の中で考へてみた。

久しい間ほりはなしてあつた叔父の別宅が手入れされたのは叔母が歸つてからであつた。その間叔母たちの家族は公園の中にある贅澤な旅館に泊つてゐた。そんなことはうちの父にしてはずゐ分不服だつたらしく、叔母がいよいよひきうつつてからも、何度か招待をうけても出て行かうとしなかつた。そのうちに叔母の方から、うちの山にある石をくれるやうにいつてきた。

「あの人の好きなやうにさせたらいゝ。」

父親はそんなことを云ひつゝ、無駄な費用をかけて庭石を運ぶのをたゞ傍観してゐた。その後にも何ども遊びにくるやうにいつてきてゐた。それが度重なるとたまりかねて、母親が父をときたてたさうだが、父はやはり家でぶらぶらしながら出て行かうとしなかつた。そんなわけでまだ休で家で遊んでゐた僕が出てゆくことに母親はきめてしまつた。どうして母親が行かないのかわからないが、その時は僕はたゞ、家のお義理をはたしにゆくやうな従順な氣持だつた。

二

五月になつてゐて、もう藤の花の咲く頃であつた。

叔母はその家の手入れをすつかり、自分でさしづした話をこまかに僕にかたつたりした。知的な話のえりこのみが、初めて家で話した頃から僕に好感をいだかせた。叔母の好みでつくらせたといふ庭を何ども自慢してゐた。それは理窟でおしつめたやうで、どこかに間のぬけたところをもつてゐた。

「源氏物語にお庭のことが書いてあるでせう。」

と、なかなか大層なことを知つてゐると思ふやうなことも話した。ところがそんなことを話しながら、

「いまのこと皆こゝに書いてあるんですよ。」

と、古い「國華」を出して見せた。僕らは聲を立て、笑つてしまつた。

「この一部をもつてきたつてわけですね。」

「手ぎはいゝでせう。」

「それで間がぬけてゐると思つた。」

「お口のわるい方ね。」

それでもこんな古い「國華」をもつてゐることが、僕をよろこばせてしまつた。

午後から僕と叔母は、こゝの小さい女の子をつれて公園へ散歩に出て行つた。淺茅ケ原の奥の方を歩いてゐた。自然生の藤が川をまたげて、檜や松の枝へまきつきながら、晩さきの蕾を半ば開いてゐた。かうした野生の藤は美しかつた。僕は萬葉集をよんだことがあつたので、その中へ出てくる歌も自然思ひ出した。あの頃の奈良の都の季節を思ひ出したのも、こんな藤の花だつただらうと思つたので、

「かうして咲いてゐると藤の花もずゐ分美しいものですね。」

と叔母が感心するやうに云ふと、

「花が咲くといつたことは大體季節の聯想ですから――。」

など、云ひながら、僕もその場の氣分で少なからず嫌味なことを自然に喋つてみた。

「たゞ表面どの花がいつ咲くと知つてゐるだけでは駄目ですね。やはり一つの雰圍氣の中の存在ですから。」

それから松の雄花が咲く、といつた季節の情景をつくつてみた。

「いはなしの花を知つてゐますか。」

僕はさきの話をつゞけた。

「いはなし？」

「いはなし、山の杉の木の影に咲いて、甘い實がとれるのです。僕ら子供の時分よくとりにいつたのだが。それから山の監守にたのんでとつてもらつたりしたのですがね。」

するとと叔母はもう一度、いはなし、と云ひながら、

「あせびもついこの間迄さいてゐたのですが」

と云つた。

「あれは美しい花でもないのに、何かしら氣持にくつついてくるんですね。」

「あなたもお好き。」

僕はそんな氣持をよぎるものが何であるか、はつきり見きはめたやうな幻想をふと感じた。そんなものが外國の言葉でいふ青春《ユーゲント》といふ抒情詩的なものだらうと思つたのである。ところがこんな話をしてゐると、物おぼえてから數度あつたきりの人が、古い友人のやうな氣がしてくるので大へん不思議な氣がしてしまつた。それも青春《ユーゲント》といふことばの極めて少さい魔術だらうと思つた。といふのは、この言葉を初めて美しく使つた外國人は、世の中のことがすべて現象の背後の方にある魔術で動かされてゐる、といふやうなことをやはり考へてゐたし、僕もそんなことを無意識に考へ出してゐたのかもしれない。

僕らはかなり歩き疲れてしまつた。汗を感じる位に五月の午後の日は暑い。もう一度叔

母の家へ立ち寄つた。座敷へ上ると、叔母は女中に水をいひつけてゐた。あとで氣づくと僕はその時の叔母のことばを眞似の出來る位にまではつきりきいてゐたのだつた。部屋へねころびながら寫眞のアルバムを退屈にながめたりしてゐた。それを又僕らは一枚づゝ批評するのであつた。

「これは英語の先生の顏ですつて、皆が笑ひますの。」

「これは？」

「何にみえます。」

こんな下らぬことしか言はなかつた。

「この人どう？」

といふのはわざと挾んでおいた樣な寫眞だつた。そんなことを氣づかせるやうな下手な技巧だと僕は思つた。

「誰ですの。」

誰とも言はなかつた。

「もつとおとなしく寫した方がいゝのに。ずゐ分お轉婆らしくて。」

そんなことを叔母は一人ごとのやうにいつた。僕は默つて笑つてゐた。

歸るときに、叔母は上京するまでにきつと立寄つてくれるやうにと、何度も言つてゐた。ところが上京する迄にも、上京の途次にも、僕は奈良へ行かなかつた。何も深い理由からでなく、立寄つてもいゝやうにも思つたりしてゐた。

東京の住居へおちついてから、早速手紙だけ出しておいた。すると直ぐに返事がきた。出發する汽車でも知らせてくれたら、大阪位迄なら出かけてゆくのに、そんなことが書いてあつた。それから時々奈良から出てゐる美術の雜誌や、寫眞集を送つてきた。僕の趣味に合ふやうに何ごとによらず書いてあつた。それは僕を微笑させた。一種の商賣風なクンストを見つけられるやうな氣のすることもあつた。

その學期に又一人の叔父がなくなつた。大へん急な病氣らしく知らせてくるとすぐに死亡の通知がきた。わざと歸らないやうに記してあつたので僕は歸らなかつた。その後母から手紙がきて、奈良の叔母がこの叔母にむかつて一緒の家へ住まうと言つてきかなかつたさうだ、とかいてあつた。子供のやうなお人——そんなことを長々しく書いて母親はこんな批評をしてゐた。

この後の方の叔母は醫科大學で助手をしてゐる息子と一緒に住むために、京都と伏見の中間にある田舍へ行つて歸つてこなかつた。このことは奈良の叔母が知らせてきた。けれどその手紙には叔母が、その叔母と一緒に住まうといひ出したことなど何も書いてなかつた。

三

夏の休の間僕は奈良の叔母の家へ長い間滯在してゐた。今度女高師の附屬女學校の入學試驗を受ける叔母の子の勉强を見てくれといふのが、叔母が僕に言ひ出した口實であつた。

家を出てくる時母親は僕にこんなことを言つた。「さう、叔母さんもさびしがつてゐられるからゆつくりして來……」何かの用事で親類へゆくとなると、きつと子供じみた注意をくどくどせねば氣の濟まぬ母の言葉としては例にないことだつた。

僕にしても自分の研究の性質上奈良へ行つてる方が都合よかつた。僕はこの國の古い藝術の形態觀がどうして發展して行つたか、といつた問題をテーマにしてゐた。

「親の方が心配です。子供はいたつてのんきですねえ。」

叔母はそんなことをいひつゝ、反つて子供よりのんきだつた。僕も少しも試驗の勉強を見てやるやうなことはしなかつた。子供は一心に少女小說をよんでゐたし、僕はたゞ古いお寺へ行つては昔の作品の數々に感心をくりかへすか、夕方の町を步いては少女小說をねだられてゐた。

僕が行つてから數日すると、叔母の妹といふのがやつてきた。和歌山に住んでゐて、この春土地の學校を出ると、東京のある學園へ入つてゐた。くるまへから叔母は何ども喋つてゐた。どうしてそんな變な學校へ入つたのだといふと、

「兄さんがクリスチヤンだから、クリスチヤンのやつてゐる學校だからといふだけの理由で信用したんでせう。」

といつた。叔母の家は古い家だといふ話だが、兄が眼科の醫者で、以前洋行して歸つてからキリスト教にかはつたさうである。ところが僕は九州の叔母に妹のあること、その妹が醫科大學にゐる從兄と結婚するらしいといつた話を母親からきいてゐたことがあつた。

僕には初めてあふ人であるが、どつかで見覺のあるやうに思つた。春叔母の家で見せられた寫眞の主を思ひ出したのはその後だつた。

それから數日すると京都の從兄がやつてきた。かうして一時にそろふと變な工合だつた。何かしめし合せてゐるやうでもあるし、それに叔母は何べんも偶然の集りをくりかへして云つた。從兄の方は時々きたらしかつた。叔母の妹とも初めて合ふのでないらしかつた。少し不思議な氣がしたが、僕は從兄の口からそのまへの夏に叔母の妹をつれて日本アルプスの方を歩いた話を初めてきいた。この話がわかつてから、眼だつて叔母の妹の樣子が變つてしまつたので面白かつた。何も從兄に別な行爲や感情を示すのでもないが、今までしとやかさをよそほうてゐた姿態が、まつたくなくなつたわけである。從兄は二三日ゐると休暇も長くないとかで歸つてしまつた。僕はずつと以前に母などが話してゐたことを何氣なく思ひ出してゐた。

「年夫さんはおばあさまには一番うけがいゝのですよ。」

叔母はそんなことを云つた。年夫といふのがその從兄の名だつた。

「……だけれど、わたしには奥のある人のやうな氣がするのです。」

とつけ加へた。

「僕もあいつより、弟の方が素直で好きです。」

僕はそんなことを云つた。

「あんたは氣むづかしいのですつて。けれど氣むづかしいといふのは尊敬されてゐるのですよ。」

「同じ病氣の人々の氣持、といふところですね。」

叔母は笑つてゐた。

ところが從兄が京都へ歸ると、從兄と京都の叔母の二人から手紙がきた。京都へこいといふ文面だつた。京都へも行けば用事のある僕だつたので、寺を見るために二三日中に行かうと思つてゐた。同じ内容の手紙が叔母あてにもきてゐたらしい。

「京都へ行くの……」

「えゝ、少し調べものもあるし、行かないと年夫君に叱られますしね。」

「京都の叔母さんもまつてゐられるでせうね。」

「電話をかけてほしいな。」

「また、お湯をわかせて待つてゐて下さい――いつもの手ですね。」

支度を濟ますと、

「私の妹つれていつて下さらない。おいや？」

と叔母がいつた。

「さあうるさいなあ。」

「今のは冗談ですよ。年夫さんのことなんか云ふからですよ。けれどお歸りになるまで博物館でも見せておきますから――。」

そして僕は京都へ行つた。京都の叔母は叔父のなくなつてからの話を、こまごまと地味に話した。

「奈良の叔母さんとはわたしなんかお話がすつかりちがひませう。」

それは本當だつた。僕はこんな叔母のため暑い日にお寺へ參りお墓へ花をさしてきた。

京都からの歸りには僕はもう一度奈良へ立ちよらなかつた。奈良へおいてきた二三の荷物を叔母は送つてきて、まちぼけさせた二人の不足を長々と書いてきた。しかもその手紙の半分位は自分の妹のことで埋めてあつた。

## 四

秋の學期始めの方から身體をわるくしてゐた祖母が、いよいよだめらしいといふ手紙が國の父からきたのは十一月の中頃だつた。今度はどうしてもいけないらしい、出來るだけ早く歸つてくるやうに、さう云つてきた。十二月になると數回急なたよりがあつた。十二月中ばに僕は東京を發つた。

家では、叔父や叔母たちは大てい歸つてゐるらしい。まづ上へ上つて臺所で父と話をしてゐると、奈良の叔母が奥から出てきた。「歸つてきなさつたの、もう皆お歸りですよ。」といつた。それが久しぶりだつたので大へん僕にはうれしいやうな氣がした。

「いつからおこし？」

ときくと、

「もう五日め。」

といつた。

「大へんでせう。」

「え丶、全く獻身的ですわ。」

そんなことをつけつけ僕にも云ふ。

祖母は大方昏睡狀態に近かつた。一晩中ねずに皆が起きてゐねばならなかつた。呼吸さへときどきとまつて、もう水を飮む氣力もない。靜かに苦しみの表情を示す力もなく橫つてゐた。赤兒のやうに小さくなつてゐるのが奇怪な現象だと思つた。脈搏さへ時々とまることがあつた。その度に僕らは慌て丶、少しはなれた別室にゐる近親の人々を呼びに何回も走つた。

こんなになつてもなかなか死にさうになかつた。午後七時頃からそんな狀態が續いてゐた。もう皆の樣子は呼吸をひくのを今か今かと待つてゐるやうにさへ見える。もうでせうかね、そんなことを皆の顏の表情が語つてゐるやうな氣がした。その時がくるに決つてゐるから、こ丶ではそれを希望するともなくまつてゐるより他の、何の心の用意もなかつた。

「あんたが歸つたときから丁度意識を全然なくされたのですよ。」

「い丶ときにお歸りになりました。」

そんな話をしながら、皆は又ぞろ大きくなつた僕を改めて喋りだしてゐた。

「ひき潮はまだですからね。」

そんなことを村の老人の女が云つた。人の死にまで潮の干滿が關係のあることを僕は初めて知つた。生れる時からすべての女の人の體を生涯に亙つて支配してきた、大きいもの、定めの力が、こんな骨と皮だけに痩せ細つて、嬰兒のやうに小さくなつた死の老人の上にもなほのつかつてゐるのが、すさまじい神祕觀だつた。

「生れるときはどんなにか苦しいものだときいてゐたから、死ぬ時の苦しさも、どちらも自分にはわからぬだけで、云ふに云はれぬものだらうと、お家《いへ》さまはいつもおつしやつておいででした……。」

それからつけ加へた。

「まあお靜かなお顏でございます。結構なお方でございます。」

皆は默つてこの老婆の眞實のせまつた崇高な演技を眺めてゐた。

僕だけは六時近くなつて離れの寢床へ入つた。夜汽車で歸つてきた疲れより、皆がお休みなさい、と何ども云ふからだつた。

ところがうつうつするかせぬかに、人が忙しく呼びにきた。庭の離れにねてゐたので病室まではかなりの距離があつた。いま丁度呼吸をひいたところだといつた。朝の八時四十分頃だつた。額に手をあてるとさはさはして溫みが少なかつた。村の醫者は一晩ねむらなかつた眼を赤くさせて、病氣の説明をしてゐた。

「君はさういふが俺はどうも信じられないのだ。」はつはつと近親の一人が笑つてゐた。

「お年もお年ですが――。」

醫者は萬全の手段を盡したことを皆に説明してゐるらしかつた。僕も皆のするやうに筆をそこにあつた瓶の中にしたして口に注がうとした。

「それはお神水ですよ。」

まあもつたいない――と母親が僕の手からあわて、筆を奪ひとつた。三輪さまからいたゞいてきて一夜中唇をぬらしてゐたお水は、もう死人にとつてはもつたいないものになつてゐた。

「さつきまで使つてゐたのに、なくなるともう使つたらいけないの。」

一番下の小學校の四年になる妹がそんなことをいつた。

「理窟なんか云つたら叱られるよ。」

「すみません。」甲高い聲を出した。

「ばか」と僕は云ひながら何すともなく座敷の中を歩きまはつてゐた。

皆ほつとしたやうな、それでゐてがつかりした顔をしてゐた。それでも女の人たち、伯叔母や母らは一様に泪をためてゐた。介抱のあとのぐつたりした眼が充血してゐた。奈良の叔母など殊に激しい様だつた。

「他の叔母さんたちは、いつでも寝られるんだが、叔母さんだけは一番苦しいでせう。」

さう云はねばならなかつた。

「……」

「わざと子供を泣かせて添寝するといふ手がありますね。」

「それほどでもありませんが。」

「大丈夫ですか。」

重ねていふと、

「え〻、大丈夫ですよ。」と笑つてゐたが、

「本當は私の體が參つてしまひさうですわ。」

たうとうさう云つた。

「父にお休みになるやうに云はせませうか。」

「かまはないんですよ。」といつてゐたが、僕が他へ行かうとすると、

「これではお通夜がたうてい出來ないですわ。」

「それでは云つておきませうか。」

それ見たこと、と僕は思つた。

「皆がお通夜してゐられるのに寢てもおれませんから。」

「い〻でせう、今のうちに休んでゐたら。」

すると、

「あんたの腹でおつしやつて下さいね。」

と云ふ。わけもない優越を感じた。しかし叔母が大へん嬉んでゐたことは、その後に叔母の兄がきたときに、わざと僕にあいさつをしてくれたことでもわかつた。僕は和歌山の叔母の兄の言葉をその意味だと思つた。

お葬ひといつても八十に近い祖母の葬式であるから別した悲しみといつてはない。極め

て純粋な悲しみだけしかないから、偏ぴな山の方へ嫁いでゐる叔母などは、

「孫のお正月だといひまして、な。」

などと大聲でいつては、父に叱られたりしてゐた。歸つてきた叔父たちにしても、皆年ごろの子供らの始末の相談をするのに絶好の機會だと考へてゐる位のことで、そんなことを反つて目的にしてゐるやうにさへ見えるのである。

## 五

年内に何ケ日かの法事を濟まさねばならぬので大へん忙しい。それでも何かとしたとり込みもあらかた形づき、歸るべき人々が歸つてしまふと、ざわつきの跡のもの味けなさといつたものが、濃厚に起つてむしろ悲しみといつた程のものはこの方に隨伴してくるものであると思はれた。家の中はとりちらかされたまゝで、あれこれした困難がすつかりその中をつゝみこんでゐる。そんな諸々のことのあとで家では歸つて來た近親の人々の批評などをしてゐた。これがきつしよで大方との親類との粗遠さが急に進展したといつた、わづらはしさから放たれるホツとした氣持さへあつた。

「九州の叔母さんがあんな風のことの出來るお人とは思つてゐなかつたのですが……」

母は父にそんなことをいつた。

「やつぱり古い家の方だから。」

母親の論理はいつも簡單だつた。

「九州の叔母さんはあんたを一番信用してゐられる。」

こんどは僕に向つていつた。

「この間も大へんよろこんでゐられたよ。」

「あの事で？」

そんな話をしたことがあつた。

「年夫さんは京都の分家の娘さんと結婚するんですつて。」

「お葬式の間そんな話ばかりしてたのでせう。」

「それは止むを得ませんわ。」

「しかし、それ本當ですか、和歌山の方どうしたんです。」

以前からきいてゐた話だつたのに、とつけたして僕は尋ねた。

「和歌山の？　そんな話あんた知つてゐたの。」

母親は意外な顔をした。

「お母さんがいつたんぢやないの。」

「えゝ。私もそんなふうに一人ぎめに思つてゐたのですが、そんな話何にもなかつたんですつて。」

「そうですか、けれど年夫さんも一人ぎめに決めてたか知れませんからね。」

すると母親はしばらく默つてゐたが、

「京都の叔母さんが、年夫さんもですが、もう決めてしまはれたんださうですよ。」

「京都の叔母さんはむつかしい人だし……。」

母はそんなことをいつた。僕は何も追究してきく興味はなかつた。

「今度のときでもさうでしたのよ。」

「今度のとき？」

「お祖母さんの病氣うち。」

母はその話をしたいやうであつた。

「それが――」

「なくなられた方といつたらいけないだらうが、まあ、そんなわけですから、あんたの好きなやうにするのです。」

「何の話かわからないが――。」

「さう、ね、本當に。」

こんな不明瞭な話を母がしたことがあつた。ところが僕にも大體の氣持がわかつてゐた。母親が僕から云ひ出してほしい氣持も……。それを考へるとをかしくもあつたが、しやしやとしてゐるのが少しは癪にさはつた。そして今まで默つてゐたことが既に不快であつた。僕はこんなことにかゝづらつてゐないで早く東京へ出てこようと思つた。

母親がついにその話をかたつたのは、僕が出發するといひ出したからだつた。なにも今きめておく用はないが、そんなことをくどくどとくり返したのだつた。

「東京で和歌山の時子さんに何ど程あつたことあるの。」

「二三同きりですよ。」

しばらく默つてゐた。

「それだけ。……そして、どうお思ひ？　あの人を。」

「といふと……」

「え丶」

「別に何とも思はないのだが。……自分では好きか嫌ひかもわからないし、そんなことさへ感じない。」

「奈良の叔母さんはさうはおつしやらないのですが――」

「では？」

「あなたの方も、時子さんの方も……」

「馬鹿な、――さうですね、僕或ひは叔母さんは好きかもしれませんがね。」

「冗談なんかよしておきませうよ。」

「京の叔母とかうちのお祖母さんといふのもこの話ですか？」

「あ丶、けれど。」

これだけで母の話は濟んでゐる筈だつた。

「時子さんなど普通よりきれいだし、學校もよく出來るのですがね。」

「家もい丶、といふのでせう。けれど僕にはわからない――。」

「本當に祖母さまも何もおつしやらないのですよ。」

「では京都のが勝手なこと云つたのですか。勝手に嫌味を云つて——。」

「さうでもないのですが。」

「また祖母さんが何といつても、僕は少しもそれに左右されないが。」

「その話はもうい丶のですよ。」

そんなことはありふれたことでもあつた。それから僕はむしろ僕の未練がましい決斷を考へてみた。しかしこれは肝要であつた。

「ところがね、奈良の叔母さんがそつと東京へ調べにきたのですよ。え丶、叔母さんか和歌山か知らないが、友達から知らせてくれたのでわかつてゐるんです。」

「あんたは時子さんのこと氣づいてゐたのでせう。」

「そんなこと位わかります。だから調べにきたこともわかつたのです。友達に恥をかいたことも。」

僕はそれだけ云へばい丶のだつた。

「でも和歌山のにしては。」

「僕のこと和歌山にわからぬといふのでせう。それでは奈良の叔母さんはどうしたのです。」

「こんなことあまり理窟ばるものでありませんよ。」

「それではお母さんも理窟で云はうとせぬ方がい丶。」

「和歌山の兄さんの氣持わかるでせう。」

「しかし僕は馬鹿らしいのです。」

「それは奈良の叔母さんにですか。」

「誰にともなしです。」

「大體時子さんが嫌ひだといふ前提が、あんたにはあるのでないですか。」

僕はそれには答へなかつた。たゞもう數ケ月もほつておいたら、或ひはその女が好きになつて惚れるやうになつたのかもしれないと、ふとそんな氣もした。さう思ふと危険な崖を無事通つてきたやうな感情が殘つた。すると又、このまゝ話をとりつけぬことを、後で失望するかもしれぬとさへ考へた。それからその次には失望することの方に感傷的な美しさを思つた。これだけで僕の答も過ぎてゐた。死ぬきはの肉親にあふために歸つてきた休がもう僕には充分な效用をつくしてゐた。二人の叔父たちの死から、祖母の死まで、そのわるい一年の間の肉身達の世俗の心理の屈折が、すつかり僕の上に集つてゐたやうなことを強く感じてゐた。祖母の死と僕との位置が、何人かの肉親たちの親疎を結合分離する一種のプリズムになつてゐたやうに――。そして或ひは失望するならそれもわるい年の一つの光線の屈折の現象だらうと思つた。多くの肉親たちにあつたと同じやうに――。さらに僕は祖母に直系的な親近を感じた。そして死にぎはの人が、下らぬ世帯心理のために利用されてゐたのが、何とも云へない位に慘酷な氣がした。家を發つまへに、僕は祖母の墓へ參つて祖母のために水仙の黄の花と白の花をたてゝきた。低く頭を下げた瞬間、いつもくれた煙草の罐のことをだけ思ひだしたきりである。

（一九三二・五・七）

# 青空の花

青空の下の花よ……

そんな詩の句をふと考へてゐた。花の上の青空よ……

心の中で一聯の詩になつたとき、いつか僕はなさけない氣持におそはれてしまつた。

五日の旅だのに、もうやりきれない目算にめいりこみ、見えないだけのものに切なくとらへられてゐるらしい。

湖畔の宿の、朝の膳に、一瓶の酒をもらつて、その旅の間の友と、僅かの笑ひをつくらうとしてみる。二つの皿に分けられた、いさだの飴だきを、一つの皿に移して、僕らはそれをつゝきあつてゐた。

昨夜はおそく、やうやくにこの宿をさがしあてたとき、いくらか氣になつてゐたすゝけた障子に、薄い朝の陽がさしこみ、ときどき小鳥のよこぎるかげをうつす。

「今の。」

「雀の影だらう。……だがね。」

そんな尻きれの會話の間に、又雀の影だけが一つ。

いさゝいさだの淡い味が、僕らに別離といふ何か深いものに似た情感を無理やりにしひるのかもしれない。

「さうだな、みんな下らぬことだ。……」

「君はどうする。」

「うん。」

もつれさせた話を、もつれさせることの面白さから、冬のころからもつてきたやうだ。五日はもの、かずでない。まだけふもくれて漸く五日の旅だが。五日で三十里。だらだら坂を登り降りするやうな春の旅である。それでまた、だらだら坂のやうななつかしいもつれだつた。

「本當はね……。」

と一言でいへることだつた。三月に亙つてもつれさせたものを、やはり五日の間ではとけるわけもなし、解くさへも惜しい氣がする。友も僕も高等學校の生徒だつた。しかしあの時代の高等學校の生徒たちを考へてくれたら、暖い野原を、春の陽の、晴れた野原を樂しむやうな、晴やかな日がどこにあつたか。

湖畔といふは、琵琶湖である。

「油障子もわるくはないが。」

「これ。うん。頭ごと食へるのだからな。」

友は最後のいさだの一尾を食つてゐる。かすかに心細い音に心ひかれる。

「清洲へゆきたい。僕はやつぱり名古屋へ廻るから。」

やはりそんなことばが、氣持のなかでたくはへられてゐたやうに、僕の口からふと出る。ほのかに見える春であつた。

船にのつて、疏水を京都の粟田口まで下つたのは、花さく五月、去年のことである。粟田口まで、京都へ、京都まで、僕は船の中でそこらにまちまうけてゐる筈の人たちのことを、それだけを考へてゐた。明るい、花やかな、心まちだつた。芭蕉の句に、

　ゆく春を近江のひとゝ惜しみける

あゝこれと思ひ、近江のひとでなければならないと、むしろ僕のためにだめを押してゐる。このはつきりした言ひ分が、またしてもそんな切實の氣持が、いまさへ、なほさらその頃はわかつてゐた。本當に、花咲く五月。

闇の隧道をくゞつて、船が晝の光りのなかに出ると、ぱつと開かれた明るさに、一時に春が展ける感じだつた。遲い春、逝く春のその一ときに、殘りの春の森羅萬象が浮び出て、奇蹟さへおもつてゐられる季節の開花だつた。

量《かさ》ました水がひたひたと岸にあふれ、雜草の色とりどりの花が、赤や黄や紅や紫や、それが綠に交り、あふれる水に映つてゐた。あれがたんぽゝ、これが薊、あちらに菫、と、あの氣持さへ花のごとくに散らばつた、明るい風景が今の眼のまへにも浮いてくる。

今ならば、

「どちらも來てゐたね。」

「あゝ……さうだ、それで君が間違へてゐた。」

「でもないが……。」

「うん、それでいゝんだ。」

といふかもしれぬ。そしてこの船と人との人工の季節遊びさへ、もうなくなつて今年で五年とか、あるひはもつと月日はたつただらうか。歳月がたてば、明るいものだけが殘される。おそらく一番苦しい時の嘆きさへ、今の僕に見える限りではなつかしい明るさだ。

「誰も靑春を持つてなかつたんだ。」

と、嗤ふやうに、かなしい話をしてゐた。

「それで今さらそれらのありもせぬもの、ありもしなかつたもの、斷片を、あつたもの、やうに追想してゐるといふのかい。なさけない幻滅遊びだ。」

「間違つてゐたのかな……。」

「間違つてゐた……。間違つてなんかゐるものか。」

それからつけ加へて誰にともなく云ふ。

「ありふれた話さ。間違つてなどゐない。六十年昔のやうに。」

だがそんなことを云へば、もう僕はこんな自分の感慨にをかしい誇張を感じた。それから自分を嘲笑するやうに云つてやる。

これもまた、今ならば、であらうか。

「今ならば……か。」と。

禪寺の內の塔頭の一つの、その離れを借りて、僕はその時期の友と暮してゐた。郊外の、といつてもそれも今では市內となつたさうだが、そこへゆく電車を終點で降りて、少しゆくならすぐと知れる松の木の間に、その寺の築地塀が見え、その松の間にも蒼然と古りた建物がちらつく。夕ぐれになれば、松の落葉をやく煙が、しめきつておく僕らの部屋にも流れこんできた。濕氣の多い土地といふのに、都は花に曇るといふ春ながら、晴れた日の星空の美しさがいまだに印象に新しい。

裏の竹林に入ることより能のない犬、見知らぬ人がきても一聲吠えることさへしなかつたなつかしい白い犬や、いつも朝から夕方まで晝餉の時を除いたすべての時を門前の敷石の上に坐つてゐた子守の老婆、太閤さんはえらかつたといふ話を二度ほどきかされたし、頼まれた子供を樹に帶でしばつておいて惡戲をしてゐた話もきいたが、老婆はいつも敷石の上へ置く座蒲團を持參してきた。終日習字をしてゐた寺の小僧にからかつて、この善良な小僧を僕らはいくらか白癡だと思つてゐたものだ。

こんな下らぬことをかき初めたのも、僕が一つの物語を思ひだしたからだらう。物語のやうに完了してしまつた話だから、人の想像するやうには、僕はその話の別の完了形をも望んでゐはしない。たゞありもせぬことを、あつた形に思ふとき、當然の全然別個の苦みを回避できる、世の常のたはけた遊びをちよつと慕しんでゐるだけのことである。

その友に一人の妹があり、それが日もおかずに遊びにきても、またたとへそれらが花やかな雰圍氣を作つてゆくとしてもだ、期待でもない、空想でもない、たゞの情緒の斷片にすぎないものだけが映される。全き姿で映すために、その少女にもう一人仲のよい連れがゐた。

これは後の話だが、此の間その少女の連れの方が結婚した。そして僕はその話を阪神國道を自動車で走りつゝ聞いてゐた。僕とその女の兄と。

「明日から東京へゆくよ。」と僕は云ひつゝ、嘘を云つてゐると思つてゐる。

「それで?」

その頃も僕はまだ學問を愛する少年であつた。それが誇りでさへあつたのだ。

「これはどうだい。」

と僕の友人は一つの腕時計を渡した。この上ない純眞な氣持で、僕はそれを腕にまきつゝ、

「いゝね、いゝね。」

と最近代の道路工事を讃美してゐた。どんな氣持だつたつて、ほんとに僕はあの子供のやうな少女が結婚するといふ、夢のやうに短い歳月を呆然と指折つてゐた。結婚した相手は關西でも有名な酒造家だつた。相手の男も知らずに嫁いでゆくことが、その身にふさはしく、こよなく美しく思はれた。

話はもとへ歸る。

けふはどこであつたとか、外から歸つてくる友が、その少女とのかりそめのゆきづれを、

ことありさうに云ひ出すころの淡い物語だつた。訪ねてくれば、僕の方が親しい。何ももつてゐぬ證據に、僕には何のへだてさへありえないからだらう。それさへ友にとつて、淡い物語であつたかも知れない。いまの見方である。

友の母親から、何通かの手紙をもらつて、この寺を寓居としたゞけだつた。今でも僕になつかしく、昔に變らぬ甘えた話もできる母親だのに、昨日のやうにはかない往來である。

昔を嘆くために、こんな文章をかくわけはないが、大方人を嘆かず僕は僕の昔を嘆いてゐるにちがひない。そんな昔だから、僕のためにつくらつておいてくれた準備が、ことごとに嬉しかつた。夜になつて、友の妹はお茶をもつてきた。お寺の厨へ鐵瓶を借りにゆき、電燈から七厘をひいて、お湯を沸かせてゐた。宗治の丸宗の印のついたい、玉露であつた、お母さんの云ひつけだと辯解する。その玉露の葉を、僕は指でつまんで嚙んでゐた。葉を嚙みつゝ、がぶがぶお茶をのんでゐた。

僕は運命を眺める顏さへ出來るのだ。そんななさけない誇張を今さへしてみる。當然の終りまでゆき、前後の一重に近づいた運命を、冷めたく靜かに眺めてゐる、と云ひ、切ない樂みをつくるとき、たとへ悲しいもの、自嗤を思つても、いまも僕はその日を見てゐるといふ。近づくべきすべての準備のなかで、冷めたいへだてをつくるには、人が二人なら二人とも、激しい冷たさを悉くもたねばなるまい。そんな運命にも似て、しかも人が作つたと廣言できる人の世の姿を、傍から見るもの、樂しさで僕は遊びたい。僕の性幼く、人の世の姿に慣れず、その上悲しいためか、傍眼を考へて、聲をはりあげて思ひ切つた調べを云ひださう。思ひ切つた歌のあるときに、傍眼にのびやかに見えもする。

かつては悲しみにあつた人のやうに僕はいくどか泣き過した。その心にせまつて悲しいのか、うれしいのかわかりもせぬ涙のなかで、僕はむしろすべてのわれを忘れてゐた。あまつさへ泣きながら、恥しさをかくす文章を、はげしい心でかいてゐた。悲しいときは歌ふのだ、苦しいときには泣くのだ、とそんな異國の詩人の言葉を思ひ出し、こそばゆい涙を流しつゞける。

そしていつか、これが少年の日に別れゆく、これを限りの涙でないだらうかと、ひとりきづいてゐたものだ。とすれば惜しみなくその涙を流しつくす必要もあると思ひつゝ、でもあれやこれや何であつてもいゝのだ、たゞ一そう止めどないものは、この世の涙だけかもしれぬと思ひ、そんな思ひの果に僕は、かすんだ周圍をつくるために、はるかに遠い離れ島を無二の美しさで考へてゐた。

あるひは自分を殘忍だと一度は云ひ、だがもつと殘忍な何かの手を考へてみる。築かれた夢の力なら、別離といふ世の常ならぬ美しい情緒の力なら、その一半の責はお互に僕らも神のまへに持つ必要がある。——思ひ屈したもの、そこはかとない果無い虛榮だつたつていゝではないか。

虛榮といふなら、もつと虛榮であることもできるのだ。失つたものは、もう僕の手の中にない、そんなことも考へられると、ふとそこへきて急に僕は今までと別のやるせなさにとりつかれてゐた。こんな考へが、もつと大きいもの、いまなくしたものよりも、もつともつと大きく美しいものを、刻々に失くしつゝゐるやうに悲しかつた。その悲しみのなかであの友の母親の顏が、この世の姿より幾倍かはつきりと大きく浮いてゐる。久しい眠られぬ夜の續いた頃であつた。

あの頃では、友へ送られるその母の手紙が、何か重大な僕をかいてゐるやうで、無性によみたかつたものである。

「今だつて間違つてゐないだらう。」

「さうさ。」

と僕のいくらか心隔てた友は云ふ。

「その頃でも……。」

「あゝ。」

「それから誰にとつても。」

「もちろん。」

「それではこんな話は止さう。」

「うん。」

どうすればいゝのだ、といへば、僕がいつても、彼が云つても、もう僕にも彼にもわからない。僕に斬新の空想がないために、ありふれた物語を奇想のくしき詩に考へてゐるのか。このだらしない始末が、たとへ人から虚榮の辯解とされようと、僕にはそのときこそ一番心易い。

「時だけを失つたのだ。」

「何だらう。」

あわたゞしい時と場所のために一番世なれた苦勞人の諺を、といふ話だけをきいてゐたが、その時の速さをいくらかさびしい性質で色どつたゞけのことかもしれない。あげくの果に奪はれたと思ひ、この一番責任ない原因を樂んでみる。しかしだ、

誰に？――時に。

何を？――感情を。ところで、その代りにだ……。

その代りに、さう樂しいとより云ひ方を知らない感情の遊びも經驗した。失つたものがあればこそ、たはけた空想もできるのだ。だがしかし、たはけた空想のうれしさを思ひ、進んで失ふこともなくもない。愛のないゆゑに、といまも誰かは人をなじつてゐるにちがひない。うぬぼれられもする人の、心安しさをいつも願つてきた筈だつたが。

昔のひとに、思ひ出の樂しみだつたものが、僕らにとつてこの日のなかの一つの悲劇である、といふ。

あの松林もせんだつての嵐でつぶれてしまつた。僕はその夜二通の手紙を遠い土地へかいてゐた。

一通はその友へ、もう一通は故郷の者に。僕は久しぶりで銀座へ出た。何もしらないに

ぎやかな町には、もう嵐の噂さへない。話すことはあつても相手はなく、僕は何回も銀座の通りをゆき、して、角々で鈴をならして賣つてゐる地方新聞を買つて歩いた。まだ學校へいつてゐる一人の僕の妹のことを思つて、僕はあらゆるかなしいことだけつぎつぎに考へてゐた。

「奈良の公園はどうなつた。」

そんな文句を手紙につけ足して、僕の心に描かれた風景の、はかない崩れを悲しむべきかどうかわからない。

二三日、僕は新聞を集めてきて、色々の寫眞を切りとつてゐた。あの松林の被害がとりわけひどかつた。他人の樂しい平和をみださないやうなど、考へた、なつかしい古い感傷をこそばゆく思ひ出した。大木が根こそぎ倒されてゐたり、數百年を老いた大幹が、もぎさかれたやうに折れてゐるさまは、人間のするどんな不幸の計畫に比べても、僕にははるかに殘酷に思はれ、その上見づらかつた。僕は一人の心持を考へ、古い想ひだから、それさへ大仰に云へば傷だらけの思ひ出を、忘れたいとも思はないでゐた。

にぎやかな遊覽地と、一つの道をへだて、ゐるだけで、こゝの煙草屋の娘さへ、「Cherry」と云へば、「お合にくさんで……」といひチエリイではときゝかへす。うすぐらいし汚たならしい湯屋もあるが、それも夏の時季を閉ざしてゐた。まだふるびた百姓家の俤のまゝなる民家では、夏をまつやうに、もう春の半ばから暖い日は、庭に盥を出して行水をつかふからだつた。云ひあつたやうに雜草のゝびた生垣、夏になれば間違ひなく夕顔のひらく柵にそつて盥をもちだし、外の道からも展かれた晴れがましい姿で、娘や女房たちはそんななかで一時間近くも湯をつかふ。まへには小川が流れ、近くの水田ではいつか蛙がなき、野天にながれる煙に人の聲はこもつて、ほのぐらい燈のなかは、湯氣か煙かの區別もない。恥ぢることもなく傍の道を歩けるほどに、氣持も身體も透いてゐるからだ。

角の煙草屋は文房具屋をかねてゐる。土間に彼岸櫻の盆栽が一つあつて、このあたりでどこよりも早い春の色をみせてゐた。古びた土間におかれた、幾年も位置さへ變へられたやうには見えない盆栽に、或ひは片隅の春の世界の樂しさを至上に思ひ、そのためもう京都の春に殘りの冷めたさを感じてゐた。それははや象徴的な印象であつた。傳統もあり、古典もあれば、たとへ祇園の春にいくど巡りあはうと、人通り絶えた夜の圓山公園にちらかつた、丸められた廣告ビラのやうに、そんな印象だけが殘り、ひらひらと人氣のない夜の盛り場にちつてゆく、廣告ビラのやうな美しさがした。

その次の角の藥屋は小間物屋をかねてゐる。その家で僕は二度、二度とも眼藥を買つた。それだけでその家の主婦は僕と顔みしりになり、たとへどんなに忙がしげに歩いてゐるときでさへ、どこかの道で見かけると、きつと親しい挨拶をして通りすぎる。

お寺の西は竹林があり、東は道。北も竹の林で、南は高い石垣の上に塀を作り、そのところどころの場所を見立てゝ、灌木の花樹を植ゑてゐた。

「きれいな花ですな。」

ある夕方の散歩に、立ちどまつてゐるのは何々組とかいた法被をきた土方風の男だつた。

「何と申しますかいな。」

と僕に話しかけてゐるらしい。

「沈丁花でせう。」

「白いぢんちやう。」

そんなこともあつた後で、何かの話のついでに京都人は親切だといへば、「えゝ外からおこしのお方には……」と答へる。答へる人は古い昔から京都びとを誇るやうな人である。

「寺へゆく道をきいたら、一緒にいつて案内してくれはつた。」

「お互では不親切でつせ。」

やはり僕は旅人らしい、と思ひつゝ。

旅人には親切に、といつて氣づく。これがかつて僕のあちこちでしてきた、一番切實な生活の不文律とどこがちがふのか。それも考へもくろんでする仕組ではさらにないのに、われしらず僕はをかしかつた。京都は古い傳統にみがかれた土地である。概して關西という土地柄が……。

近頃になつて、その關西にも新しい風習が流行した。そして出奔した娘たちは、何もなかつたやうに再び彼女らの家へ歸つてきた。涼しい流行にちがひない。大阪で、京都で、奈良で、知つてゐる限りでも古い家柄の子たちが流行の一番さきに出奔したが、またまつさきに歸つてきた。そしらぬ顔をし、古のまゝの風習に應じて、今ではどこかにかたづいてゐるひとたちを思ひ出して、何ごともなかつたやうにと僕は今も書いてきたが、たゞ傳統だけを一層さびしくとぎすませていつた。彼女たちは、筵に坐つて、お月見の夜を明すだらうし、ピアノをひき、洋服をきても、それとは別のことである、内股に扇子を挾んで舞ひを習つた。扇子のおちないやうに舞ふために、といふ。總べてが冗談でもいゝ。由來は何人も知らないが、わかつてゐるのは蝕ばまれ易い古い趣味だけである。滅びゆくものといふ、古い古いブルジヨア的なものを今日はもう誰も考へてゐないとは云へはしない。

その娘が、夏の日、椽側にぢかに坐る心地よさを教へてくれる。內藏《うちぐら》へ通じる、うす闇い奥座敷の書椽にそつた廊下、外側は狹いながらに手取れの凝つた前栽。そんな廊下へ座蒲團をしかずに坐つて、姉や母も竝び、終日細工ものをしたりお針仕事をしてゐたといふ。

書椽には嵯峨本の册子を置いたり、奈良繪本の密畫が年とゝもに美しく、高價な顏料がつひに褪めないやうに、傳るもの、つよさは、さびしい匂ひだが、さびしいながらにかなしくつよくとぎすまされてゆく。——今が最後と思つたことがいくどあつたか。同じことをくりかへしてきただらう。しかし繪本をときどきに飾る。何代、何百何十年の間

舊幕のころ、勤王の志士や、文人墨客たちのパトロンもしたといふ家の、八十に近い老婆が、そんな知的な話を何げない風情でする。

「このなかに、をばさんがもつてきた物語本の一册もまざつてゐませんか。輿入れの日にといふ……。」

「あゝ、およみになつたの。」

「よみましたよ。」

僕は家に傳はる繪本の綴をきつてゐた。それが僕の斬新の學問のためだつたから。綴をきり、色あざやかな插圖の裏をひらいてみる。母から子へとくりかへし、新床に飾られる繪巻の裏には何もない。「ふんせう五」。插圖の五枚めといふ、きつと表具師の心覺えだらう。あるひは「わかくさ十五」と二行にわけてかゝれた草書體。つひに年月作者ともに不知のまゝである。

それもこれも、流行のやうにかへつてくる。かへつてくるときにつけ加へてゆくものは、一そうこまやかな悲劇の色づけだけである。

物語の色にはなりやうない話でも、これも思ひ出の一つである。などとかきつゝ、どうしてさういふ喪失のおもひだけが、追つかけてくるやうに僕からのかないか。わからぬと云ひ、わからぬまゝに、僕はいつまでも思ひ出の一つ一つを埋めてゆく。月日とゝもに古びたものが、新しく甦り若々しくなつてくる。むかしにそれらをもたなかつた焦燥のさせるわざかもしれないし、それもわからない。たとへば明日くると云ひにきた友の妹のこと。

「今日は京極へ出て、鏡臺でも買つてくる。」

と云ふために。その妹たちの大好きな女の先生が、結婚して遠くへゆくといふ。子供はその話をそれだけするのにもう涙を流して泣いてゐる。涙聲でその涙を笑つてた。

そんな夕べ、僕らは市内の知人を訪ねていつた。自慢の宗達描く屛風を竝べ、僕らはわかるといふ點では禪の心よりもはかない西洋音樂のレコードをきいてゐるのだ。

「猫のなくやうなけつたいな聲——」

と彼はいひ、

「長い古い歴史のあるものが五年や十年やでわかりまつかいな。」

と強い。

「親子一代でもわかりまへんわ。それでも何か結構なもんやろと思うて、買つてきまんね。結構なもんだつしやろな。」

こんな知人であつた、趣味のために、お金をまうけることを清いこと、考へて、今ではその清い負擔に弱つてゐるといふ。

「自分でやる方は別でおます。玄人だつてだませます。それでも東山の頃の織物で、今どうしても出來へんものありまつさ。」

「正倉院ならいくらも……」

「あ、、あれね。」

こんな強い人と、出來ない仕事を思ふ青年とが向ひあつてゐる。どちらにしても青年の方が弱い切ない存在にちがひない。くりかへされてきた世の中の風景かもしれない。二十年前なら、僕が彼だつたかもしれないのだ。さう、二つとも同じ型でないと誰が親切に教へてくれるか。たゞ僕は若く、と云つても、それは元氣をいふのかあるひは自嘲を云ふのか。

僕らは夜の町を歩いてゐた。さびしい町を通つて、この都會にある三つの大通りの歴史繪巻を、頭のなかに描いてみた。明日がまたくるやうに、とどんな小さいことがらを通じても、僕らはしばしば最大限の問題に結びつけてゐた。どういふ特権かもしれないが、その頃の悲しい色彩の一つにちがひない。それで自分にいふだけだ。次の日は「君の妹がくるからね」と。それももう友に云つてゐる。

つぎの日、その妹がやつてくる。

「鏡臺にしたの。」

と友が昨夜の話をくはしく尋ねてゐる。

「えゝ皆でいろいろ云つてらしたが。」

「さうかい。さうして……。」

さうして十何人かの女の生徒たちが、その朱塗りの小さい鏡臺の裏へ、各々の名前をかきつけたさうだ。それからさまざまの化粧品を曳出しへつめたり……。

「誰の名案だい。」

「店員さんがいひはつたの。」

友は笑ひ出してゐた。

「そのことの方が樂しさうだらう。」

と僕はきいてゐて口を出したくなるほどたのしい。

そんなに騒いだのに、田舍へ行つた先生からは一週間何のたよりもないといふ。もう一週めもすぎ、二週間になつてもまだ便りもない。僕はそのいつまでも便りのない先生の噂をきくのが、その頃では一つの樂しみだつた。

「このごろでは何ていつてゐる。」

「みなぷんぷんおこつたはるわ。」

その他に鏡臺をかへして下さい、これは下のクラス。その次には、先生からきた手紙を五年級の人たちがかくしてゐるのだ、といふ。こんな噂は豫想も出來ない。

「それからまだあるのよ。あの先生のそばかすが少し黑すぎたし、おでこが大きすぎたし、それからまだたんとあつたわ。」

「眼鏡をかけてインテリぶつて、と。」

「さう。」

「おゝきに。」

「そんな馬鹿なことがあるかい……。」

と友が利巧でもないあたりまへの世相を敎へたさうに云ふ。

「……大たい人の氣持などそんなものさ。」

誰かゞもらはない手紙をかくしてゐるといふ。

「君にはそんな夢がありがたくないのかい。」

たゞ泣くといふことの美しさのために、泣きたいだけのためにもくろむいろいろのことを僕は考へてゐた。そしてありがたく美しい物語を思ひのまゝに作つてみる。もう僕には本當に泣けることがないといふ、無殘な豫感からかもしれない。

松の木の間の禪寺が、むしろ枯れた花やかさのやうに、今もいろいろのことを思ひ出させる。だが、その松林さへ僕の現實の眼から純粹さだけをのこして、この間の風の後ではもう破壞されていつた筈だつた。

一番心易い僕が、一番別々でゐた。もくろんでさけたわけはなく、一番好きで、一番別々だつた。嘘の態度でもいゝのだ。子供の愛らしさなど三日もすればなくなりもする。一番近しいもの、間につくり得る、白じらとしたへだて、僕はいつもそれだけを、僕を愛するためにも樂しんでゐた。

僕らの住んでゐた寺は、著名な禪寺であつた。毎朝早朝からおつとめをしたらしいが、僕は一度もそれを知らないで過した。僕らの知つてゐるのは、外からきた僧が、寺内の何かの堂へ入つて嚴行してゐるときだけであつた。彼らは敷物もない堂の石疊の上へそのまゝ坐つて、長時間正坐してゐた。寺の境内を散歩しつゝ、度々そんな場面にゆきあたり、僕らはそれを立つたまゝでものめづらしく眺めてゐた。

「武士の頃のものつて、みんな悲しい。お能にしても、狂言でさへ、おばけや狂者《きちがひ》ばかり出てきて……。」

そんなことを何氣なくいふ十七の少女だつた。頭のなかだけが早熟してゐるとしても、本當にそんなことがわかるのかと、

「あんたのやうに人の噂など好きでなかつたんだな。」

僕はそんなことを云ひたくなる。

「きつと冷めたい情熱だわ。燃えないほど激しい……。だからいつもいかつい形ばかり作ることを考へてゐたんでせう。きつと、わたしなど二十にもなつたら、ひとが好きになるやうなこともう出來ないと、そんな氣が今からときどきするわ。」

まじめなことになれば、かたい言葉をつかひたがると思つた。

「思ひきつた聲の出せない歌はきいてゐる方で苦しいのですよ。」

「それで……。」

「歌ふ方は反つて苦しくない。」

「……………。」

「僕に夏蜜柑をかつてきておくれよ。」

「どうしたの。」

「この間あんたが一つまるごとたべたやないかい。」

「あら。」

そして氣まづくなつて、いゝかげんのことをつけ加へた。

「そんなものさ、お能もね。」

「いつものお説教のくせだわね。そんなこと知りまへんわ。」

「知りまへんか。」

境内を歩いてゐるのだ。心にもない僕のくせをいくらか情なく思つてゐた。

これもきつとその頃の不吉な一輪の花であらう。人の忘れた物語を覺えてゐて損をだけする性である。いひ傳へによるまでもなく、同じ空の下に開いて、しかも花にさへ不吉なものがある。それらの不吉な花を愛すべく生れた性こそ、愛しえない愛の姿だけを愛するものらしい。一番不吉な花のやうに、あれらの庭うちに植ゑることを忌みられたといふ不吉な花を愛する方法を考へてゐた。八百年の間、それもこの禪寺の歷史と丶もに久しい人の生死の間である。不吉を知らないものが植うといふ。

とはいつても、不吉といふ言葉を空々しく吐くうらに、僕の切なさを對手の切なさと思ふ、いくらか慢じた虛榮がないだらうか。そんなみじめな心のする日、僕は心の一隅にさへ、僕のきづかれてゐぬ日を思つてゐた。それでも僕は不吉といふのか、一輪の野の花を手折つてきて、色あせ香うつ丶て散る日をまつてみた。散るであらうか、それともしをれる運命をもつのであらうか。風が吹けば散り、雨ふれば褪せる花びらが、僕の白磁の瓶のなかで、散るまでもなく、蕚の上で花びらだけがしなへて、朽ちてゐた。いまはない花、と物語にも似た色を思ひ、僕はその日初めて旅の日記を思ひ出のなかにつけ初めた。

この道を泣きつ丶われのゆきしことわが忘れなば誰か知るらん

その頃の友人の一人が、そんな歌を見せる。僕はその歌を考へてゐた。誰とも一緒にいつてほしくない。と附言しさらに僕はつけたして、あなたに覺えておいてくれとも云ひたくない心で山々だが、といらぬことをつけ加へてゐる少年の日である。今でもなつかしい。だが僕らの時代、その甘えた切なさ丶へせいいつぱいだつた。そんな失つた夢を今さらひらはうとせねど、切ないといふ一等甘えやすい氣持だけ、他人にも云へないと、一人に甘えてゐたいのだ。

飲みきれさうもない二合あまりの酒が、やうやく少くなつてゐる。

「やつぱり僕だけでも清洲へゆくから。」

別れ別れにゆくのもいゝ。友と語りつゝ、

さゞなみの國つ御神のうらさびて荒れたる都みれば悲しも

そんな歌を口のなかで低誦してみた。

昨夜はすつかり暮れおちてから、さがしだすやうにこゝにたどりついた。田舎の旅籠の一番いゝといふ部屋にしても、そのむさくるしさに、それでも僕らはいまさらゝしい嫌な顔さへできなかつた。宿の浴衣の上へ丹前をつけて、おそい夕食を竝んで食つてゐると、

「御二人さんは、御親類でございませう。」

女中がそんなお愛そをいふ。友はかすかに笑つてゐた。顔を見合せて又笑つた。

「いゝや。」

と僕はそつけなくせねばゐられなかつた。だが昔の詩人なら、親類より近いが、肉親よりは遠い、といつたかもしれないのに、とそんなことを一度でも考へるなら、僕はそれさへはかない虚榮だとむりにもしてゐたのだ。虚榮だと思ふ心に、虚榮があるのかもしれないなさけない僕の性質をもういたはりたい心で一杯であつた。

寝どこへ入つてからも、さきの旅程をこまごまと話してゐた。話してゐるときまらなくなつてしまふ。わからない。

變なところで僕は宿命的なものを考へてゐた。あれもこれも道づれだ、こんな宿命を信じないなら、家庭をつくり住家をもつなど、阿呆らしい風習にすぎない。と思ひ、餘りに大仰ないつものくせが、ひとりでにをかしくなつてくる。旅程を考へるといひ、何を考へてゐたのだらう。たしかに考へてゐる現實的なものは、旅の豫定といふ、實在的な對象にちがひないが。

「あれは……。」

「やつぱり雀だらう。」

と友が立つて窓の障子を展く。雀でないもう少し枯れた色をした小鳥が、雀にまじつて、見えない向ひの樋の方へとんでゆく。

「雀に追はれてゆくんだ。」

子供じみた好奇心が、僕の心をこそぐつてしまふので、しばらく沈默してゐた。

「あの……、さう、たれかの、名まへを忘れた小説だつたが、さうだ、知つてゐるかね。そのなかでヴエネチヤの空へ煙で日本の短歌をかく話があるのだ。とても僕それが好きで、あゝ春の空だよ。春の夜のゆめばかりなる手枕にかひなくたゝむ名こそ惜しけれ、といふ歌と、それから、あまのはらふりさけ見れば春日なる三笠の山に出でし月かも、といふ二つの歌をつぎつぎにかく話。」

「…………」

「歌は平凡でも、切ない云ひたいところがあるだらう。本當はこの古い歌さへ僕は好きになつたのさ。」

一哩にのびた長い長いそれで消えやすい相聞の歌、と僕は心樂しく、友と樂しいと思つてゐた。

「大事にしまつておいたやうな、云ひたさが……。」

「それが……。」

「飛行機でね。飛行機でかくのさ。」

「それで、伊太利亞人？」

「うむ、日本人さ、多分ね。……僕、いま高市黑人の歌を思ひ出したが。」

「萬葉の……。どんなのだつたか。」

「これはい、んだよ。」

僕の樂しい歌を、大空にどう描く。歌をかくと、もに、花びらのやうにひらひらとおちてゆく男と女を、と。

友は荷物を集めだしてゐた。測量部の五萬分の一の地圖の下から、ちらりと昨夜かいてゐた葉書を僕の眼のまへにおとす。忘れてゐたことを思ひ出せといふやうだ。あの葉書昨夜かいてゐるのを見て考へてゐたこと。誰にだすのだらう。きつと、さうだらうと思つた。それでなければ妹へか。旅へ出るまへの晩にきた、手紙の返事もまだ出してない僕だつた。

それでも出發の日、僕らははるかなあひ方をしてきたそんなことを考へて、思ひ出したやうに云ふ。

「いつかまた疏水を下らうか。」

「あゝ、あの日はよかつたからね。」

「いつでもいいよ。」

「五月になつてから、その方がいゝ。」

花咲く五月。そんな散らかつた氣持をやはり何べんも僕は樂しむ。待つてゐるものを、その場限りに、その時のみにかぎられたものをあれこれ僕は考へてゐた。はるかな、そぐはしやうのない會ひ方であれば、それを考へつゝ、やはり不吉といはれる花の好きな僕かと思つてゐた。近江路の旅といふので、古風に三條の橋のたもとから僕らは出發した。朝の日中、花やかすぎる見送りに、僕も友も晴れがましいと弱つてゐた。


京都から大津へ東山の隧道の上で何分間か待つてゐて、東京發下關行の急行の過ぎるのを見てゐた。大津までに、既に遠い道があつた。列車を見にゆくといひ出す友は、それだけでもはしやぎ僕もやはりはしやいでゐた。たゞときどき、はるかなものとへだてたものとの氣持をはかつてゐても、それは三條の晴れた日の人たちの影響にすぎない。こちらの豫感など作りたくないといふ、無理でない算だんの合理化であつた。道傍で川蜆をうる店などが出てくれば、もう大津の匂ひが感じられる。

お寺、大津のお寺、園城寺へは行きたくないが、石段を昇りつめた上の、辨慶の力餅は食ひたいな、そんな會話をとりかはす。童話の頃のなつかしさが、一番不快であるべき時代に、僕にとつてはこぢれたなつかしさだつた。石山へか、又は守山へか、バスの女の子のきれいな方にしよう、と云ひ出す。では義仲寺はどうするのか。そんなことを云ひつゝ、僕らは湖水をみてゐた。

「植物を大切にしませう。」

立札の文字をくりかへしてよみつゝ、僕はかゞんで足もとの石をひらつた。ポーンと向うへ投げる。

「湖水まではとゞかないよ。」

と友が下手にからかひだす。

「ピストルでもね。僕は植物を大切にしてゐるのさ。」

殘念にも植物を大切にするともう切迫つまつた氣持で、また立札を今度は聲を出してよんでみる。人にきこえる聲である。そして何も考へないで、白光の直下の小波のうねにそつてつくられる、かすかな波の影を、無數に奇妙なものだと見てゐた。

さゞなみの志賀の大わだよどむとも昔のひとに亦も逢はめやも

昔のひとに、昔のひとに、大津でもうそんなことを考へてゐたのかもしれない。かげりのやうに、ふとそんなものが、非常に甘美に抒情化されて、僕の氣持のどこかをかすめてゐた。みちたりたものにさへ、むりに不足を作りたいそんな甘美な別離の抒情歌ばかりを、僕はつくつてゐるらしい。

大津で腹をいためたといひ出した。歸りたいといひだした。その子供じみた友の氣持を選んで、歸つた方がいゝかつたかもしれない。悲しいことの好きな季節だつた。歩いたりバスにのつたり、ゆきあたりばつたりの旅であつた。

「行かうか、どうする。」

一方がいへば、他方は答へない。他方がいへば一方が答へない。それでもどこかへたどりつく。どことなく、たゞ行くだけのことである。

草津でバスをよして町を歩いた。昔ながらの東海道である。陸軍の演習で、疲れた砲車とそれにひきずられた兵隊が、道路のあちこちにたくさんゐた。土砂まじりに、汗ばんだ兵士たちが、汚ならしい道路の砂利のうへに、ぐつたりとねころんでゐる。「左中仙道右東海道」——石の道標が、古風なつかしさをひく。

「姥ケ餅を食ひにゆかう。」

やりきれないときの理由の一つだつた。

夜になれば、どんな旅人宿の一部屋でも、僕らはのびやかに樂しかつた。「水にうつるは膳所の城……」俚謠のうたはれるときさへ場所さへ樂しかつた。湖の落日のやうに、自然の風景さへ斜めにかたむいてゐた。未來のまへ王侯の傲りに居るといふなら、かやうな善美の土地に住み、この明るい風景に朝夕にふれてゐたいと、日本の一人の詩人は長々とした嘆きをこの土地のために描いてゐる。

離れた土地、といつてもそれは都風を離れただけのことだが、そんな泊りの宿の嘆きを最大限に誇張してゐた。夕の誇張が朝になれば吹き出したくなるほどに……。悲しい男や女の話をき、き、づらひ俚謠を樂しむだけでもしてみる。

「更科のやうに……」

と友ならばいふ。この情緒のマンネリズムを、僕はまた愛してゐた。そんなマンネリズムさへ、僕は一應それを破壞することによつて、まことにかりそめのと云はねばならぬ虛無的な表情だけのものだが、その破壞の過程を愛し、所詮同じものに捉へられることを樂んでゐた。暗い電燈の下で、僕らは歌を考へたり、同じ宿の泊り客を、ありもせぬ物語めいたかなしい運命の下に構想しては樂しんでゐた。

草津から、八幡へ、と行かうと思つてゐた。

水莖の岡のやかたに妹とあれと寢てのあさけの霜のさやけさ

「水莖の岡てどこだつた?」

その古い歌に出てくる、水莖の岡。古典に始り、そこで終ればい、僕らの旅である。

「八幡だといふのだが、寄つてみようか。」

なりゆきにまかせてゐても、どこかであふときがある。まかせたつもりで、もしもあつたらそれでい、。近づくことも、離れることも、どちらもす、んでしたくはない。だが、本當にさうならば、悲しい昔のひとに、再びあはないのだらう。そして、やはり逢はない美しさに、僕は心ひかれてゐた。むかしのひとに、古の人のうたつた心情であつた。僕と君とがゐたから、今朝の霜が美しい、こんな晴れやかな、すなほなこゝろが、僕には古典的なともいへないのだ。こんな云ひやうない明朗さは、あるひは健康さを、僕は全く忘れてゐたらしい。忘れてゐるゆゑに、古典的なななどといふのだらうか。

「それでも、それでいゝ。」

「それでも、それでもそれでまだいゝ。」

といひかへしてみても、むりにどうして「いゝ」などゝ断言したくなつたかわからない。たゞそれだけで、始末をつけなくていゝことらしい。言葉のうへでさへ、僕はいくらか虚無的になる。人が人にあひ、人が人から離れてゆくそのまゝの姿でいゝことだ。旅のやうに、と僕は思つてゐた。

草津でのつたバスが、偶然東海道へ入つた。行くさきをよんでも、どこへゆくのかわからない道であつたから、かけがへのない偶然だつた。古い美事な松並木がつゞき、古の本陣構へが残つてゐたり、廻る必要ない平地で道はうねつてつゞいてゐた。省營のバスの運轉手も、女車掌も、田舎めかしく親しい會話を道々に残してゆく。阿星の村に廻り道して、僕らは東寺西寺を見にいつた。新しい道の工事があつたり、假設のレールの上にトロツコがくつがへされてゐる。地藏菩薩に形どつた道標。途中で畑に働いてゐる婆さんに道をきく。地藏さまが指してゐる、とその形をし、片方の手をあげて西寺みちと教へてくれた。子供をつれた女房が、道々たんぽゝの花を摘んでゆく。堤の櫻がはらはら散りかゝり、西寺から東寺への道は、全く心持よく樂しかつた。近江路の春はこゝに展かれ、安土桃山の豪華藝術の生母をみるやうな樂しさを感じてゐた。

汚れた手で、途中買つてきた夏蜜柑をむき、歩きつゝ、それを食つた。穢れた手が少しも汚ならしくは思はれない。四月の早い初め、春は梢にのびのびと開き、雜草の力草はもう若やいで色もよく、むしれば高い草の香が殘る。古い赤松の林、赤埴の山道、その中に山櫻が爛漫と咲いてゐた。思ひきり晴れがましい風景であつた。道の中ほどに小學校があつて、そこの櫻も中ばの花ざかりである。しかもこの淺い山路に、人は一人もゆかない。梢の間から展かれた空が見え、山道にものどかな陽炎が暖く流れ、僕らはその上樂しかつた。

「これは――全く永徳だ。」

「僕の寺に傳山樂の竹林の繪があるが、山樂へくるとぐつと下品だよ。」

こんな話のあひだには、僕らは一番親しく一致し、何もかもすべてに慕しい氣持でゐた。

そんなわけで、僕らは二度び三雲の近くから、安土の方へ、湖畔へ出る道を歩いて、いらぬ廻り道をせねばならなかつた。地圖でみれば、何でもない近道さへ、山にかゝつて險しい。ゆけますかときくと、そつけなくお止しと止める。地圖より人にたよつて、

「元氣をつける話をしようぢやないか。」

といひ出す。

「刑務所には子規の病床錄が揃へてあるさうだ。云つてゐたよ、きつとそれで囚人の元氣をつけようといふおはからひだらうて。」

「あいつは反對の效果があるで、て威張つてゐたよ。」

「君の妹がよんでゐてね、面白いかといふと、うんといふのさ。何でよむのかといふと、面白いかどうか知らんが止めなくてもいゝからよんでゐるといつてゐたよ。」

そんなとりとめない話に疲れてゐた。一日疲れた日らしい。

野洲、八幡、安土、日野、水口、と、僕はそんな地名をメモのなかへかいてゐる。このあたり、古への近江の土地の名が、地圖の上でたどるさへ、何か切ない氣持に結ばれてゐた。同じ風景、同じ景物にすぎない、物語も傳説も知らない土地の名、だが僕には久しい間に、血縁的ななつかしさをいだかせる。比良の雪もやうやく消えた近江路の、春なほ淺い四月、僕は既に充溢した氣持のなかの春を感じてゐた。バスの娘たち、おそらく彼女らが一番美しいにちがひないと一人で定めて、彼女らのおくれ毛のやうに、かひがひしく風景をきつてゆく、その可憐な手のあげおろしをねたましいほどにさへなつかしんでゐた。

近江路は僕の夢のなかでは、古くからゆきゝしてゐた。古い古い昔、萬葉の父祖の頃、早く僕らの祖先たちは、大和をすてゝ一時の住家を志賀に移したことがあつた。

玉だすき　畝火の山の　橿原の　ひじりの御代ゆ　生れまし、
神のことごと　樛の木の　いやつぎつぎに
天の下　知ろしめしゝを
空にみつ　倭をおきて　あをによし　奈良山を越え
いかさまに　おもほしめせか

天離る　夷《ひな》にはあれど　石走る　淡海の國の　さゞなみの　大津の宮に
天の下　知ろしめしけむ
すめらぎの　神の尊の　大宮は
こゝと聞けども　大殿は　こゝと言へども
春草の　茂く生ひたる　霞立つ　春日の霧れる
百磯城の　大宮どころ　見れば悲しも

まさしく大宮人のゆき通ひ、新草を踏んで白馬の歩いた道は、やがて再び榮え、あらゆる夢の草花はいつか時をへて蘇つてきた。しかも季節は短い。二つの土地の間にくりひろげられた繪巻にさへ、久しい人間の心情の往來はたえない。たゞ荒都は、物語のやうに、二度無常の風土に委ねられたまゝであつた。

あめつちの　よりあひの限り　よろづ代に　榮えゆかむと　思ひいりし　大宮すらを
恃めりし
奈良の京を　あたら世の　事にしあれば
あほぎみの　ひきのまにまに　春花の　うつろひ易り　群鳥《むらどり》の　朝たちゆけば
さす竹の　大宮人の踏みならし　通ひし道は
馬も行かず　人も往かねば　荒れにけるかも

再び燎爛の時季はすぎた。他にかつて及したものが、そのまゝにわが身にかへつてきた。非情の流れが昔のまゝに同つてゐた。ゆきずりにあつた人を、他國の雑踏のなかで見つけ出すやうな、切ない思ひが、春花の咲く近江路の季節を教へてくれる。昨日のことのやうに、昨年のことのやうに、まだ生れぬ日の經驗のやうでもあつた。

少年の日だつた。僕はある夜の夢に、近江のひとからもらつた手紙にさめざめと泣いてゐた。誰からかは知らない悲しいことも書いてない、その手紙に泣いてゐた。眼をさましてもしばらくは恥かしい位に涙がぽろぽろとこぼれおちた。かきむしる心のやうな切なさだつた。そんな切ない、しかもかりそめの悲観が、今は生れつきの憂愁にまで浄化したく思つた。その日の感情を、今でも僕は僕の過去から一番はつきりととらへ得る。あざやかな僕の年代記の押花の一つ、それさへ不幸な記憶の一つだつた。

「やはり清洲へゆきたいかい。」

事務のやうに友が云ひ出す。

當面したものにさへ、僕はいつも憂愁に近いものをつくりたい。僕の生れつきの性のために、といふのは噓だらうか。言葉の表では噓かもしれない。非情も不吉もおしなべての噓だつたか？

「さうするんだ、僕だけでも……。」

始めは琵琶湖畔の天平佛をみるつもりだつた。誰の眼にも一度もふれてない天平の遺佛が、この湖の南岸溫暖の地に今も散在して、うらぶれた奇削の圓光を、千年をへて未だに遍照してゐるにちがひない、それが僕のいくらか文獻の知識にも通じた思案だつた。あるひはもつともとをといへば、僕のはかない空想であつただらうか。

「僕はもう歸る、何やら心細くなつたからな。」

「それでもい丶ね。」

と見下す先には湖の水が、遠くはまだかすんだま丶である。たゞ一つ小さい舟が浮び、さゝを動してゐる男さへ見える。

「舟が浮いてゐる。」といふ。

「何をする舟だらう。」

「あれ、あの花は……。」

「あ、舟で。」

「鮒やみい。あれみ……。」

煙草をとるために、體をのばしながら、

「毎日歩いてばかりで疲れたからな。僕だつて名古屋まで汽車さ。清洲なんかしんどい。」

「未練がましいよ。」

「へんな宿屋があつたな。」

「泊らなかつたくせに。」

遠くの方では水と空とが遙かにかすんでゐる。昔の人に、昔の人に、と僕は又口のなかでいつてゐた。

「泊つたらどうだい。」

「どちらにしても何でもないことだ。面白いかもしれないで。」

「本當行くのかい。」

「君は、本當に歸るのだらう。」

「あゝ、嫌になつたんだきつとさうだ。心細いだけだからな。」

同じことをくりかへしてゐた。僕だつて、無理にぜひゆかうと云へやしない、と友の眼をのぞき上げる。云つてゐることなどその場限りの氣持のやりとりだつた。

「僕だつてぜひどうしようとはいへないからな。」

「さうだよ。」

友が僕の顔をのぞきこんだとき、僕は急に不愉快になつてしまつた。驛へ行かう、驛へ行つて時間表を見て、それから早い方の汽車でゆく道を決めよう、と氣まづい何かしらのお互の思案で、漠然と歩いていつた。一體誰と歩いてゐるのだとそんな豫感がまたしてくる。二人で行つてもさびしいが、ひとりでゆけばなほさらさびしい。そんな歌を考へ、歌にしようとして、たうとうならなかつた。「吾が忘れなば誰が知るらん」とそんな下句をくりかへしてゐた。忘らむと野行き山行き我來れど……と一心に思ひ出してゐる氣持に、欺かれてゐる心を考へてゐる。

行くところまできた虛榮心かもしれないものだが、かなしい豫感と考へれば、ひときにも美しい。誰と歩いてゐるのかと、僕のもの考へる對象の偶像にすぎない友をあはれんでゐる。吹く風は春の風。流れるものも春の氣かもしれない。それさへかなしいといひ、はかないといふ。古い習慣ではなかつた筈だつたが。

驛で僕はこちらのホームに殘り、友はブリッヂを渡つた。田舍驛の柵に植ゑられた柳が、なよなよと青い芽をのばし、あるかもしれない風に動いてゐる。ホームで別れるとき、「みなによろしく。」と僕のそつけないあいさつだ。ゆきちがふ列車をまつ間にあまり時間もない。もう友は荒つぽく階段に足をかけていた。それを追つて、

「みなによろしく。」

ともう一度いふ。誰の名前も云はない、云ひたくない氣持を、僕が一番よく知つてゐた。それより心持生々とし、輕々とブリッヂを渡つていつた友を考へ、苦しくほゝゑんでみる。汽車が動き出して、いくらかほつとし、やがてがつかりとなる。心の中では、名古屋の七ツ寺を見て、清洲の古城址へゆく豫定をつくつてゐた。古い歌を考へ、ふとをかしい氣持の果にまたも微笑してゐる。多分疲れからであらう。がしかし、あれもこれももつと切ないまでに美しい昔の人の世界だつた。そんなうちにも、一人になつたといふことからか、僕は一層はげしく疲れ始めた。それゆゑ終末を一等美的にすることを考へ、それらの昔の人の俤に似たものを、過去のなかに知る限り想ひ追ひはじめた。鞄から七ツ寺緣起をひき出し、浮つく氣持でよみ始める。早く歸ることを思ひ、京都の友を考へて、やつきと自身で自身にわからぬ氣持をもてあます。いつか文字だけをうはずつて、讀み終へてゐるのに氣づいてゐた。

作者云フ、文中空ニ歌書ク話ハ中河與一氏ノ小説「ゴルフ」ヲ見、「この道を」ノ歌ハ田中克己君少年ノ日ノ短歌ナリ。　昭和九年十二月

# 等身

## 一

私の十歳頃の事であつた。私の従妹の一人が鼠に指をかまれて、それから大病になつた。鼠に噛まれたといふのは醫者の推定した原因であつたが、ともかくわけのわからぬ熱が出て、長い間患つた末に京都の大學病院へ入院した。

その折私は一度見舞ひにいつたことを覺えてゐる。その見舞にゆくとき、私はげんじと私らが呼んでゐた甲蟲をもつていつた。どういふわけでそんなものをもつてゆくことになつたかは知らなかつた。それは吉野の奥の山の監守に頼んでとつてもらつたものだつた。私らの子供のころは、この生物を極めて珍重してゐたので、その従妹もきつと嬉ぶだらうと私は思つたのかもしれない。その甲蟲が家へつくまでには、一日位馬車にのせられて運ばれてきた。

山へゆくと澤山にゐるのか、と私は彼に尋ねた。すると彼は、朝から山へいつて木をゆすると、ばらばらおちてきて、袋に一杯位わけなく捕へられると云つた。だがバットの空箱に入つてその昆蟲がとどくときにはいつもきまつて五匹か六匹位しかゐなかつた。それでも嬉しかつた。特別のいき抜き穴をつけたひき出しをつくつて、私はその中へたくさんの甲蟲を飼つてゐた。強さうな形をしてゐるものから順々に一段づつ上において、番附のやうなものをこさへてあつた。私らはそれをもちよつては、お互の甲蟲を喧嘩させた。その頃私らの友だちの間では、甲蟲に砂糖水をのませると腰がぬけるといふことを信じてゐた。ところがある日、私は外から歸つてくると父が一人茶の間に坐つてゐて、私の甲蟲をいぢつてゐるのだつた。父は私の歸つたことを知らなかつた。私がそつと後から近づいていつても、父はまだ私のきたことなどしらないで、一心に甲蟲の頭を茶瓶の中へ入れてゐるのだつた。

「何して?」

といふと、父は、あゝ、といつて、

「砂糖水を飲ましてやつてる。」

といつたきりだつた。それから私は何をしたかわすれた。腹を立てたか、泣いたか、そんなことは知らないが、それだけを覺えてゐる。そしてそのことが、私の昔の父のめつたにない思ひ出の一つらしい。何かのために嫌な思ひをするとき、そのときの父を考へると晴々とするからだ。

京都の病院へゆくとき、その甲蟲をもつていつた。だが從妹はそれを怕がるだけで、ほしがりはしなかつた。私は失望したやうな記憶はない。そして他の話だけをした。私は祖母と一緒にいつたので、じきにそこを出て、途中で一軒の呉服屋へゆき、そこには何時間かゐてその店で夕食までくつて、親籍の家へ夜になつてからいつた。

「こゝで死んでも家へつれて歸つてくれるの。」

從妹はそんなことばかり云つてゐたさうだ。七つ位の子供のいふことばだつたので、いぢらしくてならなかつたと、祖母はその子が大きくなつても、顏見るたびにさういつた。

次の日私は何人かで大原へ行つた。歩いて行つたのか車でいつたのか忘れた。大原といふところもすつかり忘れたので、又して今もいつど行かない土地のやうな氣がする。後のこと、平家のなかの、小原御幸をよんで、私ははじめて未生のころに踏んだその山里を鮮明に回想したが、それはもう昔の小原でも、今の大原でもなく、和漢朗詠集を手もとにおいて、平家の作者がいゝかげんにかいた當時の浪曼的風景から今の私の浪曼的風景を作つてゐるのかもしれない。だがさういふこともどうでもいゝのであつた。そんな小原を私は作り、寂光院に、平家の無殘な沒落のあとかたもない空しさをまづ考へてゐた。

中學生であつたころ私はもう平家物語を知つてゐた。小原御幸といふ文章を習つたとき、私は立つて蕪村の句を喋つた。先生がそれを喋れといつたわけでなかつたのに、ふと氣づくとかつてにそんなことをいつた。それから私は優等生になりたい生徒がときどきする、さういふいぢましいしぐさが後になる程恥かしくてならなくなつた。そんなことはもう皆が皆、誰一人知つてゐるものとてない筈だが、今でも緣もないとき、ゆかりもない人と何かの話をしてゐて、ひよつとしたぐあひで、たまたまこのことを思ひ出すことがあつた。

すると私はまつかになつてしまつてゐる自分を意識するものだつた。これだけに限らない、いつも私は昔のために赤面し、昔のことで笑つた。しかし多分人はさうは思はぬにちがひない。

今でもそんなことがらが私につきまとつてゐて、日常もそんな嘘の中にゐるらしい。小説家のあらゆる表情などといつても、多分さういふものだらうと思つてゐる私は、從つて一度感心した小説家のまへにゆくと、何をいはれてもからかはれてゐるやうで、たえまなく悲しい話題しかつくれなくなつた。かうなると幸福なのか、それとも不幸なのかわからないのだ。

ところで中學生の私を辯解してくれたのが田中克己である。もちろん彼は彼として勝手に自分を辯疏したのだが、おかげでこんな恥かしいことを僕もかつてに書けるやうになつた。田中の「癡愚」といふ小説はなかなかいい小説でそんなことをかいてゐた。僕はありがたいと思つたが、これなら僕がさきに書いたらよかつたと、もうすぐその後で考へたものだ。

大原へいつてからどうしたか忘れた。忘れてゐる間に思ひ出したものは、土地の上にうつつてゐる鞦韆の長い長い影だつた。しかもそれはどこまでも續いてゐた。どこまでも續いてゐる間に、いつか夜になつてゐて、その庭の中に燐光がもえてゐた。

私は病庭の中で、從妹が見たといふ人魂を思ひ出したのかも知れない。その話が出た子供のころには、それは動物質のものが分解して燐が光つてゐるのだ、と母は教へた。しかし私は私の印象のなかで本當の人魂を長い間作つてゐた。始めての、不幸な記憶の端初だつた。どうして不幸なのか、それは私にわからぬやうにおそらく誰にもわからないであらう。

従妹が快癒したのは冬に近かつた。私らはある日畫板をもつて久米寺へいつた。私は紅葉の中の多寶塔を描いてゐた。かゆだるくなるほどうまく描けなかつた。木立の中では、知らない蟲が鳴いてゐた。腹が立つてならなかつたらしい。或年私は自分の亡くなつた先生の若い未亡人とその女友達と一緒に、久米寺へゆき飛鳥の方へ歩いていつた。その年は私の厄年だつた。そしてその日は丁度岡寺のお祭りで、近在の初厄の善男女の參でる日だつた。しかし私は山下の茶屋でまつてゐた。女の人二人だけは寺までいつてきて、私のための御札をもらつてきてくれた。だが私は山下までいつてお參りせぬ不信の心を怖れて、その御符をひそかに飛鳥川に投じた。私をみそぎしてくれるだらうとあとで理由を思つた。私らは歸りに安居院へ立ちよつて、そこの飛鳥大佛を拜してきた。これはわが國で一番古い佛像だつた。しかしお寺では丁度稚兒が踊りの稽古をしてゐたので、私はその愛らしい方にもみとれてゐた。

久米寺の仙人堂には久米仙の坐像があつた。私は仙人のみにくい現世の女人とのその日その日の營みを考へて、切ないものよりも壯麗なものを感じた。私は現世を知つてゐるし、生活も知つてゐるが、私に現世もなく生活もなかつた。かういつてしまふと、私にはよくわかるのだ。都合いゝやうに言葉はひゞかせられるものである。やはり聲は私のものでなく、神や佛のものであらうと考へた。神佛を現はせるものは聲だけだからだ。

つまりこんなことを考へてゐる間に、僕は啓示を書きたがつてゐた。いやさうではない、私はそのあとをむしろかきたかつたのだ。私の身内にだんだんあらはれてきた一つの啓示の跡について、かき出すつもりで、反つてゆきづまつてゐたらしい。もう大部の日が過ぎた。そしてそれは私は左の胸部にあらはれてきた。夜の二時三時頃になると、私の左胸部は痛みにふるへだす。それは紅みと朱に染つて、みさかひもなく私を困らせた。ときによると私の頭をつかむやうな様子さへ見せた。やがて私はすべてのことを知つた、肉親の啓示にちがひないのだ。

二

祖母の亡くなつたのは、中學へ入るまへだつた。從妹の死んだのはまだ數年まへである。女學校を出て、京都の學校へいつてゐた。肺の病だつたので、廣い家の中の母屋を一町も離れた庭の中の離れ座敷へ入れられてゐた。この人も私の往還のゆきずれに知つた一人のひとに過ぎなかつた。長い病氣の間に、ときどき私が訪ねていつても、その從妹の母は私がその部屋に入ることを禁じた。この叔母は自分さへ病室へ入らなかつた。數多い兄弟の一人も入ることは許されなかつた。病の子の壽命はあきらめるが、他の健康を衞ることが、母の務めだと云つた。しかし他の叔母や叔父たちはこの母の冷淡が、その子を殺したのだとがめた。病の間一番親味につまされて泣いたのは何の血縁もない若い看護婦だつた。

その涙は私もわかたれた。しかし私は笑つてゐた。一度きりだつたが、私も冷淡な一人になつたかもしれない。従妹の母は一度も涙さへこぼさなかつた。私はこの叔母も好きになつた、むしろ感心した。それだから誰も冷淡でないのだ、壽命にちがひない。

この叔母は商人である一人の親籍の男がおくやみを云うたときにもいつたさうだ。「すつかり學校まで出してから、損なことをしました」と云つたときいた。人を見れば、人によつて、こんなことを云はねばならない叔母も、可愛さうだつた。しかし他では馬鹿なことを云ふ女といはれた。何かといつても、冷淡にきこえるならきこえるものに、罪とがめ下るがよいと私は思つてゐた。

私は大原のことを思ひ出して、この小説をかきだしたが、いつの間にか話はとんでしまつた。大原を思ひ出したのはたまたま平重盛の若い日の華やかな遊びを調べるつもりで、平家あたりをみてゐたからだつたが、そのことを書かうと思つてゐるうちに、私は今度は小説をかゝねばならないと人から強制されたので、じつのところわけもなくこんなことをかきはじめたのだ。もちろんとりとめなく、この頃の思ひをしるすつもりで、どこへゆけば氣の濟むわけでもないが、かいてゐるうちにどちらかが何かになるかもしれないと思ひ初めた。

少しさきごろ私は黃白を得る必要を切實に感じて、京や大和のお寺巡りをかいたことがあつた。そのときも久米寺のことをかいたが、こゝに久米仙人像ありと誌し、そのやや高級な文章の中ゆゑ、別に久米仙人には傳說ありとのみ記した。今にして告白すれば、結ばれ悒せくされた氣持の一つでもあるから、それだけの記述ですまさねばならぬことが、ひしひし悲しかつた。文を賣ることは、容易ならず悲しいことだらうと、測隱の心さへしみじみとわく。鬱結の思ひさへなくば、私も亦のびやかに人の思ひにそつて通俗文章を描けば足りる。あの大原――ほととぎす治承壽永のおん國母三十にして經よます寺、一代の女流歌人はうたつたが、最後の一人まで海に投じた壯麗な繪卷を心につくつて、今もこのにくしげな武士の時代の痛しい精神をなつかしんでみる。僕の大原もさういふ美しさに他ならない。

従妹の危篤の日、私は東京から郷里へ歸つた。その夜私は思ひがけない負傷をした。朝の汽車をとれば夕方に家へつく。私は旅衣をとくとすぐに家の風呂に入つた。家には誰もゐず、召使ひたちだけで留守してゐたから、私に浴室が修繕中だといふことを教へるのを忘れてゐた。私はこのまへは横にひらいた扉が、こんどは前後にひらくやうにされてゐるのを知らなかつた。その上まだ修繕中のガラス戸は、戸にガラスがしつくりととりつけられてゐなかつた。私はすぐにひらくはずの戸がひらかないので、むちやくちやに叩きまはした。もちろん叩いても開くものでないとは知つてゐた。それでも亂暴に叩いた。そしてガラスはすべりおち、私は右手にはげしい傷をおうた。

私の中指の腱は切斷された。ガラスが餘りにも厚かつたからだつた。しかし私は腱の切れたことをしばらくは知らなかつた。つよい打擊のために、中指がうごかないのであらうと啞然とした氣持で思つた。近くの醫者にかけつける間に、とりあへずく丶つていつた新しい手拭がまつ赤になり、ふところ手をしていつた着物のところどころさへ、紅に染つた。醫者は傷口をひらいて腱をひき出し、それを縫ひあはせた。腱の切れ口は、まつ白な中に小さい粒のやうなものが見えてゐた。醫者は針を通して力にまかせて糸をひいた。ぎいとその音、耳にきこえる音のない、體にしみる響だけをもつた音が、いまでも體のどこかで回想できるのだ。だがこんな異狀な音も、おそらく昔から私が肉體のどこかで經驗した、あるひは神經の何かで經驗した一つの第何番めかの感覺のやうだつた。私はじつと醫者の手と、自分のひき出された腱を見てゐながら、この新しい感覺をおそらく樂しむといふより他ないおもひでおもつてゐた。

眼の眩むやうな、そんな感じは皮膚がぬひあはされてから始めて覺えた。皮膚を縫ふことなどもう痛くも何ともなかつた。氣がつくと脂のやうな汗が眉の間にさへ流れてゐた。失覺したやうに長い間私はベツドの上に横つてゐた。

その夜從妹は亡くなつた。葬式は次ぎの次ぎの日であつた。私は友だちにかりた大學の正帽と正服をつけた、片手をさげて汽車で從妹の家へいつた。一日私は悲しみ笑つてゐた。片手を厚く縫帶した異狀な私の姿はあふ人ごとに尋ねられた。私は心から笑へる過去を容易に作り得た。敬虔な姿などを強ひる必要もなく、同情は死人よりも私に集るやうな奇妙な機會さへあつた。そして私は私の心情の一部さへ占めてゐない、心の他人である死者を、このことのために悲しんでやつた。うはべの笑ひだつた。又うはべの悲しみだつた。

歸つてきて、私の手はひどくはれ上つた。道を歩いたり、汽車にのつたり、汗を流したりしたことがいけない、と醫者は云つた。それからこれも浮世の義理だね、とこの醫者も可愛さうなことしか云へない男らしいことを不用意に云つてしまつた。そのために私の痛みは二週間つゞいた。傷のいえるためには、さらに二週間の日が必要であつた。しかし傷痕はのこつたし、瞼はもとのやうに正常な位置に縫合せられなかつた。眼科専門だつた醫者の失敗にちがひないのだ。しかし眼科醫へかけつけた私にも誤解はあつた。だいぶまへからだつた。今日は私は急に大原を思ひ出した。それはつぎで、まづ京都を思ひ出して、昔の病室を思ひだしたのだ。京へいつた日のことを私はよく憶えてゐたらしい。地上に長々と映つてゐた鞦韆の影がいよいよ鮮明になつた。私にもその病氣があらはれるのでないだらうか、そんなことをふと考へたのかもしれない。しかしそれだけでもないだらう。

私は知つてゐるのだ。私の左の胸の紅斑が、鞦韆の影に似てゐることを、毎夜眠るまへに見ながら誰よりもよく知つてゐるのだ。だから——といへるだらう——私は朝の間眼をひらいてゐることをこの上なく不吉に思ひ出した。その代り夜中を起きてゐて、午後、それも日の暮にめざめたときの、やるせない虚無にかきたてられる氣持もしつてゐるのだ。私はさういふ生活が、私を發狂に導くことをおそれはじめた。大學へ入つて三年間、私は自分の學科の勉强よりも、精神病學の勉强をはじめた。私は健康だといふだけの自信をつけるためだつた。

第一おまへに因縁があるのか、いままで書いてきたやうにこれからかかうとしてゐるやうな因縁があるか。さういふことを自問することが、否定することが私の任務であつた。

あるとき私は精神病院で、天上天下唯我獨尊を叫んでゐる男にあつた。その男は誕生佛と同じやうに一方の手をあげて天上を指し、一方の手をさげて地をさしてゐた。私はそれを見て、自分も同じやうに天上をさし、同じやうに一方で地上をさした。何の氣なくしたことだが、人が見てをれば恥かしいと思つたので、口の中で「感情移入《アインヒューリング》か」とつぶやいた。

たとへば私は何のためともなく久米寺へいつたではないか、今でもさういつて了へるのだ。たとへ誰といつて、又何をしてもいゝのだ。私のことを誰が誤解し、誰が惡評しても、私のゲニウスは否定してくれるのだ。私の墓場にまでついてゆくかなしいゲニウスよ。その證據に私の身邊は、いつも私のことを惡く云はない。第一に私の家のもの、その他は知らない。

私のかくことが、この世にありもせぬ因縁だとしても、概して因縁は考へなければあり得ぬこと、つまり書かないと存在せぬものでないのか。それは考へたものがまづ第一にまけるのだ。言葉は事實や行ひのあとできるものでない。言葉は行ひのない世界のものだ。太初に何があつたかしらないが、私は今日しかあり得ない。

三

從妹は私に一人の友を殘していつた。可愛さうな從妹だつた。しなくてもいゝことをしたのに、どんな結果も知らないで永遠に眠つてしまつたのだ。勿論それは私が勝手に彼女から奪つた遺産だつた。彼女の遺産でない。しかし上帝の前に立つて、その裁判で私は完全に他の連中をうちまかせて、それを私のものとして遺産とした。從つて今ではこの遺産のために、あの可愛さうな從妹を眼あてにして、二三のことを回想しようとするのだ。この頃になつて、私の左胸部にあらはれ初めた彼女の啓示はますます大きくなつて、この心靈の世界からくるレイは私に回想の彼女を別に作り出した。

日本に專制武斷派が流行しかけたとき、私はこの審判者をまづ倒さねばならないと思つた。私はマルクスの一册の本を七回よんだ、本當に七回よんだのだ。すると七回めに私は全くマルクスになつてマルクスの言葉を喋つてゐる自信につかれた。これは私の自得した分身の術であつた。むかし莊子が彼の分身の術によつて、妻の情癡をこらしたことは、支那の俗書のなかにもかいてあるが、私は私の分身の術によつて、容易にマルクスとなり、一息に幽冥地府にとんで、又一飛びで上帝の廳にいたつた。私はマルクスとなつてゐたので、造作もなく、マルクスが見物の紳士や婦人たちをよろこばせたあの革命的ハンマーをふるつて、上帝の頭蓋骨を粉碎してしまつた。鐵槌は秦始皇を暗殺しようとした漢人の發明した暗殺用具だつた。好事、好事、と私は夢中で一人よろこんだ。すると私は眼をさました。私は「ドイツチエ・イデオロギー」を褞にして假眠してゐたのだ。私はがつかりして毎日眠ることばかり考へたが、そのために夜も晝も一睡も出來ない日が隔日につづいてきた。

その間に私はむかしの私の大患を同想しだした。私は小兒のころ一度死ぬばかりの大患にかゝつた。それからしばらく私は普通の子供でなくなつた。私には私の體をのせるに足るものはすべて騎馬にみえた。祖母はふびんがつて木馬を購つてくれたさうだが、私はそれを轉倒して、その上にのつて得意がつた。だがこんなことは忘れた。もう年いつて市井の營みを思ふたびに、私もときどき「むかしの私は、今日の私などでなかつた」といふ一般の俗物的精神をつくつて安心してゐた。私はその中學へ五百人の中で一番で入學した。私をふびんがつた祖母は、私が中學に入るまへに死んだ。私は自分でもそのことを信用しなかつた。しかしそれだけのことだつた。

その成長の間に私の知つたものは、權力への意志といふものだつた。だが私はその「權力への意志」を一つの大きな虛構物だと考へて、さういふ考へを私は唯一の健康への意志だと考へてゐた。私の小兒のころが、私の夢をつくつてくれた。私は都會の雜沓の中で、昔に失つた心をとりかへさうとして、詩人が花の下でみたと同じ詩を考へてゐた。

小兒のころの大患が、中學の上級のとき又あらはれてきた。そのときは一人の同級の友達があつた。もうすでに私は怠惰な生徒だつた。死ぬだらうと思つていろんなものを燒いたりした。その友達は馬鹿なことを誘つた。しかし彼は若い情癡のために自分が電車の下にとびこんでなくなつた。私は彼の蠟のやうに蒼白になつた死顏を覺えてゐる。腹と胸と首と、三つに分れて彼の血は早い若草をぬらした。それがあつてから私は急に健康になつた。そりかへつてゐた私の十指の爪は丸味と赤い色をかすかにもちだした。しかしその間に歳月がたつた。

そして又眠られぬといふ、あの一つの大患の餘徵があらはれてきた。裏町は家が怕かつた、表町は人が怖ろしかつた。じりじりと表裏からせめられて、中空にとんでゆく自分を考へてみた。

こんなとき從妹は一人の女を殘していつた。そのころこの女のためにショウが日本へきた。何故ショウがこの女のために日本へきたのかは未だにわからない。もちろんこんな話はうそにちがひない。たゞ私はその機會にショウといふ男の書いたものを、つぎつぎによんだ。さうして私はその女に、何のために人間は結婚といふ祭りをするかと、ショウのいつたまゝを私が考へたやうに語つた。

その女は私がショウに傾倒してゐると思つた。これほど二人の間で不幸ことはなかつた。ある日私はその女と一緒に奈良の博物館へいつた。するとその女はそこにあつた、善膩師童子が好きだといつた。それはショウのよろこんだ作品だつたといふことを私はよく知つてゐた。おそらく文藝復興期以後の傑作に優に匹敵する作品だつた。しかし私はそのいくらかおどけて可憐な俗な肉體を嫌惡すること時々だつた。第一私がそのときすぐにショウを思ひ出したことがいけなかつた。私はショウのことなどをいつたことを、生涯の恥とさへ思つてゐたのだ。私はむらむらとして一人で勝手に博物館の外へ出て、公園の奥の方へどんどん入つていつた。女はついてきた。私は何も云はなかつた。ときどき思ひなほして悲しげにいたはるやうな風情をしてやらうかと考へたが、それもまたおもひかへして、小川をとんではずつとずつと奥へ入つていつた。

道々私は空虚でゐた、傳統のないかなしい情感につきまとふものを考へてゐた。そんな考へは今の直接からいへばみんな嘘だつた。私は芝生の上へうつむいて寝てしまつた。頬べたの下に黒い鹿の糞がたくさんあつたが、私は汚ないとも思はないで、頬を地につけたまゝだつた。

私はしばらくして立ち上つて歩きだした。もう夕ぐれに近くなつてゐた。公園の中へ出てくると、丁度神鹿を集めてゐるところだつた。私は神鹿収容所の柵近くよつて、ホーホーと呼んでゐる鹿守の聲を遠くにきいた。あちこちから鹿が集つてきた。鹿は集ると、列をなして疾走した。つぎつぎに柵の中へ入つたが、柵の中でも四列になつて、走り廻つてゐた。私は柵の上へよぢのぼつて、石垣の上へ腰を下した。すると鹿の群は私の眼の下をすさましい勢で走つていつた。見てゐるうちに柵の中は鹿で埋つた。埋ると彼らは走るのを止めた。私は看守に垣から下へひきずり降された。

女は悲しい顔をした。それより私の方が悲しかつた。その女が從妹の遺産だつた。ある日は私は一人の友と歌を作つてゐた。その長い間自殺した中學のときの友と從妹が私を占領した。どこかで私を牽制してゐるにちがひないと思つた。

私は眠られない日がつゞくからだと思つた。私は眠られないとき歌を作つてゐた。三十一字の歌を作るために、三十枚の原稿紙にかいた一つ一つの歌を無駄にした。そして既に歌ができなかつた。ふと眠りかけると、闇の中で方角はすつかり變つてしまつてゐた。私は胸部の苦痛を胸間神經痛だと思つた。しかしそれはなほ私をだましきらなかつた。

私は最も殘忍に、この世の愛情を侮辱した歌を一つだけ作り、それであらゆる男と女の思ひを蹂躙しようと考へてゐた。しかしそれは出來なかつた。私に歌が出來ないのか、あるひは歌ふ土臺がないのか、と悲しいおもひから、過去を考へ初めた。

その夜も眠られなかつた。

悲しみは今宵惡魔に食はれてあれと祈り
わが門より一歩入りしものよ
私から私を奪つていつた奴らならば
風のやうな、かの惡魔！

ある朝後架で私はそんな一つの詩を考へてゐた。後架の中では、それはたしかに昨晩夢の中での歌だつた。だが後架を出ると瞬間に私はその詩を忘れた。改めて思ひ出して作らうとしたとき、私は思ひもよらないこんな詩しかつくれなかつた。しかしそれにさへ私は滿足した。多分後架で考へた傑作はこの詩と一歩しかちがひないだらう。

# 四

その女や從妹たちが、京都の學校で出してゐた同人雜誌を、私はそろへてもつてゐたのだ。それは「赤いノート」といふ題だつた。といつてもそこに難しい左翼理論があるわけでなく、流行の意匠ずきな人たちの悲しい遊びだつたにすぎない。

始めその雑誌に、紅潮といふ題をつけようとしたさうだ。ところが中で細かく心くばる人がゐて、ふと皆の中で辭書をくつてみた、そして皆で全く顔を紅くしたさうだ。かうして「赤いノート」が生れた。

私はその中に從妹の詩をみつけた。それは戀愛をうたつた詩だつたが、私は大へん愉快なおもひがした。

しかし「赤いノート」の女流詩人たちの多くの作品は、私の春風馬堤曲のやうなものだつた。私はその女の一人一人の横顔をみるたびに、私の春の風や、長い川堤を考へた。

初秋の山路はここだ落葉おち
そのおち葉ふみ　おちぶれし
旅をしおもふ　わくらばの
風に散るさへ心とく
ああ　ふるさとの山路ゆき
林をゆくを忘るすべなき

十九の從妹の心の歌であつた。そのころの私にはそんな歌の心はなかつた。私は大和や京都の古代の藝術をみて歩いてゐた。前後七八年の間、私はそんなクラシツクの匂ひの中で、大方の青春を過した。

私にあつたものは失ひたくないために失ひたい思ひだけだつた。へだてあつたために何のゆきゝもなく、友は死に從妹は逝つた。そして今は別の一人の女の像が、私の眼のまへにあつた。それはどこで實在したか、本當をいへば、これは私のこれから十年位後にかく自敍傳の中で、はじめてかけることにちがひないのだ。あるひは又は、私の自敍傳といふ題でかく方がいゝにちがひない。おそらく私の自敍傳の序になるものを輕々しく、雜誌の埋草などに使用することはなさけないことにちがひない、と思ふ私である。すると自敍傳の中へ、誰が噓などをかくものか、とは誰でも——今の私の不當な誹謗者でも——云つてくれるにちがひないのだ。

たゞこの頃私は悒くなつてゐる。私はいまもその今の氣持を漫然と描いてゐるにすぎない。さうして私は何から初つて、どこまでかいたかさへも大きく云へば意にしない。さうだつたのか、私は從妹の死んだことと、死についてまとつてゐる回想から、一人の女の像をひき出してきたのだつた。その從妹と別の女の像に筆は流れていつただらうか。しばらく私はこの新しい女のことをかく必要があるのだ。だが私はやはり他のことに氣をひかれる。從妹の死んだ日、私は何故私の中指の腱を切つたのだらうか。そして何故といふことはそれからあとになる。私は新しい女と、何の關係をもつくらぬまゝで別れて——といふことが如何に重要なことかはやがて歲月が私に知らせる筈だが——その月日がたつた時から私の左の胸に、鞦韆の影繪が、あざのやうに現れてきた。

こゝへは大原と久米とが出てきたのだ。あの年私が久米へいつたとき、どんなにさつぱりとした氣持だつたか、羨んでも云ふべきことでない。長い冬があけて、風の寒い二の午《うま》の日であつたが、私は道のべにすでに咲いてゐる菫の花をつんだりした。もう何もかも過ぎたと思つた。しかし冬がきて、そのまへに夏があり秋が過ぎてゆく間に、私は又も同じ昔の中の自分をみてゐた。

私にさへ人のごとく思ひ出もあるが、それを思はせる昔の碧空は再び見せまいとする。それが攝理であらうか。しかし私の胸の斑點はそのときどうする。從妹よ、おまへの像に托して私は語るのだ。あの夏の日にこの眼でみた瞼の白い切斷面に始る回想はどうするといふのか。

私はある夜「赤いノート」をずたずたに破りさいてゐた。それは少し強い風のある日だつた。私は足袋をぬぐと屋根にのぼつて、三分四分ほどにきりさいたその册子を、大屋根の上から風のもちゆくまゝにまいてゐた。闇中に白い紙片がとんだ。私がもつ限りのおもひは、この世の關係でなく、不吉で非常なあの世の關係にさへ似てゐた。私は一つの女人像を宙空に描いてみた。そのうち私はとびたつやうな思ひがした。頭の中はきらきらと、わけもなく輝いた。闇中で私の頭の中だけが輝いてゐたのだ。

「一つだけでいゝんだ。一つだけでいゝんだ。」

何かわけのわからぬことを私は口の中で喋つたものだ。しかも部屋でふと氣づいたとき私はその言葉の意味を、二時間以上も考へてゐた。

「何が一つだ？」

それから、又私は何がとは何かを一心に考へ始めた。かうして私は「赤いノート」をすつかり失つた。

私は女の手紙を失つた話もかゝねばならぬかもしれない。私は私のかいた立派な古人や立派な理窟に満ちた私の手紙を破るやうな快感にふけつてゐた。しかし破られたものは私の手紙でないのだ。私のあの恥かしい手紙はきつと殘つてゐるだらう。しかしこのことはしばらく次の場合に委ねよう。できればしなくても濟むことにちがひない。

長い間、私は從妹の遺產と共にゐた。三百里はなれてゐる日さへ、私はきつと共にゐたのだ。そんな間に、私の思ひは、昔の大原にとび、壽永の御國母さへときに考へたりした。そしてこの長い間の空白頁に、すべての祕密がしまはれてゐるにちがひない。この祕密が私の瞼を切り、私をあの一人の女から遠ざけた。私の春風馬堤の曲は、この空白の頁の時代に描かれねばならない。しかしそれは描きたい心だけあつてどこにも存在せぬであらう。

知らぬ野邊——知らぬ野邊がはたしてあるか。そこが——たしかに私の歌のおちてゆくところだつた。

二年に亙るあの時以後の連續がきれてから、私は私の故鄉である國とその古代の藝術も、今なら見ようとする氣持さへ著しく減少した。

ことばの上でならば、少し恥しくとも、樂しい話があつたのだ。美しい日があつたのだ。その日を考へるだけでさへ、私の心の花園はすべての花開き、百鳥がきて啼く。おそらく私は死ぬことを考へるさへ怖れてゐるのだ。怖れてゐるゆゑに考へたくさへもないのだ。そんなことを考へつゝ私はふと書店へ入つていつた。そして手にしたある歌人の研究をぱらりとくつてみた。しかもあらはれたところは醫學者であり著名な歌人である著者が、ていねいにその文書さへ殘らぬ昔の世の歌人の死病を論證してゐるところだつた。私は二年の間の終末さへこゝでかいておけば、あとは改めて、ひらきなほつた機會に委ねられる氣でゐるにちがひない。二年――全くの一年の間の終末を、私は誌さう。それでしばらく私は安んじたい。切に安んじたいのだ。

野のさ中の一すぢの道
綠の波うつ野のさ中の一すぢの白い道
私の後には太陽が、暖い三月の日の沈みゆく太陽が
私の前には私の影が
私の周圍には靜寂が
さうして私の上には白く碧い空の中に絶えず歌つてゐる雲雀が

私は立ち停つて聽き入る
…………………

私は「赤いノート」の中でふとそんな詩を憶えた。もちろんこれは伊太利の讚歌のそのまゝであつたが、私はその精神をかなしんだ。私に一歳は過ぎた。一歳の初めに、私は樂しく切なく、一歳の終りに悲しく切なくなつた、といへば、私は皆さんの嗤ひ聲をきくこ

とを甘んじて云つてゐるのだ。少くとも數人の人は知つて嗤ひ、若干の人はこの文章をよんで嗤ふだらう。私はこのごろ自分ではわからぬ異常な大患を味つてゐる。道化げた話をし、道化の姿をして、しかも心は天地の神々と共にゐる。それが當然ではないか——もつともつと本當のことがいへないなら、私は今も嗤はれる對象となる。夕方の六時に起きて、やうやくうすれてゆく光りの中で、一日のゆく方を見た人は、その狂つてゐるやうな光の中で、私のそばへ近づいてくるがよい。夕方の巷の豆腐うりの吹いて通るラツパに、車馬の響に、世界の終りの響をきいたものだけが、その誇張が私の友である。あの響が耳できこえるとおもつてゐるのか。

私の住家は屠殺所が近くにあつて、夕方の僅かの時間だけ、生物の殺されるいまはの聲がきこえることがあつた。たまたま風にのつてくるのにちがひなかつた。

こんな短歌をかいた日もあつた。祕唱と題したが、二年程の間にときどきの友たちに見せたいと思つたことが一度ではなかつた。

なるままに事みなならむ寒き部屋に友とゐるそれを語りゐるなり
つつましき營みの日はいつかこめや泪流してわれは歸りぬ
眼にふるるものみな愛しひとときのこの朝の林の靜寂にきはまる
あくまでもかなしさに耐へむと思ふなり苦しとおもひつ和みをりけり
日毎日毎變りあるべきやこの丘の霜柱踏みわれさまよひぬ
秩父嶺の夕べの雲のしばし朱くこの靜かさに心は耐へず

ひたぶるに生きむ心を定めかねへーゲルの書に朱線ひきゐぬ

鳥も啼け一むら竹の靜かなりなほ靜かなる時あらめやも

友と語つてゐたなどと歌つてゐるのはもとより嘘だつた。他のことを考へないで、他のことを語つてゐた。他のことを語りつゝ、そのことを語つてゐた。さうして、夜中を徹して語つてゐて、明け方に歸つてきた。野原の中にあつた私の寓住の家の裏は竹藪だつた。寒い日は多くの野犬がないてゐた。私は無性に犬を怖れた。ふとゆく手の川の水に白々と立つ霧を見た。足もとから眠つてゐた大きい鳥がとび立つた。何といふ名の鳥か知らなかつた。秋から冬への季節だつた。それで——私につゝましい生活がくるとは夢にも考へなかつた。みんな嘘だつた。しかし氣持だけは本當だつた。雪の積つたやうな日は野犬が十數匹も群をなしてあらはれた。それらが列をつくつて馬鈴薯畑を走つた。ふと私は、かつて奈良でみた鹿のむれを思ひ出したりした。次第に暖くなつてくると、夜中軒下で野犬が吠えた。たくさんの雄は一匹の雌を追つてゐた。ほのかな月の夜、うすぐらい中で白い犬がたはむれてゐた。あはれなうめき聲が徹宵きこえてくることがあつた。

その寓居を、夏のまへに去つた。

## 五

その數年まへのころであつた。私は一心になつてゐた。

私は美しい言葉をさがした。

遅日巷の塵にゆき、美しき句に苦しみぬ、そんなことばをふと思ひ出した。別離のときには美しい言葉を、――と私はゲーテの遺言をふと考へた。私の子供の頃のおもひでは、「シーザー死す」といふことばがそれだつた。それは私の英雄が云つたと思つてゐた。しかしそれは間違つてゐたことを後に知つた。

私は美しい言葉をさがした。しかしどんな言葉もきざであるか、汚れてゐるかのどちらかに近かつた。そのとき私の友人は一冊のノートをもつてゐた。そこにはこの世の美しい言葉がすべてかいてあると私は思つた。私はそれを奪はうと長い間か丶つて準備してゐた。

そのころの友人は土藏の中に住んでゐた。用心ぶかく日中さへ雨戸がたて丶あつた。あるときそこへゆくと彼は一つの乾柿をくれた。食へ、といつた。無造作にすなほに私はそれを口にいれた。そしてそれが木で作つた彫物であることとはじめて知つた。私は彼から美しい言葉のノートを奪ふことを斷念した。

私はそれでも美しい言葉を殘すことを考へてゐた。

「もうい丶かい」

といひながら、私は終電車になるとさつさと歸つていつた。私の節度だつた。

ある秋の初めの日だつた。その日こそはつきり私は美しい言葉をみつけねばならなかつた。私は二階でさきにもかいた女の家の人と話してゐた。二階は化粧部屋の見える變な部屋だつた。その女の姉が化粧してゐた。姉はそのさきに嫁してゐた。貞操といふものほど、この世にロマンチツクなものはあり得ないと私はふと考へた。私はあらゆる場合に強ひられる自覚をつくつてはそれをせおひこんだ。

大きい蜻蛉がとんできて、欄干にとまつてゐた。一匹の脚長蜂をくつてゐたのだ。五尺位離れてゐるのに、嚙んでゐる音まできこえた。潑剌とした動作だつた。そのとき私はその時のいまの歸決を見出した。

殆んど初めは氣づかないで見てゐた。蜻蛉は尾を曲げて、前脚をつかつて、蜂をくつてゐるのだつた。がりがりと音さへきこえた。大きい口を大きく動かせて、眼は平常よりもきらきらと輝いてゐるやうだつた。私はふと時計をみた。するとも食ひ終るまでに三分間位もか丶つた。しかし私の見たのは途中からだつた。初めからだつたら一體何分かかつたのだらうか、と考へた。大體蜻蛉の全生命は何日あるのだらうか。七日であらうか、十日であらうか、そんなことをふと考へつゞけた。すると、一匹の脚長蜂を食ふために費す時間は、全生涯の何分の一になるのであらうか。いつか私は自分に馬鹿らしいおもひがした。

知らぬ間に時は過ぎてゐた。その話はいらないのだ。これは私の友人の話に似てゐたから、その友人は女と別れて、遠い土地へ移つていつた。そこには特殊な何もなかつた。それだけのことだつた。私が自分の話をかくとしても、私はなさけない話などはかきはしない、私はさやうならといふ代りに、もつと美しい言葉を見つけねばならないのだ。それさへあつたら、私は安心してそしらぬ顔をして、他の土地へでもゆけるにちがひない。かうして私は美しい言葉をさがしてゐた。私は多くの友だちを失つた。そのときどきに私ははつきりと彼らをやつつけてゐた。私は一度も敗けない。そして敗けたいポーズを考へた。それが、可愛さうに美しい言葉の內容だつた。

あれから空漠とした時日が私の周圍にあつた。友人は少くなり、私の書くものは興味微かになり、何もかも索漠として私は賴りない孤獨を雜沓の中でもつてゐる。世のつねのことに興味を失ひ、從つて落伍した人生の如く、私は索漠とした道だけを見てゐた。それが肉親の從妹の啓示の意味だつた。もう神となつた心靈だから、啓示といつて何がをかしからうか。

だが私は今は新しい遺產を怖れてゐるのだ。新しい遺產がきつとあるにちがひないことを、それは怖れるに價ひするではないか。昔その遺產はあつた。私はそれを啓示のまゝに扱つた。それは、やはりそのころの話だつた。

そのころのこと、あるときのことである。秋のまへの夏だつた。私らは夏の日、山の溫泉へいつた。小さい汽車にゆられてひなびた宿へついた。見るべきものもない宿とその周圍の中で、私らは暮した。朝からは山へいつて夏草の花をとり、晝は近くの川で水浴した。

私はその家族の一人だつた。古い古い昔の父祖の頃、私は女の家に住み、女は私の家の血の中にゐた。さういふものがそのときは甦つてゐた。その溫泉でのある夜のことだつた。

夕方の部屋へ一匹の蜻蛉がとびこんできた。丁度皆で夕めしを食つてゐる時だつた。私は蜻蛉をとらへた。そして蚊やりの周圍におちてゐる僅かの蚊を集めて、それを蜻蛉に食はせた。十數匹位まではよろこんで食つた。皆であちこちをさがしまはして蚊を集めてきた。しかし十匹をこすともう食ひつきはしなかつた。私は頭をおしたり、胸をおさへたり、尾をおさへたりして食ふことを強ひた。そのうちに電燈の光の近くへもつてゆくと、まだよく食ふことがやうやくわかつた。私は電燈のま下へいつて、それからもなほ數匹の蚊をむりに蜻蛉に食はせた。

丁度その時だつた。はげしい勢で外から何かがぶるんぶるんいふ音をたて、とびこんできたかと思ふと、私の電燈のホヤに衝突した。あつと思ふ間に、ホヤはわれ、避けるいとまもなく、ホヤの破片は私の手の甲におちた。私の左手の甲からはたたらと血が流れた。それは薄いガラスだつたので、傷は深くはなかつた。しかしほとばしる血は皆を驚かせた。それは一匹の大きい甲蟲のせゐだつた。やがて私は甲蟲をみつけた。しかし甲蟲をとらへると私は大切に紙箱の中にいれて、空氣の入る穴をあけた。だがそれはその夜だけだつた。朝になると、紙箱の一隅は破れてゐて、部屋中をさがしても、もう甲蟲の姿はどこにもなかつた。

それよりも、甲蟲とガラスと手の甲の傷とは不吉な連想を私に呼んだ。一番強いとき、人が死なねばならない。もちろん私はすぐに從妹を思ひ出したのだ。同じ血が流れてゐるのだ、こゝにゐる女ともその血は流れてゐるのだ。しかもあの殺されてもい、甲蟲は一夜の中にゐなくなつて、私は人々の同情と、辯解と、その上注意の對象になつただけではないか。私の左手の甲の皮膚の僅かの一片をはぎとつていつたあのガラスも、どこへいつたかしらない。私は宿の老婆を困らせて、あのガラスを塵だめの中からひろはせた。だがそれは破れたホヤに合ふ破片ではない。破れた部分より大きいではないか。

「ちがふ」

と私はくどくどとこの狡い老婆を叱責した。

「それで間に合ひませんか」

老婆は明瞭に云つた。私に明瞭な云ひ分ほど苦手はない。私のとはちがふ他のことを、いつもそれは云つてゐるからだ。

六

秋に近くなつて、山の湯の寓居をひきあげるまへ、私らは淨瑠璃寺へいつた。昔行基が建てたといふ寺、本堂も王朝の遺物そのまゝであるし、上品上生から下品下生の九體の佛像も、木理も鮮やかにほられた光背をもつて、定朝式の遺物の尤たるものであらう。平等院に劣らぬといふよりも、むしろかそやかな土地と周圍の中で、一きはあはれなおもむきさへもある。たとへば、この新しく塗られた金箔さへなければ、もつともつと私の心の線にふれてくれる筈だつた。本堂は裏の山にせまり前は心字の池に臨んで、夏さへも冷めたい濕りを味はせる。むかし私は伎藝天讚仰の文を草し、あるひはそれはむかしの讚仰であつたかもしれない。今は忘れた、思ひ浮ばぬといつて安心しておかう。

そこへゆく日、夏の終りといひつゝも、はや秋めいて、池邊の藻草によせる小波には、夏の日のきらめきのおとろへさへ思はれた。平地の道から山道に入り、めづらしげにつき從つてくる村の子供らと道を語りつゝ、私らはずんずん山の方へ歩いていつた。だがこんな話はもうよさう、私はこの間もこれに似たお寺の道をかいたではないか。誰だつて牛をかいて馬を語り、馬をかいて牛を語ることは出來るのだ。牛をかいても馬をかいても、鹿のことさへ語れるのに不愉快な噂しか世間には立たない。

再び私はお寺から下りてきた。泉川といふ川へ出る道であるから、私らは自づと川原へ出ていつた。私は川原の竹籔に、元信の描いた山水の圖をそのとき始めて發見した。洪水が近くあつたらしく、流れついたものが、兩岸につまれてあつたりした。

私は元信の發見がうれしかつた。そのうれしさは、この間からの結ばれた不吉な豫感のあとゆゑ一そう激しかつた。どうすればいゝのだらう、といふ思案の代りに、どうなるかを心細くまつことが先であつた。そこには子供じみた氣持が、私のうちに六分まで占めてゐることを、私は自負して公言できるのだ。私はその道々さへわけもなく、うるさいといふことば、それにしんどいといふことばを連發してゐた。

すつかりしんどかつた。あたりがみなうるさかつた。そしてそれは私らだけが清淨に生きてゐたといふ確信からだつた。しかしそれは私しか信用しない。そんな清淨さの中にゐた。路におちた財貨をさへ拾はない清淨さのなかで、私は思案できないことを思案してゐた。それはこゝまでくれば全部子供の氣持にちがひないなどと考へてゐた。

元信の描いたものがこの土地の上に、今だにあるといふことは、何ごとにも變へられないよろこびになつた。私はそんなことを考へて川原へ下りていつた、そしてそこの砂礫の上に坐つた。石は熱くやけてゐた、道からもつてきた汗を流し、川原にゐる子供らをみてゐた。子供らは水浴を終へて、體にはなにもつけてゐなかつた。男の兒も女の子も、皆裸體で私らの方を眺めてゐた。傾きかけた夏の陽が、正面から彼らの體にあたり、私は神々しくてうれしかつた。太古の人間の裸で住む國を考へた、などといへば嘘で、それは今考へたばかりだ。そのときはそんなことは考へなかつた。考へずして好ましかつた。恥かしい氣持をもつてから裸になることは、たとへ元氣があつたとしても、その氣持をなくすることではない。裸になつたといふポーズで壓倒するだけのことだつた。

私はもつと行爲の自然を愛した。しかしそんなものはどこにもなかつた。道が岐路へくれば私はふと云つた。

「この道の方が近いだらう」

そして返事をまたずにずんずん先きに歩いた。しかし道は公平にできてゐるといつた中學の時の友――中學生で死んだその友は、それきりの言葉を私にのこし、それだけを私は今も憶えてゐて、あらゆるときに私はその言葉を思ひ出した。

川原に坐つてゐるとき、私はすつかりの終末を豫定した。しかしそれは秋までのびた。私はそのとき、豫感と幻滅とについての對話といふものを考へた。これは私の傑作であつたが、文字でかくまへにすつかり忘れた。今も早や思ひ出し得なくなつてゐる。他でもなく私は幻滅といふ感情だけを信じて豫感の方を失つた。そしてその代りに、今、私はクリストと自らいつた人とキリストと人が呼ぶ人とを對話させることを考へてゐるのだ。私はあの川原で終末を豫感して、その通りにことはすゝんだ。私は川原の石をひらつては水に投じるやうに、人生の事象を水に投じたからだ。

私の今の對話篇は、おそらく次のことばで始るだらう。

「水中にとび込むものは誰ですか」

「それは水泳家です」

ところがこの對話は人の間違だつた。それで私はそれを少しかき換へるのだ。

「彼は何故水中にとび込んだのですか」

「彼は泳ぎを習ひたかつたからです」

しかしかうしてみるとこれは大差ないことにちがひない。ひよつとするとまへより平凡にされただけかもしれないのだ。たゞ川原で思つた終末は、容易に運んだ。しかもそれは決して萬事好都合ではなかつた。いろんな春めかしい日は、おそろしい幻滅の連鎖にすぎなかつた。だから私の體の變な事情とともに、私は又も新しい啓示に患はされはじめた。

月日がたつてから、ふとあの夜を思ひ出した。甲蟲がとんできて電燈のホヤをわつたのに、ふときづくと私は改めてホヤをつながうとしてゐた。そしてきまつてあの老婆のことばを思ひ出した。

「大きければ間にあふでせうに」

私はあるときこの老婆を、アラビアの夜話に出てくる魔女のやうに思つた。さういふ考へは樂しかつた。何でも出來るくせに、その上世の中の裏の糸をくつてゐるくせに、そしらぬ顔をしてゐる不都合な魔女、と。甲蟲がホヤを割り、私の左手の甲を傷けたのでなければ、少し事情は異つたかもしれない。

私は道を歩くだけで離れてきた。そののちに私は秋の日の二階で、美しい言葉を考へてゐた。それだけのことである。私も去らなかつたし、私からも去らなかつた。そののち私は啓示を感じだしたとかいた。するとある日私は病氣でゐる友を尋ねた。その友はやせ衰へてゐた。私は一めみて彼が死ぬだらうと思つた。しかしそれは間違つてゐた。その夜私は他の友人と馬鹿な話をした。話してゐるうちに悲しい思ひがした。三人で話してゐた。私と二人は一心に喋つた。そのなかで一人だけがバツトをぷかぷかと吹いてじつと默つてゐた。それは私ら二人を怕がらせた。二人はいゝかげんにえらい人の話をした。アレキサンダー大王やシーザーやハンニバルのことを話した。それからナポレオンのことも時々話の中へ出てきた。一人だけが默つてゐた。二人はそれを怕がつた。そのうちまた一人は默つた。最後まで一人だけが馬鹿な話をした。それはいつものやうに私だつた。すると誰も知らない悲しいおもひに話がときどきふれることがあつた。

その時左胸部に又啓示がでてゐた。そしてそれを感じるとこんどは喋つてゐた男が默り出した。悲しみの像がはつきりそこにあつた。何もわからないが、その話に入らなかつた。するとさつきの病氣の友人の像が、眼のまへにちらちらした。それが耐へられなかつた。その前の日一人の友人が京都からきた。同じ病んでゐる友を見舞ふためにきたといつた。その京都の友人がきて、喋つていつたことすべて、彼は又ぐるぐる頭の中で回想しだした。かうして私は樂しんだ。ふと私は一つの結論を見た。あいつが死ぬと思つたのは間違ひだ、本當の直觀はあの友は死なない、むしろ私が死ぬかもしれない――それだけのことで樂しかつた、極めて簡單であつた。私は私にもわからない理由で、再びあの女が好きになつたのだ。だから私は死ぬのかもしれない。私は心細い思ひだけがして、そんなことを考へた。云ひかへると啓示の意味であつた。私は失つた手紙を惜しみはじめた。そして私のかなしい弱氣をいよいよはつきりしつた。だが、すると私の中の私は、うそを云へ、うそを云へ、とくりかへした。何を思ひ出しても私は鮮明に回想できるやうになつた。たとへば、初めてどこかへいつた日や、次にどこかへいつた日のことが、いつた時間や列車や、あまつさへ列車の中の乘客の數までおぼろげにわかつた。多分別のことをつくつてゐるのだらう、と私は時々考へる。さうは考へてならないのに、と同じ時に考へてゐた。

啓示といふのも、それだけのことかもしれない。それから私はふと破りすてた昔のノートを思ひ出した。そこには歌がかいてあつた。その歌を私は改めて紙の上へかいた。

さびしさはまたたちかへれしゆろの花

うちひさす都を出でていく日か經ぬる

そんな歌だつた。私はそれを樂しんで二三枚の紙へ落書した。

ひき出しをさがしてゐると、あのノートのきれはしが出てきた。私はすつかり失つた筈のノートだのにその古びた紙片を、あのノートだと思つた。それにはもうどうしてもよめない字が、少しづゝついてゐた。それを私は一心によまうとした。もう一息といふときに、はじめてよむのを止めたのだ。

「うつくしき　あが稚き子を　おきてかゆかむ」
と私はふとその落書の上へかき込んだ。

……山越えて　海渡るとも　おもしろき　今城の内は　忘らゆまじに

……みなとの　うしほのくだり　うなくだり　うしろもくれに　おきてかゆかむ

私は、我々のけふのおもひなど話したくないと思つた。なんといふあはれな不幸であらうか。古のひとのふれた悲しみだけで充分ではないか。そして私は落がきをして樂しんでゐた。すると又左の胸のいつもの場所がいたむ時間となつた。そして私はそのとき早くも筆さへとれなくなつてしまつた。しかし私はなほむりにそれからの物語を完成してゆかねばならない。しかもそれはおもひだけあつて、阿呆くさいことにちがひないのだ。

君は水上の梅のごとし花水に
浮いて去ることすみやか也
妾は江頭の柳のごとし影水に
沈んでしたがふことあたはず

苦痛をしのんでかくまでもなく、世の物語の風情はこれだけの、澱み川の距離で充分であらう。いさぎよくおもひふして、古い昔の歌でもよめば、思ひついた一夕をなぐさめるがいゝと思つてみる。世なれて曲折《くね》つた精神は、春の風ふく堤の上であつた美女のために、戀々の調べをうたへても、自己のことゝなれば、借金の手紙の方がかき易い。お金を貸してくれといつて、拜みます拜みますとはかけても、雲雨の風情で拜みますとはかけるものである。かういふ精神の時季こそ一時期の葬禮の曲である。たとへば、いな、從つてである、おそらくたとへばといふことはかういふときこそ失禮である、世の書を讀むを輕蔑する讀書人も、次のごとき歌にだけはありがたい涙をも流す義務がある。極言するなら、こゝでその涙を流さぬものは、日本の國民でないのだ。

今城なる　をむれが上に　雲だにも　しるくし立たば　何か歎かむ

いゆししを　つなぐ河邊の　若草の　若くありきと　あがもはなくに

飛鳥川　みなぎらひつつ　ゆく水の　あひだもなくも　思ほゆるかも

そこに註されて、萬歳千秋ののちわが傍に葬れ、とたとへ書いてないとしても、また思ひふかいものあるだらう。

〈解説〉

# 幕末行進曲

佐々木幹郎

保田與重郎の名を知ったのは一九六〇年代末期、大学での学園闘争が激しくなった二十代のときだった。学生たちの会話の中でしきりに、「コギト」や「日本浪曼派」の名が行き交い、保田用語のひとつである「イロニイ（反語）」は流行語でもあった。

「明るさ」に対して「暗さ」に価値を見いだそうとしていた時代。いくら振りほどこうとしても、「散華」の美学と、「滅びる」ことの美学に魅入られ続けた。負けることがわかっている闘いに、最後まで挺身すること。そこにいることに理由がなくても、根拠を喪失したままでも、無名の闘いを続けること。逃げ出してもいいのだが（そのくらいの開かれた組織論は、戦後の反体制運動の蓄積の中から生み出されていた）、逃げた者を批判せずに、自らは踏みとどまること。そのとき、何が見えてくるのか。

おまえたちの運動と称するものは、政治運動なんかじゃあないよ、そんなセンチメンタルな政治があるかと批判されれば、われわれは表現運動をしているんだ、と言い放った。それが六〇年反安保闘争と、六〇年代末期の全共闘運動の違いだったろう。日本の戦後民主主義の虚妄、という合言葉は実に便利で、困ったときはこの言葉を使って、戦後体制を作り上げてきた上の世代にドスを突きつけた。

昭和という時代は何であったのか。第二次大戦後、すぐに生を受けた世代にとって、二十代を迎えたときの「昭和」は、高度成長経済のまっただなかにあって、大戦後の後始末が何もされていない曖昧な「明るさ」だけが回りにも、前途にも見えていた。世界はいつでも、東西冷戦の構造の中で回っていた。東側も西側も、自らの体制の「明るさ」を呼号していた。それらのすべてに疑問符をつけた。

たぶん、日本ではその頃、昭和という時代のプレートが、昭和元年から四十年以上経って亀裂を起こし、別のプレートに移動し始めていたのだと思う。いや、昭和が始まったのは、一九二五年ではなかった。昭和は関東大震災の傷が癒え出した昭和五年頃、帝都復興祭があった一九三〇年頃から始まる。それまでは、大正文化との融合過程の中にあった。したがって、保田與重郎が「コギト」を創刊した昭和七年（一九三二）は、まさに昭和の文化の創出期であったと言えるだろう。

三十年間は、ワン・ジェネレーション。父親の世代から子の世代へ文化が移り変わる最小単位が三十年であるとすれば、子の世代にとって三十年以上前のことは、すべてが「遺産」として見えてくる。まだ歴史にもなっていないものを、まず「遺産」として登録してしまうのは、子の世代の特権である。父親の世代は戦前、戦中体験のほとんどを隠蔽した。保田與重郎と「日本浪曼派」は、わたしにとって初めて出会った日本の戦争体験であった。

ところで、そんなかつての時代にわたしは保田與重郎の何を読んだのだろう。当時、保田はまだ生きていて、彼は戦前、戦中の自らの意見を少しも変えていなかった。わたしがそれまで手にしていた戦後のどの流れとも違う、「もうひとつの時間を生きてゐる人」(桶谷秀昭『保田與重郎』)が現にいた。

保田の『日本の橋』を読み、そこで描かれた「橋」のイメージの悲痛さに目を見張った。日本的なるもの、ナショナルなものに迫る雄大な詩的構想。同時にわたしは、そこに漂うモダニスト保田の手つきを読んだ。そして、その独特の言葉の綾に翻弄されるばかり、というのが本当だった。『日本の橋』が昭和十三年(一九三八)に改版上梓された翌年、伊東静雄はある書簡で、「批評家に私達がのぞむのは、立言の構想の雄大さと、決断だと思います」と書いた。しかし、わたしはエキセントリックな「決断」の文章は苦手で、保田の文章の合間にあらわれる、穏やかな呼吸とでもいうべきものばかり探し求めていたような気がする。

「やぽん・まるち」は、「コギト」創刊号（昭和七年三月号）に発表された、もっとも初期の小説である。今度読み直してみて、これほどみごとに、保田の思想と文学の位置を示している暗示的な作品はない、と思った。

「やぽん・まるち」は、日本行進曲のこと。この小説は、作者が『邊境捜綺錄』という奇妙な書物に出会うところから始まり、冒頭から怪奇小説の雰囲気を漂わせている。

ドイツ人が書いたという『邊境捜綺錄』。それをフランス人の牧師にもらったという設定。保田のモダニストぶりが如実にあらわれている。『邊境捜綺錄』なる書物が、中国の四世紀頃の怪奇小説集『捜神記』に似ているという設定も、初期の保田のモダニズムが中国文化をも含めたものだった、と考えてはどうだろう。

ともあれ、『邊境捜綺錄』に書かれていた逸話のひとつに、幕末期の下層武士の一人が作曲した皷の曲「やぽん・まるち」の物語があったという。そしてたまたま、作者はある古曲の演奏会で、作曲者不明の作品として、この皷の曲を聞いていた。「やぽん・まるち」という曲は実際にあり、その作曲者についての異聞が手に入った、というわけである。

名もない武士は、外国人使節の中に随行してきたフランス人と友達になり、彼から異国の音楽を聞かされた。そして、自らもフランス人の助言のもとに、日本の行進曲を作ろうと思い立つ。楽譜は何度も書き換えられ、武士は鼓を奏し続け、それでも完成しなかった。その間、幕府は崩壊し始め、鳥羽伏見の闘いで敗走し、軍隊はあっけなく崩壊した。

その軍隊のための行進曲を作っているのに、「彼はいつかそれらに無關心であつた、彼が誰の爲めに作曲したかをさへ忘却してゐた。あれから長い年だつたか。彼は鼓に向つてゐるきりである」。

上野での戦争の際も、陣中で鼓を奏し続けた。上野の山が陥落した後のことが、小説の最後の描写になる。

「まるち」の作者は、自分の周圍を殺倒してゆく無數の人馬の聲と足音を夢心地の中で感じた。しかし彼は夢中でなほも「やぽん・まるち」の曲を陰々と惻々と、街も山内も、すべてを覆ふ人馬の響や、鐵砲の音よりも強い音階で奏しつゞけてゐた――彼にとつて、それは薩摩側の勝ち矜つた鬨の聲よりも高くたうたうと上野の山を流れてゆく様に思はれてゐた。

つひに「やぽん・まるち」の作曲者名は判明しない。

芸術のために身を滅ぼす。ドイツ・ロマン派の傾向の濃いシチュエーション。戦争や革命が起こっても、それが国の滅亡に終わっても、本人は参加せず、参加しているのは音楽ばかり。この無力な音楽家の運命こそが、保田與重郎の位置であった。

ところで、この作品の中に登場してくる音楽家には、作曲をはじめる前に当然考えるべき重要な要素が欠けている。行進曲というものが、何のために幕末期の日本に必要であったのか、ということだ。軍隊のために、ということではない。そもそも、行進曲というのが、それまでの日本になぜなかったのか、ということへの思いめぐらしがないのはどうしてだろう。

一般の日本人が西洋音楽を聞いたのは、イギリスの軍楽隊が薩摩藩に雇われ、そこで奏でられた吹奏楽が最初であったと言われている。西洋の行進曲は、このようにして日本に入った。しかし、当時の日本人は武士であろうと、一列に並んで行進するという習慣はなかった。ばらばらに歩くことはできたが、行列を作って行進することができなかった。

右手を前に出すとき、同時に右足を前に出す。左手の場合は左足を。この歩き方を「ナンバ」という。現在でも能や歌舞伎の役者たちは、舞台の上を「ナンバ」

で歩く。剣道での竹刀の握りかた、農作業での鍬の使いかたも同じである。江戸期の浮世絵に登場する江戸庶民の歩き方は、すべて「ナンバ」だ。

このような身体所作が身についていた近代以前の日本人にとって、右手を前に出したとき、左足を前に出す、左手の場合は右足を前に出すという、西洋人のような歩き方を覚えるのには時間がかかった。庶民がそれを身につけるようになったのは、明治以降の近代軍隊の教育のおかげである。行進曲というものは、行列してまっすぐに行進させるための音楽で、「ナンバ」の所作をしている限り、行列は整わない。また、左右の手足を交互に前に出す歩き方が成立していなければ、行進曲も必要なかった。

皷で行進曲ができると思った「やぽん・まるち」の作曲者は、そんなことを考えてもいなかった。保田は小説の中で、一カ所だけ弱気を出している。「私は本當に皷でそんなものが巧に奏されるかどうか知らない。しかしこの本にさう書いてゐる」。「この本」つまり『邊境捜綺錄』に書いてあるということで、そこから、一挙に天才論に飛ぶ。「皷の様なもので音譜に書いた「まるち」を作らうとは、何といふ途方もない天才の熱情であらう」。

夢想の中にいる保田與重郎。そのような幕末、維新期の芸術家《モダニスト》がいたら、どんなに面白かったろうと、わたしも思う。しかし、弱々しい皷の音は、行進曲に向かないことは確かだ。この荒唐無稽の情熱。

日本の近代の幕開けに対して、日本の文化の綾ともいうべき、古典の楽器を持ち出して対応させようとすること。そのとき、作者の目に日本の庶民の身体の動きは消えていて、芸術の架空の世界の対比の面白さと、それを突き進めたときの幽鬼のような情熱が浮かび上がっている。『萬葉集』の中にギリシアを見ようとした後年の保田とも重ね合わせて、わたしは小説「やぽん・まるち」の構造にこそ、客観的な批評というものを超えようとしたときの、保田與重郎における「イロニイ」のありかがあったのだと思う。

保田與重郎文庫 25 やぽん・まるち――初期文章 二〇〇二年四月八日 第一刷発行
著者 保田與重郎／発行者 岩﨑幹雄／発行所 株式会社新学社 〒六〇七―八五〇一 京都市山科区東
野中井ノ上町一一―三九 TEL〇七五―五八一―六一一一
印刷＝東京印書館／印字＝昭英社／編集協力＝風日舎
 ISBN 4-7868-0046-5